Hendrik Groen

Lieber Rotwein als tot sein

PIPER

Zu diesem Buch

Grandios und mitreißend wollte Arthur Ophof leben. Jetzt ist er fünfzig und muss sich eingestehen: So ganz hat das bisher nicht geklappt. Mit seiner Frau Afra wohnt er in einem Reihenhaus in Purmerend, einem beschaulichen Örtchen nahe Amsterdam, weil die Kinder da schön behütet hätten spielen können. Wenn sie denn gekommen wären. Wenn es denn funktioniert hätte mit dem trauten Heim, der Harmonie und der ewigen Liebe. Während Afra ihrer Ehe im Lotussitz doch noch etwas Positives abzugewinnen versucht, pendelt Arthur jeden Morgen brav zur Arbeit, wo er seit dreiundzwanzig Jahren Toilettenpapier vertreibt. Bis sein Chef plötzlich seine Stelle kürzt und Arthur sich fragen muss: War es das jetzt? Oder soll er es noch einmal versuchen mit dem grandiosen und mitreißenden Leben?
Nach seinen gefeierten Bestsellern »Eierlikörtage« und »Tanztee« entwirft der niederländische Kultautor Hendrik Groen mit Arthur Ophof einen Mann, wie wir ihn alle kennen. Und schildert dessen Ausbruch aus Midlifecrisis und Vorstadtidylle mit so viel Empathie und schwarzem Humor, dass wir Arthur glatt in sein zweites Leben folgen wollen.

Hendrik Groens erstes fiktives Tagebuch »Eierlikörtage« wurde 2014 in über fünfunddreißig Ländern zu einem großen Erfolg. In den Niederlanden gründeten sich Hendrik-Groen-Fanclubs, die auch »Tanztee«, sein zweites Tagebuch, zu einem Bestseller machten und beiden Büchern den NS Publieksprijs bescherten. Mit »Lieber Rotwein als tot sein« legt Groen seinen ersten Roman vor.

Hendrik Groen

Lieber Rotwein als tot sein

Roman

Aus dem Niederländischen
von Wibke Kuhn

PIPER

Mehr über unsere Autorinnen, Autoren und Bücher:
www.piper.de

Wenn Ihnen dieser Roman gefallen hat, schreiben Sie uns unter Nennung des Titels »Lieber Rotwein als tot sein« an *empfehlungen@piper.de*, und wir empfehlen Ihnen gerne vergleichbare Bücher.

Von Hendrik Groen liegen im Piper Verlag vor:
Eierlikörtage
Tanztee
Lieber Rotwein als tot sein

Die Übersetzung dieses Buches wurde vom
Nederlands Letterenfonds gefördert.

MIX
Papier aus verantwortungsvollen Quellen
FSC® C083411
www.fsc.org

Ungekürzte Taschenbuchausgabe
ISBN 978-3-492-31669-9
Februar 2021

Published by arrangement with Meulenhoff Boekerij bv
in conjunction with their duly appointed agent 2 Seas Literary Agency
Titel der niederländischen Originalausgabe:
»Leven en laten leven«

Umschlaggestaltung: Cornelia Niere
Umschlagabbildung: Umschlagillustration: Ingrid Bockting;
weiteres Motiv: Shutterstock.com
Satz: Fotosatz Amann, Memmingen
Gesetzt aus der Palatino
Druck und Bindung: CPI books GmbH, Leck
Printed in the EU

1

»Ich mache in Toilettenpapier.«

Das ist die Antwort, die ich seit dreiundzwanzig Jahren gebe, wenn mich jemand fragt, womit ich meinen Lebensunterhalt verdiene. So lange arbeite ich nämlich schon bei einem Großhandel für Sanitär- und Reinigungsartikel. Sechsunddreißig Stunden die Woche. Montag bis Donnerstag von 8 Uhr bis 17 Uhr 45 mit einer Dreiviertelstunde Mittagspause. Von der verwende ich zwanzig Minuten darauf, meine belegten Brote und meinen Apfel zu essen, und danach mache ich einen kleinen Spaziergang von zwanzig Minuten durchs Gewerbegebiet von Breukelen. Unterwegs gönne ich mir als Nachtisch noch eine Kalbfleischkrokette bei Fritt von Pitt. Pitt ist schon seit Jahren tot. Er hat sich eines Tages so geärgert, dass er einen Herzanfall bekam und kopfüber in seine Auslage kippte, zwischen den Russischen Salat und die Kroketten. Der einzige zu diesem Zeitpunkt anwesende Kunde war ein polnischer Lkw-Fahrer. Der rief sofort die 112, sprach aber kein Wort Niederländisch. Und die Frau in der Notrufzentrale sprach kein Polnisch. Das brachte dann natürlich wenig. Als der Krankenwagen nach fünfunddreißig Minuten endlich eintraf, konnte man nichts mehr für Pitt tun. Trees, die Frau von Pitt, hat das Geschäft übernommen. Schade, dass sie nicht Jette heißt. Krokette von Jette, den Namen hätte ich richtig gut gefunden. Eigentlich stört es mich ein bisschen, dass da immer noch eine große Tafel mit der Aufschrift »FRITT VON PITT« auf dem Dach steht. Trees meint, das sei eine Hommage an Pitt. Dabei passt das Wort »Hommage« nicht wirklich zu Trees. Zu Pitt übrigens auch nicht.

Fünf Minuten vor Ende meiner Mittagspause setze ich mich wieder an meinen Schreibtisch und schaue, ob per Mail neue Bestellungen eingegangen sind.

Am Schreibtisch gegenüber arbeitet Berend, der Finanzmensch unserer Firma. Er versendet die Rechnungen. Ein paar Meter weiter sitzt Marieke, die Sekretärin des Geschäftsführers. Der Geschäftsführer selbst, Herr Hertog, hat ein eigenes Zimmer mit einem Schreibtisch aus Nussbaumholz. Wenn ihn neue Kunden besuchen, streicht Hertog kurz über seinen Tisch und sagt: »Schön, oder? Echt Wurzelholz.« Der Schreibtisch hat einmal seinem Vater gehört, Hertog senior, der immer noch einmal pro Woche im Büro erscheint, um sich mit seinem iPhone vor unsere Nase zu setzen und sich ständig umzuschauen mit einem Blick, der uns allen sagen soll: »Seht her, wie ich als Achtzigjähriger noch mit der Zeit gehe.«

Am Freitag hab ich frei. Dann gehe ich mit meinen drei besten Freunden Golf spielen.

2

Ich heiße Arthur Ophof. Schon seit vierundzwanzig Jahren wohne ich in einem adretten Reihenhaus aus den achtziger Jahren, in einem Neubauviertel von Purmerend. Das Haus wurde errichtet zu einer Zeit, als begrünte Innenhöfe schwer in Mode kamen.

Meine Frau Afra war damals absolut begeistert.

»Dann können die Kinder in ein paar Jahren ungefährdet draußen spielen.«

Nur dass es dann mit Kindern nie was geworden ist. Wir haben uns jahrelang vergeblich bemüht.

»Über unserer geschlechtlichen Beziehung liegt eine gewisse Spannung«, erzählte Afra dem Paartherapeuten.

Diese zwei Worte reichten, um mich gänzlich impotent zu machen. Denn ich kenne keinen Menschen außer Afra, der den Ausdruck »geschlechtliche Beziehung« in den Mund nimmt. Und dann musste es ja auch noch auf Ansage passieren, diktiert von Kalender und Thermometer.

»Irgendwie tötet das die geschlechtliche Beziehung ziemlich ab«, erklärte ich dem Therapeuten.

Afra fiel der Unterkiefer herunter.

Der Therapeut nickte bedächtig. Sein Nicken war der wertvollste Beitrag zu unseren Gesprächen. Ich hab mir mal ausgerechnet, was ich diesem Mann pro Nicken bezahlen musste, und das hob meine Laune nicht unbedingt.

Nachdem wir uns ein paar Jahre so durchgewurstelt hatten, stellte sich bei einer Untersuchung heraus, dass mit Afras Eizellen irgendwas nicht stimmt und sie keine Kinder bekommen kann.

Damit war der vorrangige Grund, in Purmerend zu wohnen, nämlich ein bezahlbarer begrünter Innenhof, abgehakt. Ich habe ein paarmal vorgeschlagen, nach Breukelen zu ziehen, wo es auch ganz schöne Reihenhäuser gibt, die gut und gerne eine Stunde näher an meinem Arbeitsplatz liegen, aber davon war Afra gar nicht begeistert.

»Mittlerweile hänge ich irgendwie doch ganz schön an Purmerend, Schatz«, wandte sie ein.

»Du hängst an Purmerend? Was ist das denn schon

wieder für ein Ausdruck? Ich hänge jetzt auch nicht grade an Breukelen«, entgegnete ich.

»Und das ist genau der Grund, warum wir nicht nach Breukelen ziehen müssen, sondern lieber ganz wunderbar hier draußen bleiben können.«

Schönes Eigentor. Ich hab es dabei bewenden lassen und fahre deswegen seit dreiundzwanzig Jahren viermal die Woche von Purmerend nach Breukelen und abends von Breukelen nach Purmerend.

3

Genau genommen hab ich nicht so viele gute Freunde. Im Grunde nur drei: Stijn, Joost und Wouter. Die kenne ich noch aus der Oberstufe. Wir haben schon Liebe, Leid und ab und zu ein Mädchen geteilt. In den letzten Jahren waren es aber vor allem unsere Freitage. Da gehen wir bei Wind und Wetter zum Golfspielen. Stijn hat letzte Woche festgestellt, dass das immer »äußerst vergnügliche Freitage« sind.

»Das war jetzt aber nicht so wirklich aufregend formuliert, Stijnemann«, hat Joost daraufhin angemerkt.

Stijn ist Deutschlehrer an einer Realschule – und noch immer der bravste Junge der Klasse, ganz wie früher. Eigentlich läuft er bei unserer Golfgruppe bloß so mit. Stijn wird geduldet, weil er eben schon immer dabei war. Er ist eher ein Freund aus Gewohnheit als ein Freund aus Überzeugung.

Ganz im Unterschied zu Joost. Joost ist bestimmt nicht brav. Er ist Anwalt und arbeitet für eine breit gefächerte Klientel von Betrügern, Steuerhinterziehern und Wirtschaftsverbrechern. Er passt selbst ganz wunderbar zu seinen Mandanten und hat garantiert schon mehr als einmal gelogen.

»Ihr seid eigentlich die Einzigen, denen ich die Wahrheit erzähle«, gestand er neulich. »Meistens jedenfalls. Bei vielen Geschäftskontakten interessiert mich in erster Linie, wie weit ich die Wahrheit dehnen kann, und wenn das nicht mehr gelingt, versuche ich, mich so nah wie möglich an der Wahrheit entlangzulügen.«

»Und wie hältst du das bei deiner Frau?«, wollte Stijn wissen.

»Oh, zu der bin ich auch immer grundehrlich«, hatte Joost grinsend erwidert. Stijn schaute ihn ein wenig argwöhnisch an.

»Bestimmt.«

Joost ist jemand, der prima Sachen managen kann, und obwohl er sich manchmal auch in eine dumme Lage reinmanagt, gelingt es ihm danach fast immer, sich wieder rauszumanövrieren.

Wouter, mein dritter Freund, ist auch kein Kind von Traurigkeit, aber er kriegt die Dinge immer bestens geregelt. Er hat eine Firma, die irgendwas mit Informatik macht. Früher hab ich ab und zu mal versucht zu kapieren, was er denn jetzt genau macht, doch er wischte meine Frage beiseite mit einem: »Was mit Programmieren, das verstehst du doch sowieso nicht«, und tatsächlich ist die Wahrscheinlichkeit ziemlich groß, dass er damit richtiglag. Wouter hat eine schöne Frau, ein schönes Haus und ein schönes Auto – genannt in der Reihenfolge ihrer Wichtigkeit –, und er sieht immer tadellos aus in seinen teuren Maßanzügen. Was nicht unwichtig ist, weil es eine notwendige Voraussetzung für seinen Lebensstil darstellt: Er hat Geld. Wie viel genau, dazu äußert er sich nicht.

»Sagen wir einfach: Es reicht locker«, lautet seine Antwort, wenn jemand fragt.

Und ich? Ich wollte immer grandios und mitreißend leben, aber aus dem einen oder anderen Grund wurde nie was daraus in meiner verkehrsberuhigten Zone in Purmerend und im Klopapier-Großhandel in Breukelen.

»Wenn du mich fragst, bist du einfach zu faul für ein aufregendes Leben«, stellte Joost letzte Woche fest, »oder zu feige. Oder beides.«

Ich hätte mich gerne gewehrt, aber mir fiel so schnell keine Antwort ein. Selbst nachdem ich ein paar Tage darüber nachgedacht hatte, wusste ich nichts zu erwidern. Ich bin tatsächlich ziemlich faul. Und vielleicht nicht feige, aber doch zumindest sehr vorsichtig. Das nagt ein bisschen an mir.

4

Der Grundsatz, man solle über die Toten nur Gutes sagen, wird oft ein bisschen übertrieben, finde ich. Innerhalb kurzer Zeit sind Johan Cruyff, David Bowie, Prince und Muhammad Ali gestorben, was viermal zu einer So-gut-wie-Heiligsprechung geführt hat. Ich habe wirklich genau aufgepasst, konnte aber fast keinen kritischen Punkt in den endlosen Serien von Zeitungsartikeln und Fernsehsendungen entdecken, die man den toten Promis widmete. Jedes Mal tauchten scharenweise selbst ernannte Freunde auf, um die Toten zu beweihräuchern und zu erzählen, was für eine enge Beziehung sie zu Lebzeiten mit diesen Helden gehabt hatten.

Da war niemand, der gesagt hätte, dass Cruyff nicht

nur ein fantastischer Fußballspieler war, sondern auch ein sehr eigensinniges und selbstgefälliges Kerlchen. Oder dass es von Ali richtig dumm gewesen war, sich zum Parkinson-Patienten schlagen zu lassen, indem er viel zu lange weiterboxte, einfach nur des Geldes wegen. Ali hätte sich ein paar der Angebersprüche aus seinen glanzvollen Tagen lieber für die Zeit nach der Pensionierung aufsparen sollen. Als es so weit war, brachte er keinen zusammenhängenden Satz mehr raus. Und eine kleine Randbemerkung zur Eitelkeit von Bowie und Prince wäre sicherlich auch ganz angebracht gewesen.

»Cruyff wird mit Gott verglichen, aber das geht mir zu weit: Ich meine: Gott ist gut, klar, aber ein Cruyff ist er noch lange nicht.«

Über diesen Twitterkommentar musste ich furchtbar lachen.

Ich bin selten traurig oder schockiert, wenn ein berühmter Zeitgenosse stirbt, und werde nicht so schnell irgendwo Blumen niederlegen oder eine Kerze anzünden.

I

»Bist du eigentlich glücklich, Afra?«

Meine Yogafreundin Heleen überfiel mich gestern mitten im Lotussitz mit dieser Frage.

»Äh ... so einigermaßen. Glaube ich.«

»Glaubst du es, oder weißt du es? Und was bedeutet ›einigermaßen‹, ist das eine Achtkommafünf oder eine Sechs?«

»Mann, Heleen, kann das nicht bis nachher warten? Ich versuche hier gerade, völlig Zen zu werden«, zog ich mich mit einem halben Witzchen aus der Affäre.

Gott sei Dank kam sie nicht noch einmal darauf zurück. Doch jetzt saß die Frage in meinem Kopf und ging nicht mehr raus. Ich vermute, dass ich ihr schon seit Jahren ausweiche und dass sie mich jetzt, nachdem sie mir gestellt worden ist, gar nicht mehr loslässt.

Nachdem ich ein paar Tage mit dieser Frage herumgelaufen war, musste ich mir eingestehen: Ich schaffe mit Müh und Not eine Sechs. Minus. Ab und zu ist ein Tag mit einer Sieben dazwischen, aber auch eine Vier kommt durchaus vor. Vielleicht ist nicht mal die Sechs minus ganz ehrlich, weil es mir zu unangenehm wäre, mein Leben mit einem Ungenügend zu benoten.

Früher war es besser.

Als ich Arthur gerade kennenlernte, war ich glücklich. Und auch die ersten paar Jahre in Purmerend waren richtig schön. Wir hatten keine Sorgen, machten tolle Reisen.

Nach Ägypten und nach Mexiko zum Beispiel. Unterwegs hatten wir allerdings ein bisschen Pech. In Mexico City etwa wurden wir bestohlen. Wir mussten tagelang auf einen neuen Pass warten. Und in Ägypten wurden wir krank.

Seitdem bin ich ein bisschen paranoid geworden, was das Reisen angeht. Zu meinem eigenen Ärger hat sich das auch im Laufe der Jahre nicht gelegt. Ich bin gegen so ziemlich alles versichert, wogegen der Mensch sich versichern kann. Und es heißt wohl nicht umsonst »versichert gegen«. Auf jeden Fall hat mein Drang, die Welt zu entdecken, nachgelassen. Ich bin jetzt schon zufrieden mit netten Fahrradtouren in den Niederlanden. Deutschland finde ich auch schön. Ja, ich weiß, das ist ein bisschen bieder, aber es ist stärker als ich. Allein bei dem Gedanken, dass ich im Urlaub nach Afrika oder China fahren soll, bricht mir der Schweiß aus. Arthur würde gerne mal nach Japan, aber ich traue mich nicht. Und sei es nur deswegen, weil es so nah bei Nordkorea liegt.

Vielleicht nehme ich mir damit selbst etwas, aber ich finde eine Woche Drenthe oder Terschelling schön genug. Um bei den Zahlen zu bleiben: eine Sieben plus.

5

Ich hätte meinen fünfzigsten Geburtstag am liebsten unbemerkt verstreichen lassen, aber Afra drängelte mehrmals, dass ich dieses festliche Ereignis groß feiern solle.

»Das kannst du nicht einfach so übergehen«, sagte sie.

»Warum nicht?«

»Darum nicht.«

»Gegen so ein bombenfestes Argument komm ich natürlich nicht an.«

»Du bist wirklich unschlagbar witzig. Aber du kannst ruhig mal auf andere Menschen Rücksicht nehmen. Die finden es nämlich schön, wenn du dich für einen Tag ganz allein in ihrer Aufmerksamkeit sonnst.«

Ich wollte schon sagen, dass ich die Sonne seit Jahren freiwillig meide und mich, wenn es unausweichlich ist, mit Lichtschutzfaktor 50 einschmiere. Ein Faktor, der leider nicht gegen Menschen hilft.

Dann hätte Afra erwidert: »Mein Gott, was bist du wieder witzig.«

Waren *wir* wieder witzig. Ich kann mich nicht entsinnen, wann ich zum letzten Mal über sie gelacht habe. Vielleicht als sie mit ihrem Klappstuhl rückwärts ins aufblasbare Planschbecken fiel. Das war der beste Witz aller Zeiten, und ich musste ganz schrecklich lachen. Sie aber hätte mich damals am liebsten an Ort und Stelle im Kinderplanschbecken ertränkt.

Nein, mit ihrem Sinn für Humor habe ich es nicht so

wirklich getroffen. Komisch eigentlich, dass mir das in den ersten paar Jahren unserer Beziehung gar nicht so richtig bewusst wurde. Wenn man beim Kennenlernen unaufmerksam ist, lässt das so manche Ehe später in die Brüche gehen.

Was das Feiern meines Geburtstags angeht: Ich habe eingelenkt. Nächste Woche gebe ich ein Gartenfest. Soll heißen, Afra gibt es.

Als Erste hat sie die Nachbarn eingeladen. Nicht weil die so nett wären, sondern um eventuellen Klagen über Lärmbelästigung zuvorzukommen. Außerdem hat sie noch ihre Freundinnen vom Yoga gefragt, ihre Familie, ihren Wanderclub, zwei Arbeitskollegen und ein paar von meinen Bekannten. Joost, Stijn und Wouter hat sie »ganz übersehen«. Die sind nicht so ihr Fall. Die hab ich dann eben nach dem Golfspielen selbst eingeladen.

Je näher der Tag kommt, umso mehr graust es mir.

»Wenn das Fest erst mal im Gange ist, wird es dir bestimmt auch gefallen«, sprach mir Joost Mut zu, »und wenn nicht, ist es doch schon wieder vorbei, bevor du dich groß aufregen kannst.«

6

Im Stau auf der Strecke nach Breukelen habe ich alle Zeit der Welt, meinen düsteren Gedanken nachzuhängen. Seit Joost festgestellt hat, dass ich zu faul und/oder zu feige bin für ein grandioses, mitreißendes Leben, werde ich den Gedanken nur schwer wieder los. Tatsächlich ist nicht viel geworden aus den Plänen, die ich mit zwanzig hatte. Ich habe kaum etwas von der Welt gesehen, habe keine wilden Abenteuer erlebt und keinen großen Freundeskreis aus netten und interessanten Menschen aufgebaut.

Als es an der Zeit gewesen wäre, einen mitreißenden Start hinzulegen, verliebte ich mich in Afra. Bis über beide Ohren sogar. Das hat meine Pläne ein bisschen durchkreuzt.

Sie reise leidenschaftlich gern, sagte sie damals. Unser erster gemeinsamer Urlaub führte uns nach Ägypten. Doch von den zehn Tagen dort saß Afra fünf auf dem Klo. Im Jahr darauf fuhren wir nach Mexiko, und am zweiten Tag wurde ihr auf einem Markt die Tasche geklaut. Eine gute Woche mussten wir warten, bis unsere vorläufigen Reisepässe fertig waren. Das machte ihrer Liebe zu fernen Ländern den Garaus.

»Warum sollten wir weit wegfahren, wenn es hier in der Nähe noch so viel Schönes gibt, was wir noch nicht gesehen haben?« So lautete fortan ihr Bannspruch gegen jegliches Abenteuer. Und bei »in der Nähe« dachte sie an die Beneluxländer, eventuell noch an Deutschland. Frankreich sei zwar auch ganz schön, aber die Sprache, weißt du …

Und so gehe ich jetzt seit Jahren jeden September in Drenthe, Luxemburg oder im Schwarzwald wandern.

»Immer schön in der Nebensaison, dann ist es noch ein ganzes Stück billiger und ruhiger.«

Ich wollte eigentlich nach Patagonien und Lappland, nach Japan und China. Doch allein bei dem Gedanken, mit Stäbchen zu essen, bekommt Afra Hitzewallungen.

Der Stau ist länger als sonst. Ich hänge jetzt schon eine Viertelstunde hinter dem Lieferwagen eines Fischhändlers aus Volendammer fest. »FISCH! LECKER UND FRISCH!« steht auf der Heckklappe. Wahre Dichter, die Volendammer!

7

In letzter Zeit bekomme ich immer häufiger ungefragt Werbung für Treppenlifte, Scooter und Inkontinenzwindeln. Irgendwo folgert ein eigens dafür programmierter Computer aus meiner Internetbenutzung, dass der Verfall schon ganz ordentlich begonnen hat. Übrigens sind auch regelmäßig Angebote für Sterbeversicherungen dabei. »Sie« wissen offenbar nicht, dass Afra schon alles versichert hat, was man irgendwie versichern kann. Dabei haben wir für unsere Wanderferien in Drenthe und Umgebung eine durchgehende Reiseversicherung. Für den Fall, dass wir unter einen Hinkelstein geraten.

Eine Freundin von Afra meldete letztes Jahr, dass ihr beim Campen ihr Handy gestohlen worden sei, bekam es jedoch nicht ersetzt, weil sie laut Versicherungsgesellschaft ein kleines Schloss an ihrem Zelt hätte anbringen müssen, in dem sie wiederum ihr Nokia hätte verwahren müssen. Daraufhin zog Afra kurz in Erwägung, die Reiseversicherung zu kündigen, meinte dann aber doch, dass zu viele Unglücksfälle in den Kleinigkeiten lauern.

»Zum Beispiel?«, fragte ich sie.

»Unser Arthur wieder mit seinen wissenschaftlichen Argumenten. Nein, Arthur, ich habe gerade keine Reihe von Beispielen für mögliche Unglücksfälle parat.«

»Ich brauche gar keine ganze Reihe. Ein Beispiel reicht mir.«

»Na, was würdest du dann zu einem Terroranschlag sagen?«

Ich nickte, als hielte ich das für eine gute Antwort, und machte sie nicht darauf aufmerksam, dass Terroranschläge nicht von einer Reiseversicherung gedeckt werden. Die fallen meiner Meinung nach nämlich unter gar nichts, genauso wie Atomangriffe.

8

Gestern war ich bei der Kremierung des Vaters eines Nachbarn. Er wäre in einer Woche neunzig geworden. Eigentlich war ich aus reiner Höflichkeit hingegangen: Ich erschien wegen des Nachbarn, nicht wegen des Toten. Den hatte ich nämlich kaum gekannt. Ich hatte ihn ein paarmal im Garten unterm Sonnenschirm sitzen sehen, mit einem Buch in den Parkinsonhänden. Damals fand ich es toll, dass er den tanzenden Buchstaben noch folgen konnte, aber später erfuhr ich, dass er seit Jahren dasselbe Buch las.

Wenn man keine Trauer fühlt, sitzt man ganz anders in der Halle eines solchen Krematoriums. Ich wundere mich ja immer wieder. Über die warme Atmosphäre, die sie in einem Krematorium zu schaffen wissen, über den großzügigen, zwanglosen Empfang und die gemütliche Einrichtung. Da fühlt man sich doch gleich zu Hause.

Nein, natürlich nicht. Vielmehr sehnt man sich beim Eintreten nach einer fröhlichen afrikanischen Beerdigung, mit Musik, Gesang und Tanz. Vielleicht ist sogar das pathetische Geheule und Geschrei der Araber der kahlen Kälte vorzuziehen, mit der das durchschnittliche niederländische Krematorium seine toten und lebenden Gäste empfängt.

Friedhöfe sind da weit besser, vor allem, wenn die Sonne scheint.

Es waren siebenundvierzig Menschen anwesend, um dem Toten die letzte Ehre zu erweisen. Oder vielleicht fanden sie auch nur, dass sie nicht wegbleiben konnten, ohne unhöflich zu wirken. Diese Zahl liegt weit unter dem Durchschnitt. Ich zähle nämlich immer, wie viele Menschen zu einer Beerdigung oder Kremierung kommen. Der Rekord liegt bei zweihundertfünfundfünfzig. Wie viele bei mir wohl kommen würden? Mehr als siebenundvierzig, möchte ich hoffen.

Andrea Bocelli und Sarah Brightman schallen durch die Halle. »Time to Say Goodbye«. Nummer 1 der Beerdigungshitliste.

Auf ihr stehen hierzulande aber auch noch Paul de Leeuw, Marco Borsato und Claudia de Breij. Ob das den Sängern wohl gefallen würde? Würden sie in erster Linie an die Tantiemen denken? Claudia de Breijs beliebtestes Lied ist »Darf ich zu dir?«. Was eigentlich seltsam ist, denn das Du liegt ja im Sarg, nehme ich an. Vera Lynn und Mieke Telkamp sind aus den Top Ten verschwunden. Schade. Vielleicht setze ich sie auf die Liste für meine eigene Beerdigung, um die Gäste zu überraschen. Oder noch besser: »Da steht ein Pferd auf'm Flur« von André van Duin.

»Eine letzte verrückte Idee, Leute, präsentiert vom Verstorbenen selbst.«

Afra hat meistens Migräne, wenn Leute kremiert und beerdigt werden. Das ist mir egal, ich bin sowieso lieber allein da. Sonst muss ich, vor allem auf dem Friedhof, die ganze Zeit Arm in Arm mit ihr gehen, um die Illusion von Unterstützung und Trost zu erzeugen.

II

Ich habe an der Universität von Amsterdam Psychologie studiert. Das waren die schönsten Jahre meines Lebens, denke ich mir so im Nachhinein. Im zweiten Studienjahr lernte ich Arthur auf einer Studentenparty kennen. Er war richtig witzig und charmant. Davon ist inzwischen aber nicht mehr viel übrig. Nur ab und zu bringt er mich noch zum Lachen.

Um ehrlich zu sein, bin auch ich nicht attraktiver geworden, und damit meine ich nicht mal so sehr das Äußerliche.

»Die Zeit ist gnädig mit dir umgesprungen«, hat Arthur neulich mal zu mir gesagt. Das fand ich so süß, obwohl er hinterher einräumte, dass er sich das nicht selbst ausgedacht hat, sondern dass Joost, einer seiner Freunde, das auch immer zu seiner Frau sagt.

In der Tat sehe ich für mein Alter noch ziemlich attraktiv aus. Einer der wenigen Vorteile, wenn man keine Kinder kriegt. Es kommt durchaus noch vor, dass ein Mann mit mir flirtet. Das sind dann zwar meistens Männer über sechzig, aber immerhin ...

Arthur studierte kulturelle Anthropologie, als ich ihn kennenlernte. Das Fach muss er sich wohl wegen des interessanten Namens ausgesucht haben, denn viel Interesse für fremde Völker habe ich bei ihm nie entdecken können. Es ist auch nichts daraus geworden. Nachdem er die ersten zwei Studienjahre auf fast fünf Jahre ausgedehnt hatte, beschloss sein Vater, nicht mehr zu zahlen, und dann musste Arthur arbeiten gehen. Erst in einem Fahrradgeschäft in Amstelveen, danach bei einem Großhandel für Sanitärbedarf in Breukelen. Ganz schön weit weg, aber die Stellen waren nicht gerade dicht gesät. Jetzt arbeitet er da schon mehr als zwanzig Jahre und ist mittlerweile Vertriebsleiter.

Ich glaube, dass es ihm dort in Breukelen, zwischen seinen ganzen Klorollen, im Grunde ganz gut gefällt. Obwohl er sauer wird, wenn ich Witze über Klorollen reiße.

9

Heute vor elf Jahren habe ich Ester zum ersten Mal getroffen. Sie arbeitete für einen Lieferanten von Automaten für Papierhandtücher und Toilettenpapier. Damals war sie für einen Vertreter eingesprungen, der wegen eines Burn-outs krankgeschrieben war. Anstelle eines Kopfes mit schütteren grauen Haaren und Schnurrbart kam also eine große Mähne fröhlicher blonder Locken ins Büro spaziert.

»Guten Tag, ich suche Herrn Ophof«, sagte sie.

Vielleicht stand mir der Mund etwas zu lange offen.

»Ich vertrete Herrn Schulz, der vorübergehend durch ein kleines Burn-out außer Gefecht gesetzt ist«, fügte sie erklärend hinzu.

»Na, dann lassen Sie das Herrn Schulz mal in aller Ruhe auskurieren.« So habe ich, glaube ich, geantwortet. Kein überwältigender Eröffnungssatz, aber Ester musste lächeln.

Die Fortsetzung war auch nicht so glanzvoll: »Ich bin schon seit zwölf Jahren im Klopapier, aber so eine schöne Automatenfrau stand noch nie vor meinem Schreibtisch.«

»Das sagen Sie doch garantiert zu allen Automatenfrauen«, erwiderte Ester mit einem atemberaubenden Funkeln in den Augen.

In den nächsten Monaten bestellte ich alle paar Wochen mal hier, mal da einen Papierautomaten, während ich vorher immer vierzig auf einmal gekauft hatte. So hatte ich einen halbwegs akzeptablen Grund, sie anzurufen.

»Ich sehe an den Bestelllisten, dass du deine Einkaufsstrategie ein bisschen geändert hast, seit Herr Schulz krank ist«, konstatierte sie.

»Die Automatenkönigin verdient nun mal eine andere Behandlung als der ausgebrannte Herr Schulz.«

Wir plauderten eine Viertelstunde am Telefon. Ich sah, dass mein Kollege Berend unserem Gespräch angestrengt lauschte. Da wurde mir klar, dass wir bereits auf einem bedenklichen Niveau miteinander flirteten.

»Ich habe einen neuen Papierhalter im Sortiment, Arthur. Soll ich dir den demnächst mal vorführen?«, fragte Ester. Ich schlug ihr vor, die Präsentation des Halters in ein Restaurant zu verlegen. Diese Idee gefiel Ester.

Als ich aufgelegt hatte, lispelte Berend: »Appetitliches Frauenzimmer, hm?«

Wir gingen fast ein Jahr lang miteinander essen, ins Kino, an den Strand und zu guter Letzt auch ins Bett. Es war der Himmel auf Erden. Und ich war vollkommen von der Rolle. Ester ebenfalls, doch sie kam wieder zur Besinnung. Auf der anderen Seite lagen ein anständiger Mann und drei kleine Kinder von zwei, vier und sieben Jahren in der Waagschale. Ich konnte es ihr nicht verübeln, dass sie sich für sie entschied. Sie hatte sich von einer Art tollkühner Leidenschaft hinreißen lassen, nun holte die Wirklichkeit sie wieder ein.

»Es gibt niemanden, den ich so sehr lieben könnte, dass ich drei Kinder für ihn verlassen würde.«

»Darf ich dich in zehn Jahren wieder anrufen?«, fragte ich.

Sie nickte und strich mir kurz mit der Hand über die Wange.

Ein paar Sekunden standen wir uns reglos gegenüber. Dann küsste sie mich flüchtig auf den Mund, drehte sich um und ging davon.

Ich schaute ihr nach und hoffte, dass sie sich noch einmal umschauen würde. Tat sie aber nicht. Ich meinte zu sehen, dass sie sich mit der Hand über die Augen wischte.

In einundzwanzig Tagen sind die zehn Jahre vorbei.

10

Im Auto hatte ich Zeit nachzudenken. Zum Beispiel über Selbstmord. Nein, ich selbst hege keinerlei Ambitionen in dieser Richtung. Meine Gedanken kreisen eher um die Menschen, die es von außen betrachtet zwar geschafft haben, die aber trotzdem zu dem Schluss gekommen sind, dass das Leben ihnen nicht mehr genug zu bieten hat. Joost Zwagerman, Antonie Kamerling oder der deutsche Toptorwart Robert Enke, es gibt sicherlich noch mehr Beispiele. Bewunderung, Geld, Gesundheit, schöne Frauen – auf den ersten Blick mehr als genug Gründe, um gerne alt zu werden, und doch war der Tod anziehender. Irgendwo in ihrem Kopf saßen ein paar verirrte Neurotransmitter und waren schuld daran, dass sie nicht zufrieden wurden, sondern todunglücklich, sosehr sie sich auch in die Ruder legten. Einfach Pech.

Ich habe zwar selbst auch ab und zu die Schnauze voll von dem Leben, das ich führe, aber nicht vom Leben im Allgemeinen. Mir stehen Breukelen und Purmerend bis obenhin. Ebenso Klopapier und verkehrsberuhigte Zonen. Ich träume von New York und der Toskana, muss aber stattdessen nächsten Monat bei einer viertägigen Fahrradtour durch Nordholland mitmachen. Afra möchte gerne, dass wir beim Radfahren dieselbe »sportliche« Kleidung tragen. Sie hat einen Kartenhalter am Lenker. Ich ertappe mich selbst dabei, dass ich versuche, so weit wie möglich hinter ihr zurückzufallen, damit es so aussieht, als würde ich gar nicht zu ihr gehören.

Es ist nicht ihre Schuld. Es ist nicht ihre Schuld. Es ist nicht ihre Schuld. Das kann ich nicht oft genug sagen. Sie ist, wie sie ist. Ich bin die Schnarchnase, die nicht so ist, wie sie sein will.

11

Der Golfplatz in Purmerend ist ziemlich teuer. Das macht mir zwar nicht so viel aus, aber für Golfplätze gilt im Großen und Ganzen: je teurer, desto schnöseliger. Das bedeutet im Fall von Purmerend ein viel zu großes, pseudoschickes »Clubhaus«, in dem sie einem ein Ciabatta mit Thunfischcarpaccio, Rucola und Trüffelmayonnaise für 11,75 Euro kredenzen. Ich bin ja mehr für eine Kantine mit einem Frikadellenbrötchen für zweifuffzig. In Purmerend nennt man es ein »Resort«, und dann muss man sich die ganze Zeit zusammenreißen. Zum Clubhaus gehört auch noch ein Konferenzzentrum für blasierte Geschäftsmänner. Wir spielen eigentlich lieber da, wo auf dem Parkplatz billigere Autos stehen und die Menschen sich nicht über das gemeine Volk erhaben fühlen, zum Beispiel in Amsterdam Nord, da sind wir die meisten Freitage zu finden. Sollte in Amsterdam nichts mehr frei sein, weichen wir notgedrungen nach Purmerend aus.

Wenn Stijn einen Ball ins Wasser schlägt, sagt er: »So ein Pech.« Wenn Joost dasselbe passiert, hört man ein kräftiges »Verdammt noch mal!«, und Wouter brüllt in so einem Fall »Scheiß doch die Wand an!«. Ich grummle einfach nur in mich hinein. So hat jeder seinen eigenen Stil.

Unsere Gespräche drehen sich um Golf, Frauen, Arbeit, Geld und die Nachrichten. Joost und Wouter sind sich einig, dass die Welt ein bisschen besser dran wäre, wenn sie das Sagen hätten. Für jedes Problem haben sie eine Lösung. Stijns Sicht auf die Dinge ist nuancierter, aber sie geht, vorsichtig ausgedrückt, ein bisschen im Gesabbel von Joost und Wouter unter. Ich selbst hänge irgendwo dazwischen.

Gestern hat Joost erzählt, dass er ein Häuschen in Italien kaufen wird. In der Toskana, genauer gesagt. Wir sind herzlich eingeladen, es dann mitzunutzen, wenn es so weit ist. Wir, das soll heißen Wouter und ich. Joost fing genau in dem Moment davon an, als Stijn gerade gegangen war.

»Ein Kunde von mir will das Häuschen loswerden, weil er es in den nächsten Jahren nicht nach Italien schafft. Er hat gerade acht Jahre bekommen. Ich kann das Haus für einen sehr moderaten Preis kaufen. Demnächst bin ich also stolzer Besitzer eines Zweitwohnsitzes in Mazzolla, nicht weit von Volterra.«

»Ist das denn nicht riskant, ein Haus von einem Kriminellen zu übernehmen?«, fragte ich.

Nein, er habe gut darüber nachgedacht, erklärte Joost. Das Haus sei jetzt noch auf den Namen eines Italieners eingetragen. Von dem würde er es auch kaufen. Derselbe

Italiener würde dann für eine kleine Aufwandsentschädigung anfallende Arbeiten durchführen und ein Auge auf das Haus haben. Kein Hahn würde danach krähen.

»Und wer weiß alles davon?«, fragte Wouter.

»Niemand, nur ihr.«

»Deine Frau auch nicht?«

»Nein, vorläufig jedenfalls noch nicht. Sonst muss ich da ja ständig mit ihr hinfahren. Später vielleicht.«

»Ich finde, das hört sich wirklich gut an. Das würde ich schon gerne mal nutzen. Auch jederzeit ohne Frau. Ohne dass es überhaupt jemand weiß.« So hatte ich es, ehe ich mich versah, ausgesprochen.

»*Be my guest*, mein lieber Freund«, antwortete Joost.

12

Momentan warte ich darauf, dass in irgendeinem Zusammenhang die Zahl 1729 auftaucht. Und wenn sie dann auftaucht, hoffe ich, dass ich mich in interessanter Gesellschaft befinde. Denn dann werde ich mit gespielter Lässigkeit die Bemerkung fallen lassen, dass die 1729 eine besondere Zahl ist. Und wenn dann jemand fragt, warum, sag ich ganz obenhin, dass 1729 die kleinste ganze Zahl ist, die sich auf zwei Arten als Summe von zwei mit drei potenzierten Zahlen darstellen lässt, nämlich von 1^3 und 12^3 und von 9^3 und 10^3.

Als ob ich eine Ahnung von Mathe hätte.

Ich wäre so neugierig, was die Leute um mich herum dann für Gesichter machen würden. Schade, dass die Chancen für ein zufälliges Auftauchen der Zahl 1729 eher gering sind. Und es käme ziemlich forciert rüber, wenn ich von selbst davon anfangen würde. Ich habe im Internet auch keine wichtigen historischen Ereignisse in diesem Jahr finden können. Offenbar stammen ein paar Giebelsteine aus dem Jahre 1729, und Wikipedia vermeldet den Bau einiger mit Wasserkraft betriebener Mühlen in Laag-Caestert.

Ich habe die Zahl aus der Zeitung. Im Auto habe ich dann auswendig gelernt, warum sie besonders ist. Wozu so ein Stau doch gut sein kann. Wobei ich mich schon frage, ob ich denn gar nichts Besseres zu tun habe.

Jahrelang trug ich mich mit dem Gedanken, die Zeit, die ich im Stau verbrachte, zu etwas Nützlichem zu gebrauchen und zum Beispiel eine Fremdsprache zu lernen. Nicht so was Naheliegendes, sondern eine schwierige Sprache – Russisch, Chinesisch oder Japanisch. Eine Sprache, mit der man richtig was hermacht. Wie die meisten meiner Pläne habe ich auch diesen nie umgesetzt. Eine ganze Weile störte mich das auch gar nicht so, aber die Zukunft wird jeden Tag kürzer, und ich begann, mich immer mehr über mich zu ärgern. Meine Unfähigkeit, mal eine Entscheidung zu treffen, und diese ewige »Ach, lass doch«-Einstellung nagt doch sehr an mir. Dieses »Ach, lass doch« zieht sich wie ein roter Faden durch mein Leben. Wenn ich noch etwas Grandioses, Mitreißendes daraus machen will, dann wird es wohl langsam mal Zeit, einen ersten kleinen Schritt zu tun.

13

Joosts Häuschen in Italien geht mir nicht aus dem Kopf. Auf seinem Handy hat mir Joost ein paar Bilder gezeigt. Ein weißes Haus ganz oben auf einem Hügel. Schöner Garten mit Weinstöcken und sogar einem kleinen Pool. Etwas außerhalb vom Dorf und, wie gesagt, nicht weit von Volterra, einer kleinen Stadt mit Restaurants, Cafés zum Draußensitzen und Geschäften.

So unauffällig wie möglich habe ich mich bei Afra erkundigt, ob sie im nächsten Sommerurlaub nicht mal nach Italien fahren wolle. Nein, darauf habe sie keine Lust. Zu heiß, eine unverständliche Sprache und jeden Tag Spaghetti – das sei nichts für sie. Warum ich überhaupt frage?

»Nur so.«

»Du machst nie irgendwas ›nur so‹.«

»Na, diesmal schon.«

»Jaja.«

»Jaja« ist ihre bevorzugte Art, unsere Gespräche zu beenden.

14

Mein Geburtstag ist ziemlich vorhersehbar verlaufen. Kurz nach Kaffee und Kuchen kam es zu der klassischen Trennung: Die Frauen, die Alten und die Öden im Geiste saßen in einer Runde im Wohnzimmer, das Gros der Männer und eine einzige geduldete Frau standen in der

Küche. Welcher Mechanismus diese Aufteilung ein ums andere Mal hervorruft, weiß ich nicht, aber die Nähe zum Kühlschrank spielt sicherlich eine Rolle. Im Wohnzimmer wurde kultiviert geplaudert und in Maßen getrunken, in der Küche dagegen mit schnittigem Tempo Alkohol konsumiert und immer lauter geredet und gelacht. Dass dabei vor allem alte Anekdoten und Witze recycelt wurden, störte niemanden.

Normalerweise bin ich hauptsächlich in der Küche zu finden, aber hier, auf meiner eigenen Feier, erwartete man von mir, dass ich mich auch regelmäßig unter die Gäste im Wohnzimmer mischte, unter die Nachbarn und Afras Freundinnen. Vereinzelte Fluchtversuche hat meine Frau geschickt vereitelt. Dann schob sie mir in der Küche einen Teller Käse und Leberwurst in die Hand, mit der Bitte, ihn kurz im Wohnzimmer herumzureichen. Für die Freundinnen aus ihrem Yogastudio hatte Afra eine Schüssel Rohkost geschnippelt. Kurzum, alle Klischees einer klassischen Geburtstagsfeier wurden bedient. Am Ende kotzte Wouter im Garten auch noch kurz in den Blumenkasten mit den Tagetes.

»So, da ist einem doch gleich viel leichter.«

Ich kenne niemanden, der so ungerührt kotzen und anschließend weitertrinken kann wie Wouter. Joost meinte, es sei wohl das Klügste, den Blumenkasten stillschweigend zu entsorgen.

Afra suchte tags darauf die ganze Nachbarschaft nach ihren Tagetes ab, aber Joost war so schlau gewesen, den Blumenkasten auf den Rücksitz seines Autos zu stellen und auf dem Heimweg in einen Müllcontainer zu schmeißen.

Afra schüttelte noch tagelang den Kopf: »Wie zum Teufel kann denn bitte ein ganzer Blumenkasten verschwinden?«

Und ich gab zu bedenken: »Vielleicht hat ihn jemand weggeworfen, weil er fand, dass Tagetes stinken.«

»Arthur, das ist doch lächerlich«, meinte sie.

15

Das Renteneintrittsalter ist um drei Monate angehoben worden. Das ist die dritte oder vierte Erhöhung in ungefähr sechs Jahren. Es geht kein Weg dran vorbei: Ich muss arbeiten, bis ich siebenundsechzig Jahre und drei Monate alt bin. Es sei denn, es kommt in den nächsten siebzehn Jahren und drei Monaten noch zu der einen oder anderen Erhöhung der Altersgrenze, und das halte ich für extrem wahrscheinlich.

Letztlich ist es eine simple Rechenaufgabe. Die Menschen werden älter und bekommen daher im Schnitt auch länger Rente, und auf die Zahl der Werktätigen kommt eine immer größere Zahl von Rentnern. Minus plus minus macht doppeltes Minus. Henk Krol von der Seniorenpartei hält es für Unfug, die Probleme auf diese Art anzupacken, schließlich gehe es »um die Menschen, die dieses Land groß gemacht haben«. Ich für meinen Teil glaube, wir sollten Henk und seinen Fünfzigplussern, die das Land groß gemacht haben, lieber nicht das Portemonnaie dieses Landes anvertrauen.

Ich bin nicht sicher, was ich schlimmer finde: noch siebzehn Jahre und drei Monate gegenüber von Buchhalter-Berend am Schreibtisch sitzen oder noch siebzehn Jahre und drei Monate jeden Tag zweieinhalb Stunden im zähfließenden Verkehr zubringen zu müssen.

Diese drei Extramonate sind der psychologische Tropfen, der meinen Eimer voll Fügsamkeit zum Überlaufen bringt.

Noch gute siebzehn Jahre Sanitärzubehör, noch siebzehn Jahre Purmerend-Breukelen-Purmerend …

Es muss etwas geschehen.

16

Frederieke, das siebenjährige Nachbarsmädchen, spielt Fußball. Sie kam zu mir und zeigte mir stolz die Tabelle ihrer Liga, weil ihr Team da in Führung liegt. Ganz unten standen die Mädchen F5 des FC Almere.

9 Spiele bestritten: 0 gewonnen, 0 unentschieden, 9 verloren.

4 Tore, 117 Gegentore.

Ich musste kurz schlucken. Im Schnitt hatten sie also mit 13 zu ½ verloren. Hundertsiebzehn Mal hat eine kleine Torhüterin von sieben Jahren, wahrscheinlich mit Pferdeschwanz und zu großen Handschuhen, den Ball aus dem Netz holen müssen. Es heißt ja immer, dass Teamsport charakterbildend sei, aber man fragt sich schon, was diese Statistik mit den Mädchen aus dem Team F5 des FC Almere macht.

»Gegen die Tabellenletzten haben wir 18 zu 0 gewonnen«, verkündete das Nachbarsmädchen stolz.

Ich nickte und dachte an das kleine Mädchen im Tor. Und hatte Mitleid mit ihm.

17

Meine Mutter ist schon seit Jahren tot, und auch mit meinem Vater hab ich mich nicht mehr wirklich gut verstanden, nachdem er dement geworden war. In dem Moment ist es schon ganz schön, wenn einem die Schwiegereltern ein bisschen liegen. Und was soll ich sagen: Das Glas ist halb voll. Meine Schwiegermutter Gerda ist eine tolle Frau. Mein Schwiegervater Piet ist ein sehr langweiliger Mann.

Gerda hat mir einmal nach anderthalb Flaschen Wein unter vier Augen anvertraut: »Ich verstehe nicht, wie ich so eine langweilige Tochter kriegen konnte. Dabei hab ich mich wirklich bemüht, etwas Nettes aus ihr zu machen.«

»Vielleicht waren Piets Gene zu dominant«, schlug ich vor.

»Wie ich Piet jemals heiraten konnte, verstehe ich auch nicht.«

Sie überlegte kurz.

»Obwohl, eigentlich schon. Er war ein gut aussehender Mann, und ich wollte unbedingt zu Hause raus. Selbst schuld im Grunde. Deswegen bin ich vielleicht auch bei ihm geblieben. Und manchmal … hatte er auch was Rührendes.«

»Gott sei Dank haben die beiden nicht allzu sehr auf dich abgefärbt, Ger«, munterte ich sie auf. Sie wollte noch etwas sagen, aber in dem Moment kam Afra mit ihrem Kräutertee herein.

Piet jammert den ganzen Tag über allerlei Beschwerden, obwohl er überhaupt nichts hat. Bei Gerda wurde vor ein paar Monaten Lungenkrebs festgestellt, und es geht ihr schlecht, aber man hört sie selten jammern. Siebenundvierzig Jahre lang hat sie jeden Tag eine Schachtel geraucht. Und war die ganze Zeit eine sehr bewusste Raucherin: Sie hat jeden Zug genossen.

»Schon blöd mit dem Lungenkrebs. Andererseits hab ich eben auch ungefähr eine Viertelmillion herrliche Zigaretten geraucht, und das ist auch was wert. Das vergessen die Menschen nur zu gern«, sagte sie und lachte.

»Na ja, jetzt haben wir den Salat«, versuchte es Piet. Ich überlegte, ob ich ihm eine Vase über den Kopf ziehen sollte. Gerda sah meine grimmige Miene und sagte: »Lass gut sein, Arthur. Reine Energieverschwendung.«

»Was ist Energieverschwendung?«, fragte Afra.

»Sich den Kopf zu zerbrechen.«

»Wegen deiner Krankheit, meinst du?«

»So was in der Richtung, ja.« Und sie fügte hinzu: »Arthur, hast du Lust, einen kleinen Spaziergang mit mir zu machen?«

»Natürlich, Mama.«

»Ist ja lustig, mein Sohn, das ist das erste Mal, dass du mich ›Mama‹ nennst.«

III

Arthur und ich haben ganz verschiedene Freundeskreise, das macht unsere Beziehung nicht einfacher. Ich habe wirklich tolle Freundinnen aus dem Yogastudio und vom Tennis, doch Arthur findet sie alle spießig. Er sagt es zwar nicht, aber ich höre, wie er es denkt. Es ärgert ihn ja schon, dass da ein paar Mädels dabei sind, die gerne Kräutertee trinken, so wie ich. Als ob seine bier- und weinsaufenden Freunde so ein Segen für die Menschheit wären. Vielleicht ist er auch einfach neidisch, dass ich gut und gerne zehn Freundinnen habe und er nur drei Freunde. Zwei total arrogante, Joost und Wouter, und einen, der ganz in Ordnung ist, Stijn, ein Deutschlehrer. Was die anderen beiden machen, kann er nicht so genau sagen.

Auf der Geburtstagsfeier von Arthur war ganz offensichtlich, dass das nicht zusammenpasste. Meine Freundinnen, die Nachbarn und mein Vater saßen im Wohnzimmer, und Arthur und seine Freunde standen in der Küche, mit meiner Mutter wohlgemerkt. Schön bequem, gleich neben dem Kühlschrank.

Ich habe Arthur noch ein paarmal mit Häppchen ins Wohnzimmer geschickt, aber nachdem er Käse und Wurst herumgereicht hatte, konnte er gar nicht schnell genug wieder in die Küche kommen. Da wurden sie dann ziemlich schnell betrunken, und einmal hörte ich sogar, wie sich jemand übergab. Aber ich bin nicht hingegangen, um nachzusehen. Sie haben es übrigens blitzsauber weggeputzt, sodass ich später keine Spuren davon finden konnte. Die Nachbarn und fast alle meine Freundinnen waren da zum Glück schon heimgegangen. Meinem Nachbarn ist am nächsten Tag die Bemerkung rausgerutscht, dass wir ja wohl noch lange weitergefeiert hätten, nachdem sie gegangen waren.

»Und laut war es auch«, fügte seine Frau ein bisschen säuerlich hinzu.

Was mich wirklich geärgert hat, war die Tatsache, dass an dem Abend ein Blumenkasten mit Tagetes verschwunden ist. Arthur meinte, er wisse von nichts, aber vielleicht sei jemand der Meinung gewesen, dass sie zu sehr stinken, und habe sie deswegen irgendwo anders hingestellt. Ich glaube ja, dass er lügt und dass sich irgendjemand einen schlechten Scherz erlaubt hat. Wer nimmt denn bitte einen ganzen Blumenkasten mit?

Arthur hat am Samstag drauf einen neuen Kasten und neue Pflanzen gekauft, das muss ich ihm zugutehalten. Es waren keine Tagetes, aber da bin ich auch nicht traurig. Die riechen ja wirklich ein bisschen komisch.

18

Für den Großhandel für Sanitär- und Reinigungszubehör läuft es gerade nicht so toll. Direktor Hertog rief gestern vollkommen unerwartet das gesamte Personal in sein Büro: Marieke (Sekretariat), Berend (Finanzen), Dirk (Transport), Hammed (Lager) und mich (Vertrieb).

Hertog räusperte sich, schaute in die Runde, räusperte sich noch einmal und sagte dann: »Ich weiß gar nicht richtig, wo ich anfangen soll.« Er sah aus, als säße seine Krawatte zu eng. »Die Zahlen der letzten Quartale geben einigen Grund zur Besorgnis. Nirgendwo wurden die Umsatzziele erreicht.«

Dirk schaute erschrocken. Hatte er vergessen, etwas abzuholen?

»Die finanzielle Situation gestaltet sich so, dass sich die Direktion genötigt sieht, demnächst eine interne Umstrukturierung vorzunehmen, damit wir wieder kosteneffizient arbeiten können. Jeder in unserem schönen Betrieb wird sich damit konfrontiert sehen.«

Das waren zu viele unverständliche Wörter für Hammed und Dirk. Ganz offensichtlich geschah da irgendetwas Ernstes, aber was?

Am Ende lief es darauf hinaus, dass zwei Leute entlassen werden mussten, der Chef aber noch im Zweifel war, wer das sein sollte. Davon werde er baldmöglichst Mitteilung machen.

Nachdem ich in Gedanken das Personal durchgegangen bin, komme ich zu der Erkenntnis, dass die Zahl der Möglichkeiten beschränkt ist:

- Hammed muss die Arbeit von Dirk mitmachen oder andersrum. Dirk fliegt raus, oder Hammed.
- Hertog kann seine Sekretärin entlassen, aber ein Direktor ohne Sekretärin ist für ihn undenkbar. Nicht wegen der Arbeit – die könnte er lässig selbst erledigen und nebenbei noch Zeitungen austragen –, sondern wegen seines Status als Direktor.
- Berend macht meine Arbeit mit. Ich fliege raus.
- Ich mache die Arbeit von Berend mit. Aber das wird wahrscheinlich nicht passieren, weil Berend zwei Buchhaltungsdiplome hat und ich nicht. Obwohl man seine Arbeit gut erledigen kann, wenn man den Kindergarten erfolgreich absolviert hat.

Unterm Strich: Die Wahrscheinlichkeit ist groß, dass ich demnächst arbeitslos sein werde.

Ich muss sagen, dass mich diese Aussicht viel weniger erschreckt hat als erwartet. Mir schoss zwar der Gedanke durch den Kopf, dass ich mir im Falle meiner Entlassung schleunigst etwas einfallen lassen sollte, um zu verhindern, dass ich sieben Tage pro Woche in meinem Reihenhaus zu Purmerend sitzen und Afra helfen muss, die Wäsche aufzuhängen und einzukaufen. Wenn mir das nicht gelingt, werde ich mich noch nach den Staus auf meinem Weg nach Breukelen sehnen. Meine Frau hat zwar auch einen Job, sie arbeitet allerdings nur drei Vormittage die Woche. In einem Modegeschäft für Damen, die etwas größere Größen brauchen. Was das angeht, hat sie sich immer ganz wichtig, aber die meiste Zeit verbringt sie damit, auf Kundinnen zu warten. Außerdem spielt sie am Samstagnachmittag Tennis und geht am Mittwochabend zum Yoga. Den Rest der Woche sitzt sie zu Hause und kümmert sich hingebungsvoll um den Haushalt. Wenn Afra mal einen Tag keine Trommel Wäsche wäscht, hat sie das Gefühl, nicht gelebt zu haben.

Abgesehen von dem Risiko, dass Afra und ich uns täglich auf der Pelle hocken, sehe ich der Arbeitslosigkeit eigentlich nicht besonders trübsinnig entgegen. Um es mit einem der zahlreichen modernen Glückspropheten zu sagen: Denk nicht an die Schwierigkeiten, denk an die Möglichkeiten.

19

»Wie steht's mit deinem Häuschen in Italien, Joost?«

Wir saßen an einem schönen Septembermittag im Golfclub auf der Außenterrasse des Cafés und tranken unsere zweite Flasche Wein. Stijn hatte sich gerade verabschiedet, der musste zu Hause essen. Joost, Wouter und ich studierten eingehend die Speisekarte.

»Gut. Richtig gut«, sagte Joost.

»Dann können wir uns also demnächst auf eine kleine *Housewarming Party* freuen?«, fragte ich.

»Tja ... das ließe sich wohl einrichten«, antwortete Joost nach einer kurzen Pause. »Was haltet ihr vom nächsten Frühjahr? Im Mai soll es da ganz wunderbar sein.«

»Also in ungefähr ... acht Monaten«, überschlug ich.

»Klingt prima«, nickte Wouter. »Aber wie fädeln wir das am besten ein?«

Einen Augenblick war es still.

»Wie wär's, wenn wir es eine kleine Golfreise unter Männern nennen?«, schlug Joost vor.

»Diese Idee ist brillant, brillant in ihrer Einfalt, mein Freund«, beglückwünschte ihn Wouter.

Als wir beim Dessert angelangt waren, war alles geregelt: Wir würden im Mai eine angebliche einwöchige Golfreise an die Algarve unternehmen. Letzteres, um die Aufmerksamkeit von der Toskana abzulenken. Wir mussten die Reise außerhalb der Schulferien planen, um sicherzustellen, dass Stijn nicht mitkonnte. Den geheimen Urlaub würden wir damit verbinden, Joosts Ferienhäuschen mit dem Allernötigsten auszustatten. Wouter brachte den Kfz-Mechaniker seines Vertrauens ins Spiel: Bei dem wolle er seinen Audi vorübergehend gegen einen VW-Bus tauschen, mit dem wir dann nach Italien fahren könnten.

»Die Algarve ist bei näherer Betrachtung nicht so geschickt gewählt«, wandte Joost ein, »denn dahin müssten wir fliegen. Dann würden uns die Damen am Ende noch nach Schiphol bringen.«

»Vielleicht Süddeutschland?«, schlug ich vor. »Da könnten wir unterwegs auch ein Foto nach Hause schicken.«

Und so kamen wir drauf: Lieber als die Route über Süddeutschland zu nehmen, wollten wir über Frankreich fahren.

»Dort ist das Essen auch besser.« Joost kannte ein französisches Ehepaar, das in der Nähe von Avignon ein paar hervorragende *Chambres d'hôtes* führte, die französische Variante eines *Bed & Breakfast*. »Als Beweis schicken wir eine WhatsApp-Nachricht mit einem Foto von der berühmten Brücke.«

Wir tranken noch einen auf die schöne Aussicht. Und dann noch einen.

»Na, hattet ihr's wieder gemütlich zusammen?«

Afra saß in ihrem Schlafanzug auf der Bank, in der Hand eine Tasse Gute-Nacht-Tee.

»Ja, allerdings.«

Ich beschloss, mit der Ankündigung des Golfurlaubs noch ein wenig zu warten.

20

Mein Schwiegervater schnäuzte sich, um dann gründlich das Resultat in seinem Taschentuch zu mustern. Das machte er immer.

»Ich will nur nachschauen, ob Blut mitgekommen ist.«

»Pa!«

Afra konnte es nach vierzig Jahren immer noch nicht ertragen.

»Erinnert mich an den deutschen Bundestrainer, der gern mal seine Hand in die Hose schob, sich die Eier schüttelte und danach kurz an der Hand schnupperte. Der wollte wohl auch nur kontrollieren, ob er eine Dusche braucht«, flüsterte mir meine Schwiegermutter leise zu und lachte.

»Ma!«

»Tut mir leid, mein Schatz. Ich fand es lustig.«

Gerda konnte nur noch flüstern. Sie bekam starke Schmerzmittel, konnte das Bett nicht mehr verlassen, blieb aber, wer sie immer gewesen war: eine witzige Frau, großzügig im Kopf und im Herzen. Offen und interessant.

Eine Woche zuvor hatte sie beschlossen, sie habe jetzt genug gelitten, und den Doktor gebeten, sie langsam, aber sicher gehen zu lassen. Ihre Tochter und ihr Mann taten sich schwer mit dieser Entscheidung. Ich auch. Wenn es erst mal so weit ist, ist so ein vernünftiger Beschluss doch ein ganz schöner Brocken für die Angehörigen.

»Ich fände es schön, wenn ihr euch in dieser Sache auf meine Seite stellen würdet, nicht gegen mich«, sagte Gerda sanft und doch überzeugend.

Meine Schwiegermutter war mir immer lieb und teuer gewesen. Ab dem Moment, in dem ich sie zum ersten Mal traf.

Wenn man wissen will, wie die Freundin später werden wird, muss man sich die Mutter anschauen – das glaubte ich, als ich Afra kennenlernte. Diesen Grundsatz vertrete ich nicht mehr. Denn ich hätte mir lieber ihren Vater anschauen sollen. Das war mir jedoch nie eingefallen, Afras Vater stand einfach ein bisschen in meinem toten Winkel. Jetzt sorge ich mich mehr um die Mutter, die im Sterben liegt, als um die Frau, mit der ich verheiratet bin.

Ich brauche aber gar keine großen Schuldgefühle zu haben, denn wenn Afra mich gegen einen Labradorwelpen eintauschen könnte, würde sie nicht eine Sekunde lang zögern. Mann und Welpe gleichzeitig geht nicht, denn ich bin allergisch gegen Hunde. Eigentlich gegen Katzen, aber mein Schwiegervater hat mal mit großer Entschiedenheit behauptet, dass man, wenn man empfindlich auf Katzen reagiert, auch keine Hunde abkann. Ich habe das so stehen lassen. Ich widerspreche ihm schon seit Jahren nicht mehr, egal ob er richtig- oder falschliegt. Und in diesem Fall kommt es mir ja gerade recht, denn so haben wir uns nie einen Hund, eine Katze, ein Meerschweinchen oder ein anderes Tier mit Fell angeschafft.

»Auf Fische ist er nicht allergisch«, hatte Gerda einmal

fröhlich bemerkt, als Afra zum soundsovielten Mal klagte, dass sie wegen mir keinen Hund haben könne.

»Ach, hör doch auf, Ma!«, hatte Afra sie angeschnauzt.

Es muss unbedingt ein Tier sein, das sie auf den Schoß nehmen kann. Und das geht eben nicht so gut mit einem Goldfisch.

Der Hausarzt ist ein liberal denkender Mann. Schon vor ein paar Monaten hatte er auf Anfrage meiner Schwiegermutter das Sterbehilfeverfahren eingeleitet. Mittlerweile waren alle Formalitäten geregelt, einschließlich der Konsultation durch einen zweiten Arzt.

Es war so abgemacht, dass Gerda irgendwann konkret um Sterbehilfe bitten würde und dann im Anschluss noch ein paar Tage Bedenkzeit nehmen musste, bevor ihr Antrag bewilligt wurde. Diese Tage sind nun verstrichen, und Gerda hat den Arzt erneut gebeten, ihrem Leiden ein Ende zu setzen.

Er hat die Vorbereitungen getroffen. Morgen ist es so weit. Ich habe einen riesigen Stein im Magen.

21

Es war sehr warm im Zimmer. Mein Schwiegervater hatte den Thermostat auf 23 Grad gedreht.

»Ich will nicht, dass ihr kalt ist, wenn sie stirbt.«

»Vielleicht ist zu warm auch nicht schön«, wandte ich vorsichtig ein. Mein Vorschlag wurde ignoriert.

Gerda lag mit geschlossenen Augen auf dem erhöhten Krankenhausbett, das für diesen Anlass vom Fenster in die Zimmermitte geschoben worden war. So konnten wir alle um sie herumsitzen. Wir, das heißt: ihr Mann Piet, Afra, Piets Schwester, der Arzt und ich. Die Krankenschwester hielt sich diskret im Hintergrund.

Von Piets Schwester wusste ich, dass sie Gerda nicht mochte. Sie hatte die Liebe, den Humor und die Ironie, mit denen Gerda ihr Leben bestritt, nicht ansatzweise verstanden.

»Deine Frau hat vor nichts Respekt«, hörte ich sie einmal in der Küche zu Piet sagen, genau in dem Moment, als ich hereinkam. »Das meine ich natürlich nicht negativ«, fügte sie hastig hinzu, als sie merkte, dass ich ihre Bemerkung gehört hatte.

»Ich werde sie mal drauf ansprechen«, sagte ich. »Denn wenn du mich fragst, hat sie sehr viel Respekt für alles, was wirklich einen Wert besitzt.«

Nein, nein, darauf bräuchte ich sie nicht ansprechen, sie habe das doch gar nicht so gemeint.

Und ich vermute, wenn Piet sich aussuchen könnte, ob man seine abgesetzte Lieblingsfernsehshow wieder bringen oder ob seine Frau gesund werden solle, würde er ganz schön ins Grübeln kommen. Piet ist im Laufe der Jahre zum größten Egoisten geworden, den ich überhaupt kenne. Und er gab sich auch jetzt kaum Mühe, das zu verbergen.

Dass Gerda trotzdem fast bis zu ihrem Ende zu fröhlich durchs Leben gegangen war, zeigt, was für eine urwüchsige Kraft in ihr schlummerte. »Ich lass mir von niemandem mein Vergnügen und mein Glück nehmen, und schon gar nicht von dir«, hörte ich sie einmal zu ihm sagen. Seitdem halte ich diesen Gedanken hoch und übe mich in seiner Anwendung.

Rund um Gerdas Bett herrschte eine unbehagliche Stille. Die Schwester räusperte sich.

»Vielleicht ist ihr auch zu warm«, sagte ich noch einmal. »Ich hol ihr schnell einen nassen Waschlappen für die Stirn.«

»Ja, mach mal«, brummte Piet.

»So, Mami, ich wasch dich kurz ein bisschen«, sagte ich ihr leise ins Ohr.

Ein kaum sichtbares Lächeln huschte über ihr Gesicht, und es schien, als wollte sie etwas sagen. Doch es drang kein Laut mehr aus ihrem Mund.

Der Arzt legte ihr die Infusion, und wir sahen, wie die Flüssigkeit durch den Schlauch tropfte.

»Jetzt wird es nicht mehr lang dauern«, sagte er kurz darauf, »ihr Herz schlägt schon langsamer.«

»Ersparen sie mir die Details, Herr Doktor«, sagte Piet.

Wenig später überlief Gerda ein kleiner Schauder, und ihr Unterkiefer sackte herab.

»Ihre Mutter ist verstorben«, sagte der Arzt leise.

»Und meine Frau«, erwiderte Piet.

»Tut mir leid, natürlich, Ihre Frau.«

Afra weinte in meinen Armen. Ihre Schultern zuckten.

Sogar Piet musste sich die ganze Zeit die Augen mit dem Taschentuch abwischen. Nachdem er sich vergewissert hatte, dass nicht zu viel getrockneter Rotz darin klebte.

Ich gab Gerda einen Kuss und drückte kurz meine Wange an ihre.

»Ciao, Mama.«

Piets Schwester wandte den Blick ab.

22

Mit Mühe und Not habe ich verhindert, dass Piet und Afra mit *Beerdigung Budget* Kontakt aufnahmen. Am Ende landeten wir über eine Preisvergleichsseite bei *Numata.* Dort erwartete uns laut Anzeige Service, Einsatzbereitschaft und Einfühlungsvermögen.

»Und teuer sind sie auch nicht«, sagte Piet.

Das Gespräch mit der Dame, die die Beerdigung betreuen sollte, verlief zäh. Was aber nicht in erster Linie an ihr lag.

»Wollen Sie einen oder mehrere Wagen hinter dem Sarg?«, fragte sie zum Beispiel.

»Ist das denn überhaupt nötig – so ein Wagen hinter dem Sarg?«, fragte Piet zurück. Ich habe ihn im Verdacht, dass er den Sarg vor lauter Sparsamkeit am liebsten selbst mit seinem Renault Twingo auf den Friedhof gefahren hätte. Dass er dann hinten ein Stückchen rausschauen würde, sei doch sicher nicht so schlimm, man könne ja den Kofferraum offen lassen und entsprechend langsam fahren.

Die Betreuerin versicherte ihm höflich, dass »so ein Wagen« nicht sein müsse. Kurz darauf wurde ihre Geduld aber doch einmal zu oft auf die Probe gestellt.

»Wir bei *Numata* beschäftigen ausschließlich diplomierte Bestatter«, erklärte sie, als Piet einmal an ihrem Fachwissen zweifelte. Das war kurz nachdem sie ihn gefragt hatte, ob er einen schlichten, einen exklusiven oder einen Ökosarg wolle.

»Was für einen Sarg?«

»Einen ökologisch nachhaltigen Sarg.«

»Was ist das denn jetzt wieder für ein moderner Quark. Kennen Sie den Unterschied überhaupt selbst?«

»Nehmen wir einfach den schlichten Sarg«, mischte sich Afra ein.

23

Als ich am Montagmorgen die Adressen für die Trauerkarten schrieb, klingelte ein Fahrradkurier: ein Einschreiben von der Hertog GmbH, Großhandel für Sanitär- und Reinigungszubehör. Man kündigte mir zum 1. März. Aus »Kulanz« werde die Kündigungsfrist großzügig gehandhabt. Über die Bedingungen der Kündigung, unter anderem die Abfindung, werde in absehbarer Zeit noch ein Gespräch stattfinden.

»Na, das wäre dann also auch klar«, sagte ich zu Afra.

»Was wäre auch klar?«

»Man hat mir zum 1. März gekündigt.«

Afra fielen beinahe die Augen aus dem Kopf, sie bekam den Mund nicht mehr zu.

»Das hat mir gerade noch gefehlt«, stöhnte sie.

Nicht dir ist gekündigt worden, sondern mir, wollte ich fast schon sagen, dachte dann aber an meine verstorbene Schwiegermutter und schwieg.

24

Trostlose Ehe, großartige Schwiegermutter verstorben, Job losgeworden – da musste ein gutes Gespräch mit meiner großen Liebe, die ich zehn Jahre lang nicht gesehen hatte, das Elend noch komplett machen. Irgendwas in dieser Richtung muss mir wohl durch den Kopf gegangen sein.

Ich war ein Stück durch den Purmerwald spaziert, einem gepflegten Wald, in dem die Menschen aus den Reihenhäuschen von Purmerend spazieren gehen können. Wegen des Todes meiner Schwiegermutter hatte ich mir drei Tage freigenommen. Berend, der Buchhalter, wies mich drauf hin, dass ich offiziell nur Anspruch auf einen freien Tag hätte und dass mir die anderen beiden Tage von meinem Urlaub abgezogen würden.

»Berend, das ist wirklich furchtbar aufmerksam von dir, dass du mich darauf hinweist«, erwiderte ich. »Es wäre mir schrecklich unangenehm, wenn mein Arbeitgeber unter dem Tod meiner Schwiegermutter zu leiden hätte.«

Er sagte einen Moment nichts.

»Nein … natürlich.«

Ich setzte mich auf eine Bank und zückte mein Handy.

»Hallo, hier ist Ester.«

»Hier ist Arthur.«

»Oh … hallo, Arthur.«

»Hallo, Ester, wie geht es dir?«

»Gut … In diesem Augenblick vielleicht ein bisschen weniger. Aber im Großen und Ganzen gut.«

»Ich hatte dich damals gefragt, ob ich dich in zehn Jahren noch mal anrufen darf.«

»Das weiß ich noch. Und ich hab damals Ja gesagt.«

»Und?«

»Und was?«

»Bereust du dieses Ja?«

Es blieb kurz still.

»Ja, ich bereue es. Tut mir leid, Arthur. Ich kann nicht anders.«

»Ich wollte dich fragen, ob wir uns noch einmal treffen können.«

»Nein … das geht nicht.«

»Warum nicht?«

»Ich würde vielleicht ins Zweifeln kommen. Es würde bloß mehr Kummer bedeuten.«

»Vielleicht hast du recht.«

»Ich will schon, aber ich kann nicht. Ich werde dich erst auf deiner Beerdigung wiedersehen.«

»Zumindest dann, wenn ich vor dir sterbe.«

»Ja, ansonsten kriegst du eine Trauerkarte.«

»Ich werde dort sein. Ich liebe dich immer noch.«

»Ich dich auch.«

25

»Es war ein schöner, ein ganz würdevoller Abschied«, sagte mein Schwiegervater und nickte dazu. Es klang, als wolle er mich überzeugen. Ich rang mir ein schwaches Nicken ab.

»So hätte sich deine Mutter das gewünscht«, fuhr er an Afra gewandt fort, die mit rot geheulten Augen auf dem Sofa saß.

Das bezweifle ich.

Gerda hatte die Lieder von Mieke Telkamp zum Beispiel nie leiden können. Und wer schallte prompt durch den Saal? Ja, ganz genau.

»Damit erweisen wir auch Mieke Telkamp die letzte Ehre, die ist doch selbst gerade erst gestorben«, war das Argument von Piet, mit dem er hartnäckig den Beerdigungshit »Wohin, wozu« durchzusetzen versuchte.

»Mieke Telkamp fand das Lied später selbst nicht mehr so toll«, widersprach ich zaghaft.

»Ich aber. Ich finde, das ist ein schönes Lied, wenn jemand tot ist. Da will man ja auch wissen, wohin jemand geht. Wenn ich tot bin, will ich übrigens dieses ›Papa‹ von … äh … wie hieß der noch wieder?«

»Stef Bos, Pa«, seufzte Afra.

Das Lied nehm ich gern in Kauf bei deinem Begräbnis. Ich sprach es nicht aus, aber es fehlte nicht viel.

Gerda hatte die Oper geliebt. Doch Afra fand, Oper passe nicht auf eine Beerdigung.

Es gab wohl noch das eine oder andere, worüber Gerda in ihrem Sarg nicht glücklich gewesen wäre. Um nur mal ein paar Details zu nennen: eine schlechte Anlage, eine Bestatterin, die selbst einen ziemlich verstorbenen Eindruck machte, ein hässlicher Sarg, schlichtweg ekliger Kaffee und knochentrockener Kuchen. Gerda hatte sich Wein gewünscht, aber das wäre Piets Meinung nach zu teuer geworden. Als ich vorschlug, den Wein selbst zu bezahlen, sagte Afra eisig: »Wir haben demnächst keinen Cent mehr in der Tasche, Arthur. Und im Übrigen finde ich Wein bei einer Beerdigung … ich weiß nicht … ein bisschen unpassend. Als ob es was zu feiern gäbe.«

Und dann quietschte der Wagen, in dem der Sarg zum Grab gefahren wurde, auch noch durchdringend. Das hätte meine Schwiegermutter lustig gefunden. Für so eine warmherzige Frau kamen aber herzlich wenige Gäste. Ungefähr fünfzig. Wie gesagt: Ich zähle bei jeder Beerdigung die Leute. Und wie immer fragte ich mich: Wie viele Menschen werden zu meinem Begräbnis kommen?

Neben der Bestatterin war ich der einzige Redner. Piet und Afra hatten mich gebeten, auch in ihrem Namen zu sprechen. Das schien mir unmöglich, aber ich äußerte mich nicht weiter dazu.

Ich habe liebevoll gesprochen. So liebevoll, wie ich nur konnte. Und das fiel mir überhaupt nicht schwer.

Ab jetzt muss ich es allein mit den beiden aufnehmen, schoss es mir durch den Kopf. Zugegeben, ein bisschen melodramatisch. Aber ab jetzt muss ich ohne die unverwüstlich gute Laune meiner Schwiegermutter klarkommen.

26

Ich hatte mich durchaus gefragt, ob Piet wirklich so schlimm ist oder ob es auch an meiner zunehmenden Unverträglichkeit liegt, dass er mir in den letzten Jahren immer mehr zuwider geworden ist. Doch in der Zeit, als Gerda krank war, wurden meine letzten Zweifel ausgeräumt.

»Wer soll denn dann Staub saugen und abwaschen, wenn sie nicht mehr lebt und die Schwester auch weg ist?«, hörte ich ihn Afra einmal fragen.

»Vielleicht ist Ma im Moment ein bisschen wichtiger als du mit deinem ewigen Egoismus.«

»Ich kann das aber nicht mit meinem Rheuma.«

»Solange du noch hin und wieder zum Schnapsladen gehen kannst, ist wohl auch das Rheuma noch auszuhalten.«

»Du gönnst mir wirklich gar nichts.«

»Hast du eigentlich jemals irgendwas für Ma getan?«

»Deine Mutter hat nie irgendwas von mir gewollt.«

»Und du hast natürlich keine Ahnung, woher das

kommen könnte, oder? Was für ein Geseufze und Gestöhne du da vom Stapel gelassen hast, wenn sie dich auch nur gebeten hat, deine widerlich dreckigen Unterhosen selbst in den Wäschekorb zu werfen.«

»Kann ich was dafür, dass ich ab und zu mal einen fliegen lassen muss?«

»O Gott, du bist so … ach, weißt du, hau einfach ab.«

Dieses »Hau einfach ab« war ganz und gar ungewöhnlich aus Afras Mund.

Etwas von der netten, enthusiastischen Afra aus ferner Vergangenheit ist geblieben, tief verschüttet unter ihrem Zorn und ihrem Kummer über unsere Kinderlosigkeit.

Meine Gleichgültigkeit hat ihr sicher nicht geholfen, und mein regelmäßiges »Ach, jetzt lass doch gut sein« hat viel kaputtgemacht.

Ja, tatsächlich, ein wenig Selbsterkenntnis ist mir in letzter Zeit nicht fremd. Es ist auch nicht so, dass ich sie überhaupt nicht ausstehen könnte. Aber sie reizt mich, und ich reize sie, und wir bemühen uns beide, das so gut wie möglich in Grenzen zu halten. Wir wären beide besser dran ohne den anderen.

Dass wir in vielen Dingen so verschieden sind, hilft auch nicht wirklich. Sie mag Yoga, ich spiele Golf. Sie schaut Kochshows im Fernsehen an, ich das Sportstudio. Sie geht gern ins Ballett, ich auf Popkonzerte. Sie mag Drenthe, ich mag Italien. Sie kann alle möglichen nützlichen Apps runterladen, ich bin ein digitaler Volltrottel. Sie kann auch per Fernbedienung die Klobrille anwärmen. Dafür kann ich aus einem gewissen Abstand prima hindurchpinkeln.

27

»Setz dich, Arthur.« Herr Hertog tat sein Bestes, jovial und entspannt zu klingen.

»Schöner Schreibtisch, wirklich«, begann ich, um ihm ein bisschen zu helfen.

»Ja, oder? Echt Wurzelholz. Möchtest du einen Kaffee?«

»Nein, danke, ich hatte gerade erst einen.« Ich sagte nicht, dass mir von einer zweiten Tasse seines Automatenkaffees schlecht werden würde.

»Ich nehme an, dass du weißt, warum ich dich zu diesem Gespräch gebeten habe.«

»Ich hab da so meine Vermutungen.«

»Es geht um die Kündigungsbedingungen.«

Er habe lange darüber nachgedacht, wie eine anständige Abfindung aussehen könne, erklärte er. Und habe da so an zehn Monatsgehälter gedacht.

Ich hatte zuvor mit Joost überlegt, und der fand, dass zwei Jahresgehälter drin sein müssten. Er hatte mir ans Herz gelegt, ohne Umschweife drei Jahresgehälter zu verlangen, als wäre es das Normalste der Welt.

»Oje«, heuchelte ich Erschrecken. »Das ist aber ein ziemlich großer Unterschied zu dem, was mein Anwalt mir geraten hat.«

Hertog musste sein Erschrecken nicht heucheln. »Sie haben einen Anwalt?« Vor lauter Bestürzung siezte er mich plötzlich wieder. Das konnte nur ein gutes Zeichen sein.

»Ja, mein Anwalt schlägt drei Jahresgehälter vor. Einen Monat für jedes Jahr, das ich hier gearbeitet habe, und einen kleinen Bonus für den nachweislichen Mehrwert für Ihren Betrieb.« So lautete mein auswendig gelernter Text. Das Siezen hatte ich noch obendrauf gelegt. Aus Gründen des Gleichgewichts.

Der Direktor machte große Augen. Das hatte er nicht erwartet von seinem etwas lahmen Angestellten.

»Oh.«

»Und dann noch eine Vereinbarung, dass Sie die Zahlung des Arbeitgeberanteils in meine Rentenversicherung fortsetzen.« Das war das zusätzliche Kleingeld, das Joost mir mitgegeben hatte.

»Oh.« Hertog schluckte. Er hatte gedacht, er wäre schlau und erfahren genug, um diese Sache ohne Hilfe eines teuren Anwalts über die Bühne bringen zu können. »Jaja.«

Ich ließ das Schweigen wirken. Joost hatte mir strikte Anweisungen gegeben. Nichts sagen. Nicht verhandeln. Das erste Angebot laut wiederholen. Warten, bis er mindestens zwei Jahresgehälter bietet. Das sei mehr, als man derzeit vor Gericht rausholen könne.

»Vielleicht sind zehn Monate in diesem Fall wirklich ein bisschen wenig, aber drei Jahresgehälter …«

»Zuzüglich Ihrer Zahlungen in meine Rentenversicherung.«

»Ja, also … Ich glaube, dass ich nach Rücksprache mit meinem Controller vielleicht doch achtzehn Monatsgehälter bieten kann.«

Diese acht Monate waren schnell verdient, aber es musste mehr herauszuholen sein. Vor allem, weil ich wusste, dass sein Controller achtundsiebzig war und nicht mehr so richtig auf dem Laufenden. Dafür kostete er wenig.

»Nein, mein Anwalt hat gesagt, dass dreißig Monatsgehälter wirklich das Minimum sind, und dass er vor Gericht mehr für mich rausholen kann. Dann kommen natürlich noch die Anwaltskosten dazu. Er hat mir aber empfohlen, es in diesem Fall mit dem Arbeitgeberanteil für die Rentenversicherung nicht so eng zu sehen.« Auch diesen Satz hatte mich Joost auswendig lernen lassen.

Hertog wurde sichtlich blass. Er schnaufte und seufzte ein paarmal. Ich sah, wie er fieberhaft rechnete.

»Was würden Sie dann von … äh … zwei Jahren und vier Monaten halten? Unter der Bedingung, dass Sie auf die Einzahlungen in die Rentenkasse verzichten?«

Ich tat, als würde ich zögern, und ließ mir alle Zeit der Welt. Hertog fügte hastig hinzu, dass ich unter diesen Umständen doch darauf verzichten könne, vor Gericht zu gehen.

Ich schwieg noch kurz und sagte dann, dass ich seinem Vorschlag in meinem Interesse und in dem des Betriebes zustimmen werde, wenn auch schweren Herzens. Und dass ich, um ihm die Kosten zu ersparen, die Abmachung von meinem Anwalt aufsetzen ließe. Dann bräuchte sein Anwalt nur noch alles zu kontrollieren.

Ja, das sei doch wunderbar. Hertog schien selbst ein bisschen erleichtert. Ich wusste, dass er die Summe mühelos aus eigener Tasche zahlen konnte.

Unglaublich. Innerhalb von zehn Minuten war ich um 116 000 Euro reicher geworden. Na gut, brutto, aber egal. Joost und ich gingen am Abend eine Flasche richtig guten Champagner trinken.

Ich habe noch elf Urlaubstage, teilte mir Hertog eine Stunde später mit. Das bedeutete, dass ich noch dreizehn Wochen bei der Hertog GmbH arbeiten musste. Noch zweiundfünfzig Mal von Purmerend nach Breukelen und zurück. Jetzt galt es nur noch, das schwarze Loch zu Hause zu füllen.

IV

»Vielleicht solltest du es dir selbst nicht ganz so schwer machen, Aafje«, sagte meine Mutter manchmal. »Sei doch mal ein bisschen frivoler und ein bisschen weniger spießig.«

Sie hatte recht, aber es ist schwierig, etwas zu sein oder zu werden, was man in seinem tiefsten Inneren eben nicht ist. Ich bin nicht frivol.

Arthur verstand sich gut mit meiner Mutter. Arthur ist auch nicht frivol, er kann nur wunderbar so tun, als wäre er es. Er sagt, dass er grandios und mitreißend leben will, hat aber mittlerweile schon seit dreiundzwanzig Jahren denselben langweiligen Bürojob in Breukelen. Und um die Katastrophe komplett zu machen, hat er demnächst nicht mal mehr den. Man hat ihm gekündigt. Überflüssig geworden sei er.

Das bedeutet, dass wir jetzt sehr sparsam sein müssen. Mir fällt das nicht schwer, doch Arthur lässt gerne den dicken Macker raushängen.

Mir graut vor allem davor, dass er bald den ganzen Tag zu Hause hockt. Mit einem leisen Seufzer die Beine anhebt, wenn ich mit dem Staubsauger vorbeimuss. Sich laut wundert, warum eigentlich jeden Tag eine Trommel Wäsche gemacht werden muss. Sich hinter seiner Zeitung taub stellt, wenn ich ihn etwas frage.

Ich glaube nicht, dass er so schnell einen neuen Job findet. Fünfzig Jahre alt, jede Menge Ansprüche und wenig zu bieten, außer umfangreichen Kenntnissen von Klopapierrollenhaltern und Handtuchautomaten. Da stehen die Firmen nicht gerade Schlange.

Arthur kann sich ziemlich geringschätzig ausdrücken, was meinen Job im Modegeschäft für Damen mit Übergröße angeht. Auf Kundschaft zu warten ist in seinen Augen keine Arbeit. Dabei hat er keine Ahnung, was ich an so einem Tag alles mache. Denn in den acht Jahren, die ich nun dort arbeite, ist er genau einmal vorbeigekommen. Okay, ich bin auch bloß einmal bei Hertog gewesen, nämlich als der Betrieb sein fünfundsiebzigjähriges Bestehen feierte.

Und dann habe ich demnächst außer einem Spätpubertierenden auch noch meinen Vater zu versorgen. Der denkt nur an sich selbst und an all die Krankheiten, die er angeblich hat. Meine Mutter war die Einzige, die damit umzugehen wusste. Mit einer Mischung aus leichtem Spott und vollkommenem Ignorieren. Das kann ich nicht.

Du hattest recht, Mama, ich bin nicht frivol. Ich bin von Natur aus spießig und ein bisschen grüblerisch. Und du fehlst mir ganz schrecklich.

28

Ich ärgerte mich dumm und dämlich über das unterirdische Spiel der niederländischen Nationalelf gegen Luxemburg.

»Wohlgemerkt, Luxemburg steht auf Platz 120 der Weltrangliste«, nörgelte ich, »und wir auf Platz 20.«

»Wir? Steh ich auch auf Platz 20?«

»Nein, mein Schatz, du bist natürlich die Nummer 1.« Das klang ein bisschen zynischer als beabsichtigt.

»Oh, wie romantisch. Schade, dass du es nicht auch so meinst.«

Afra sang daraufhin ziemlich schief eine freie Variation über das Lied von De Dijk: »Ein Mann weiß erst, was er verloren hat, wenn sie weg ist.«

»Spiel das doch auf meiner Beerdigung«, fügte ich hinzu.

»Nein, Arthur, auf meiner Beerdigung. Deine erlebst du schließlich nicht selbst mit.«

»Leider nicht.«

Das war der entscheidende Moment.

Der Moment, in dem ich dachte: Warum eigentlich nicht?

Der Moment, in dem ich zum ersten Mal dachte: Wäre das nicht eine gute Idee – die eigene Beerdigung mitzuerleben? Und irgendwo anders einen Neuanfang zu wagen?

Vom Rest des Spiels habe ich wenig mitbekommen.

Ich weiß nur noch, wie Afra immer wieder sagte: »Verdammt, Arthur, ich rede mit dir.«

29

Am nächsten Morgen saß ich zum ersten Mal seit dreiundzwanzig Jahren fröhlich pfeifend im Stau nach Breukelen. Ich würde etwas tun! Ich würde mein ganzes Leben umwerfen. Es würde vielleicht nicht grandios und mitreißend werden, aber doch sonnig und frei. Und mit meiner Abfindung als Startkapital brauchte ich keine Angst zu haben, dass ich nach kurzer Zeit wieder reuig in meine verkehrsberuhigte Straße in Purmerend zurückkriechen musste. Wobei, ich würde ja zu gerne Afras Gesicht sehen, wenn ihr verstorbener Ehegatte wieder an ihrer verkehrsberuhigten Tür klingelte.

»Hallo, mein Schatz, es hat einen Irrtum gegeben. Ich bin aus Versehen begraben worden, aber das wird rückwirkend korrigiert.«

Würde ihr der Mund offen stehen bleiben? Würde sie schreien? Würde sie ganz ruhig sagen: »Komm rein, Arthur, dann mach ich dir erst mal eine Tasse Pfefferminztee«? Würde sie mir um den Hals fallen und mich mit feurigen Küssen bedecken?

Ich werde es hoffentlich nie erfahren, doch die oben genannten Möglichkeiten sind wohl bereits nach ihrer Wahrscheinlichkeit geordnet.

Mit meiner Abfindung und meinen Ersparnissen kann ich es, glaube ich, um die zehn Jahre in Italien aushalten. Danach sehe ich weiter. Vielleicht gründe ich eine eigene

Weinmarke, die ich auf den Bauernmärkten in der Umgebung anbiete.

So aufgedreht und enthusiastisch war ich nicht mehr gewesen, seit ich als Fünfjähriger vom Weihnachtsmann ein Fahrrad ohne Stützräder bekommen hatte. Ich hoffte, dass es diesmal besser ausgehen würde als damals. Da war ich nämlich sofort bei Regen und Hagel drauflosgefahren, und fünf Minuten später lag ich mit einem Riesenloch im Kopf auf dem Sofa. Oder, wie meine Mutter früher sagte: »Denk immer nach, bevor du etwas tust, und während du's tust, denk weiter.« Das murmelte ich immer wieder vor mich hin wie eine Beschwörungsformel. Nur nichts übereilen!

Als gutes Omen wurde jetzt auch noch »Happy« von Pharrell Williams im Radio gespielt. Ich drehte die Lautstärke voll auf und sang im Stop-and-go anderthalb Kilometer lang lauthals mit. Neben mir kam drei Mal ein dicker Chinese in einem dicken Mercedes zum Stehen. Jedes Mal schaute er mich an. Dann winkte ich ihm zu und reckte den Daumen in die Höhe. Und jedes Mal nickte er höflich.

Als ich fertig gesungen hatte, dachte ich darüber nach, was jetzt alles zu tun war. Zuerst musste ich einen detaillierten Stufenplan aufstellen, dazu einen vorläufigen Zeitplan. Es schien mir ratsam, im Sommer beerdigt zu werden, also setzte ich mir als ersten angestrebten Termin den für meine Beerdigung: den 21. Juni, mit einer möglichen Verlängerungsfrist von drei Monaten, bis zum 21. September, dem Sommerende. Mir würde also höchstens ein knappes Jahr für meine Vorbereitungen bleiben. Das sollte genügen.

Mein zweiter Beschluss war, dass ich Joost und Wouter einweihen würde, um meinen Plan erfolgreich durchführen zu können. Denn alleine würde ich es nicht schaffen. Ich brauchte zwei durchtriebene und gerissene Assistenten, um erfolgreich aus dem Leben zu scheiden.

Ich nahm mir auch vor, nicht so viele Entscheidungen gleichzeitig zu fällen. Höchstens drei pro Tag. Den Rest des Tages würde ich ganz normal durchs Leben gehen, als plante ich nicht gerade meinen eigenen Tod.

Wenn ich nicht kurz vor meiner Beerdigung unter die Straßenbahn geriet, schoss es mir durch den Kopf. Und kurz danach übrigens lieber auch nicht.

30

Ich hatte Joost und Wouter nach dem Golfen zu einem Abendessen im Clubhaus eingeladen. Es gebe etwas zu feiern. Stijn stieg wie erwartet nach zwei Bier und Fleischkroketten aus, um zu Hause bei seiner Frau weiterzuessen.

»Tut mir leid, ich muss jetzt gehen«, sagte er. Das sagt er immer, und ich glaube, dass es ihm auch wirklich jedes Mal aufrichtig leidtut.

»Was muss, das muss«, antwortet dann jedes Mal ein anderer von uns. Das haben wir mal so ausgemacht. Stijn schaut daraufhin immer ein bisschen argwöhnisch, lässt es aber am Ende wieder unkommentiert.

Ich hatte in einer ruhigen Ecke des Restaurants einen Tisch reserviert und meine Freunde gleich nach dem Essen, beim Kaffee, mit meinem Plan für ein neues Leben überfallen wollen. Doch noch bevor die Vorspeise aufgetragen wurde, konnte ich nicht mehr an mich halten.

»Verehrte Freunde, darf ich Sie kurz um Ihre Aufmerksamkeit für eine äußerst wichtige Mitteilung bitten?«

»Na, Arthuro, müssen wir uns ein bisschen wichtigmachen, hm?«, meinte Joost.

»Wie soll ich es sagen … Ich werde euch gewissermaßen verlassen.«

»Lass mich raten: Du warst so unhöflich, uns eine tödliche Krankheit zu verschweigen.« Wouter spottet einfach immer, ohne Ansehen der Person und des Themas.

»Nein, ich bin munter wie ein Fisch im Wasser. Aber ich werde meine eigene Beerdigung inszenieren und brauche dafür die Hilfe meiner beiden besten Freunde. Und die heißen Wouter und Joost.«

Diese beiden Freunde schauten jetzt doch ziemlich dämlich aus der Wäsche.

»Hä?«

»Das klingt für deine Verhältnisse außerordentlich intelligent, Joost.« Ich genoss es und war gleichzeitig nervös. Im Grunde hatte ich gar nicht damit gerechnet, dass sie meinen Plan lächerlich oder viel zu riskant finden könnten. Bei dieser Sache ging es um Leben und Tod, da konnte ich mir keine großen Fehleinschätzungen erlauben.

»Ich hab die Nase voll von dem Leben, das ich führe, und werde deswegen über einen ungewöhnlichen Fluchtweg ein neues Leben anfangen. Ich hoffe – und ich werde mich auch sehr darum bemühen –, dass ihr, als einziges Überbleibsel meiner alten Existenz, ein schönes Plätzchen in meinem Leben 2.0 bekommt. Außerdem finde ich es ganz formidabel, an meiner eigenen Beerdigung teilnehmen zu können.«

Ich hörte, wie die Gehirne gegenüber und neben mir nur so krachten. Hatten sie recht gehört? Würde ihr lustiger, aber träger Freund Arthur allen Ernstes etwas derart Schockierendes tun?

»Das kommt jetzt aber nicht daher, dass ich neulich meinte, du seist zu faul und zu feig für ein mitreißendes Leben, oder?«, erkundigte sich Joost leicht besorgt.

»Na ja, das war eigentlich schon der Anlass«, log ich.

»Du bist vielleicht ein Teufelskerl«, sagte Wouter. »Was für ein großartiger Plan!«

Und Joost fügte hinzu: »Das hätte ich dir wirklich nie zugetraut, mein Lieber. Kompliment. Ich wünschte, ich wäre selbst auf die Idee gekommen.« Er verstummte, schaute mit zugekniffenen Augen über mich hinweg ins Nichts und fuhr dann fort: »Übrigens ... solltest du ... wenn du dich dann erst mal aus dem Staub gemacht hast, möchtest du dann nicht der permanente Hüter meines italienischen Landguts werden? Würden wir damit nicht zwei riesige Fliegen mit einer Klappe schlagen?«

»Aber dann bitte mit Dauerbesuchsrecht für den Herrn Joost und den Unterzeichneten«, sagte Wouter.

Ich war im ersten Moment sprachlos, doch dann wurde mir klar, wie genial diese Lösung war. Ein großes und wichtiges Puzzleteil hatte seinen Platz gefunden.

Kurz vor Mitternacht wurden wir schließlich vom Ober aus dem Restaurant geworfen. Ich gab ihm ein nettes Trinkgeld.

»Ist das Schweigegeld?«, fragte er mit einem falschen Grinsen.

Ich erschrak. Offensichtlich hatten wir zu laut geredet. Ab jetzt musste ich ein bisschen vorsichtiger sein.

»O nein, das ist Trinkgeld. Und ... äh ... na ja, Schweigegeld auch.«

Der Ober nickte gnädig. »Keine Sorge. Berufsgeheimnis, ist doch klar.«

31

Afra schlug vor, eine digitale Eierbox mit Fernabfragefunktion zu kaufen. Dann könne man jederzeit feststellen, wie viele Eier noch drin seien und welches Ei das älteste sei.

»Du meinst, dann musst du nicht ständig die Kühlschranktür aufmachen, um die ganzen Eier zu zählen.«

»Was sind wir wieder witzig, Arthur. Ich finde es einfach praktisch.«

»Ich auch, mein Schatz. Kauf die Box ruhig.«

»Meinst du das jetzt ernst?«

»Natürlich, ich werde mich doch nicht querstellen, wenn du so etwas gerne haben möchtest, hm?« Ich warf noch ein paar ofengetrocknete Holzscheite in den offenen Herd. Ein flackerndes Feuer fand Afra gemütlich, aber lieber ohne umherfliegende Funken. Deswegen auch das speziell vorgetrocknete Holz.

Vielleicht muss ich aufhören, so auffallend nachgiebig zu sein. Das weckt nur Argwohn.

Es kostet mich allerdings einige Mühe, nicht dauernd singend und pfeifend durchs Haus zu hüpfen. Wenn ich an meine Beerdigung und mein anschließendes neues Leben denke, gehe ich euphorisch durch den Alltag.

»Hast du irgendwas?«, fragte mich Afra gestern Abend misstrauisch. »Bist du vielleicht manchmal froh, dass man dir gekündigt hat? Hast du denn überhaupt kein Verantwortungsgefühl?«

»Natürlich, mein Schatz. Ich bin schon eifrig auf der Suche nach einer neuen Stelle.« Die Zeitung hatte ich demonstrativ auf der Seite mit den freien Stellen aufgeschlagen liegen lassen und hatte eine eingekreist.

»Hundeausführservice? Du? Mit deiner Allergie? Das ist ja lächerlich«, spottete sie.

»Irgendwas muss ich doch machen. Die Klopapierstellen liegen nicht gerade auf der Straße. Und im Übrigen merke ich im Freien überhaupt nichts von meiner Allergie.«

»Das ist eine Stelle für drei halbe Tage pro Woche, die bringt nichts ein«, sagte Afra, nachdem sie sich die Anzeige genauer angeschaut hatte.

»Ja. Sieh mal an, genau wie dein Job«, entschlüpfte es mir. Es tat mir sofort leid. Ich hatte sie nicht kränken wollen.

Den Rest des Abends herrschte auf dem Sofa neben mir eisige Stille. Ich freute mich darauf, dass ich das demnächst nicht mehr mitmachen musste. Außerdem gönnte ich es Afra auch von Herzen, meine nervige Gesellschaft los zu sein. Die Hölle, das sind immer die anderen. Was uns bevorstand, würde dagegen eine veritable Win-win-Situation sein.

32

Salve.
Mi chiamo Arturo.
Sono pensionato.
La mia specialità: dolce far niente.
Con un vino rosso e frutti di mare.

So, die ersten italienischen Sätze, mit denen ich ein Gespräch eröffnen könnte, sitzen schon mal.

Ebenfalls praktisch:

Dove posso buttare l'immondizia? – Wo kann ich den Hausmüll wegwerfen?
Può aggiustarlo oggi? – Können Sie das heute reparieren?
Il cavatappi – der Korkenzieher
La corsia delle bibite – die Getränkeabteilung
Il dito medio – der Mittelfinger
Dov'è il più vicino campo da golf? – Wo ist der nächste Golfplatz?
Lo sportello bancomat ha preso la mia carta. – Der Geldautomat hat meine Karte einbehalten.
Aiuto! Trovate un dottore. – Hilfe! Holen Sie einen Arzt.

Für den Holländer in mir (bitte raten):

Quanto costa questo?
Avete qualcosa di meno caro?

Und zum Schimpfen:

Vaffanculo!

Ich weiß mit Sicherheit, dass italienische Fußballspieler das oft sagen – oder zumindest irgendwas, was sich so anhört. Nachschlagen kann ich es leider nicht, weil es nicht in meinem Vokabelverzeichnis steht. Aber was es genau bedeutet, ist ja auch nicht so wichtig, wenn man nur weiß, wann man es benutzen kann.

Damit sollte ich doch zurechtkommen in der Toskana.

Italienisch ist schon eine tolle Sprache. Ich muss mir nur noch beizeiten die dazugehörigen Gesten von den Italienern abschauen. Darauf freue ich mich jetzt schon.

V

Arthur hat irgendwas in den letzten Tagen. Er läuft regelmäßig pfeifend durchs Haus und ist für seine Verhältnisse sehr gesprächig. Früher war er eine gesellige Plaudertasche, und das ist er immer noch, aber nur, wenn er mit seinen Freunden zusammen ist. An seinem Geburtstag hat er auch wieder eine dolle Geschichte nach der anderen aus dem Ärmel geschüttelt. Okay, es waren alte Geschichten, die sowieso schon alle kannten, aber trotzdem ...

Für mich spart er sich lieber seine kurzen oder ultrakurzen Antworten auf.

»Möchtest du einen Kaffee, Arthur?«

»M-hm.«

Das bedeutet: Ja.

»Hm-m« bedeutet Nein.

Ich kann behaupten, dass seine Gesprächigkeit mit der Dauer unserer Beziehung abgenommen hat. Mittlerweile ist er wohl fast beim absoluten Minimum angekommen. Kürzer als »m-hm« oder »hm-m« geht es nicht, sonst könnte man die Laute gar nicht mehr voneinander unterscheiden.

Doch seit ungefähr einer Woche hat er es aufgegeben, nur noch meine Fragen zu beantworten und es bei seinen häuslichen Mitteilungen bei einem »Abfalltüten sind alle« bewenden zu lassen, ja, er spricht wieder in ganzen Sätzen über Gott und die Welt.

Schon zweimal hat er mich für mein leckeres Essen gelobt, hat etwas Lustiges von seiner Arbeit erzählt, unaufgefordert Feuer gemacht und sich nicht tagelang sarkastisch darüber ausgelassen, dass ich eine digitale Eierbox kaufen will, die per Fernabfrage angibt, wie viele Eier noch da sind und welches als Erstes aufgebraucht werden muss. Ich gebe zu: So eine Box ist im Grunde sinnlos, aber ich mag solche digitalen Gimmicks einfach. Ich hätte gern das neueste iPhone, Arthur am liebsten einen Bakelit-Apparat, der an der Wand festgeschraubt ist.

Ob seine gute Laune wohl mit der Tatsache zusammenhängt, dass man ihm gekündigt hat? Vielleicht hat es ihm ja überhaupt nicht gefallen in Breukelen. Ehrlich gesagt habe ich ihn in den letzten Jahren gar nicht mehr danach gefragt. Man möchte meinen, dass er sich doch ein bisschen Sorgen um unser Einkommen machen sollte, aber davon merke ich nichts. Was Geld angeht, kann er total uninteressiert sein. Es kann ihm auch egal sein, ob ich arbeite oder nicht. Meine Arbeit hält er sowieso für nichtig. »Auf Frauen warten, die so unauffällig wie möglich viel zu dick sein wollen«, so lautet seine geringschätzige Zusammenfassung meines Jobs. Tja, wir werden mein Gehalt demnächst noch bitter nötig haben.

Der lächerliche Höhepunkt von Arthurs Verwandlung: Er überlegte ernsthaft, sich bei einem Hundeausführdienst zu bewerben. Wenn er nicht schon die Hälfte seiner Hunde unterwegs verliert, gibt er den Leuten am Ende den verkehrten Hund zurück.

»Oh, Sie hatten also einen Pudel, und das ist…? Ja, in der Tat, das ist ein Schäferhund, jetzt erkenn ich's auch. Wie sieht Ihr Hund denn ungefähr aus? Ach, so ein brauner war das? Nein, der ist leider in einen Graben gesprungen und nicht mehr rausgekommen.«

Obendrein ist er sowieso allergisch auf alles, was ein Fell hat.

33

Das niederländische Kollegium für Menschenrechte hat geurteilt, dass der Billardverband bestimmte Spieler diskriminiert, indem er Wettkämpfe am Sonntag ausrichtet. Strenggläubige dürfen am Tag des Herrn nämlich nicht Billard spielen.

Ja, wir hätten zwar schon noch den Krieg in Syrien, die Hungersnot im Sudan und die Erdbeben in Italien, aber hier in den Niederlanden herrscht weiß Gott auch nicht nur Friede, Freude, Eierkuchen. (Im Übrigen glaube ich, dass Gott nach dem ganzen Geschöpfe am siebten Tag auch den Queue in die Hand genommen hat, um ein bisschen zu entspannen. Der ist ja nicht doof.)

Es überrascht mich, dass Menschen sich über solche Kleinigkeiten aufregen können, während die Welt kurz davorsteht, in der Zwischenzeit in die Luft zu gehen. Mit diesen ganzen Silberrücken – Putin, Trump, Erdoğan und Xi – an der Macht ist die Welt nicht gerade übersichtlicher geworden. Und dann haben wir ja noch den einen oder anderen gefährlichen Outsider, wie Korea Kim mit seinen Atombomben.

Auch die Weltschuldenlast von schlappen hundertfünfunddreißigtausend Milliarden Euro macht mir ziemliche Sorgen. Wenn die Menschen davon Wind bekommen … 135 000 000 000 000 Euro! In den Niederlanden sparen sie bei drei Milliarden schon, als wäre es das Ende der Welt.

Aber selbst wenn die restliche Welt aus dem Ruder laufen sollte, dann werde ich da unten in Italien, vor allem in der Nähe von Volterra, eher wenig davon mitbekommen, glaube ich. Da sind sie Kummer gewohnt, da herrscht ja immer irgendwie Chaos. Und die Italiener lassen sich nicht verrückt machen. Bevor die Welt untergeht, essen sie noch mal eben einen Teller leckere Nudeln.

Ich habe kurz nachgeschaut, ob das Häuschen von Joost in einer erdbebengefährdeten Zone liegt, aber ich glaube, da steht nichts zu befürchten. Und wenn doch, dann habe ich eben Pech gehabt.

Seit ich beschlossen habe, nach Italien auszuwandern, sehe ich die Niederlande mit anderen Augen. Natürlich werde ich meine Heimat manchmal vermissen. Afra werde ich bestimmt auch mal vermissen. Und ganz vielleicht werde ich sogar Purmerend ein bisschen vermissen. (Dass ich Breukelen vermissen werde, halte ich allerdings für ausgeschlossen.) Aber die italienische Sonne, das weiße Häuschen auf dem Hügel mit dem Weinberg und dem *Dolce far niente*, dem seligen Nichtstun, machen alles gut.

Der Umstand, dass ich mich nie wieder mit Klopapierumsätzen, Schulden, Staus und sonntäglichem Billard rumärgern muss, ist das letzte Sahnehäubchen auf dem Tiramisu. Obwohl ich grade gar nicht weiß, ob da eigentlich Sahne draufgehört.

34

Seit ich mir vorgenommen habe, in knapp einem Jahr beerdigt zu werden, bin ich fasziniert vom Tod. Der Tod ist überall, wenn man darauf achtet. Im Fernsehen, in der Zeitung und im richtigen Leben.

Südkorea zum Beispiel führt die Top Ten der Selbstmordländer an. Pro Tag geschehen im Schnitt dreiundvierzig Selbstmorde im unglücklichsten Land Asiens. So viele Menschen, die ihrem Leben ein Ende setzen wollen – das ist doch eine Marktlücke, müssen sich die koreanischen Erfinder des »Happy Dying Program« gedacht haben. Diese Hilfsorganisation will den Menschen wieder Lust aufs Leben machen, indem sie sie ihre eigene Beerdigung erleben lässt. Die potenziellen Selbstmörder müssen auf ihr Leben zurückblicken, müssen ihre eigenen Vorzüge und Leistungen aufzählen, ein Pseudotestament und einen Pseudoabschiedsbrief schreiben. Danach müssen sie in ihrer Beerdigungskleidung eine halbe Stunde lang im Sarg liegen. Wie es aussieht, fallen die Reaktionen ziemlich verschieden aus.

Doch das Programm ähnelt durchaus meinem eigenen Plan. Ich habe den Teil der Zeitung, in dem ich den Artikel gelesen hatte, ins offene Feuer geworfen, bevor Afra ihn in die Finger bekommen konnte. Sonst würde sie am Ende noch Lunte riechen.

Im nächsten Moment kam sie herein. »Arthur, hast du etwa Papier ins Feuer geworfen? Du weißt doch, dass das raucht und total umweltschädlich ist. Wir kaufen die vorgetrockneten Holzklötze schließlich nicht umsonst.«

»Tut mir leid, Schatz, ich hab einfach nicht nachgedacht.« Ich glaube, ich wurde ein bisschen rot.

»Ja, mit dem Denken ist es manchmal etwas problematisch bei dir«, sagte sie und lachte auf.

»Zu viel Denken ist auch nicht gut«, verteidigte ich mich.

»Vielleicht hast du recht. Alles, wo ein ›zu‹ davorsteht, ist nicht gut. Außer bei ›zufrieden‹.«

»Einen kleinen Zu-schuss zu den Reisekosten, hätte mein alter Freund Carel gesagt.«

»Was ist das denn jetzt wieder für ein Witz?«, fragte Afra leicht gereizt.

35

Folgendes bleibt zu erledigen (in groben Zügen und noch nicht chronologisch geordnet):

1. Das Finanzielle regeln
2. Labradorwelpen kaufen
3. Hilfsbereiten Bestattungsunternehmer suchen
4. Beerdigung vorbereiten
5. Zweimal Reise regeln
6. Tödlichen Unfall inszenieren
7. Überführung der »Leiche« in die Niederlande
8. Gültigen Reisepass besorgen
9. Besser Italienisch lernen
10. Auto kaufen
11. Neues Aussehen annehmen
12. Beerdigung besuchen
13. Ins Paradies reisen

36

Ob ich in der Cloud bin, fragte mich mein Kollege Berend.

»*I am in the cloud of the unknowing*«, erwiderte ich. Das hatte ich nämlich kurz zuvor beim Friseur gelesen, in einem Magazin namens *Happinez*. Genau wusste ich nicht, was der Satz bedeutete, aber er klang gut. Berend wiederum wusste nicht, was er darauf antworten sollte.

»Was meinst du damit?«

»Na, genau das, was ich sage: *I am in the cloud of the unknowing*.«

»Aha … das heißt, du lässt alles ein bisschen los, irgendwie.« Berend schaute mich fragend an.

»Du triffst den Nagel auf den Kopf, Berend. Ich lasse alles los.«

Die Situation im Büro war in den letzten paar Wochen etwas surreal. Meine Kollegen bei Hertog Sanitär- und Reinigungszubehör bemitleiden mich, weil ich entlassen worden bin, aber gleichzeitig sind sie froh, dass sie selbst nicht entlassen worden sind. Sie wissen nicht, dass ich einen Riesenbatzen Geld mitnehme, denn ich musste bei Direktor Hertog eine Geheimhaltungsvereinbarung unterschreiben, was mir nur zu gut zupasskam. Daher haben sie ein verzerrtes Bild von meinem Gemütszustand. In Wirklichkeit bin ich ja richtig froh, dass ich demnächst hier rausfliege, und habe Mitleid mit den Zurückbleibenden, die jetzt noch bis zu ihrer Rente Klopapier und Handtuchautomaten verkaufen müssen. So haben alle rundum Grund zur Freude, aber keiner lässt es sich anmerken.

Marieke hat mich gefragt, ob ich meine Kündigung schon verdaut hätte.

»Gegen Sodbrennen gibt es ja Tabletten«, sagte ich, ohne nachzudenken.

Sie schaute mich verständnislos an.

»Ach Marieke, tut mir leid, wenn ich ab und zu ein bisschen seltsam reagiere. Ich bin immer noch aus dem Tritt.«

Sie nickte verständnisvoll, doch in ihren Augen standen zwei große Fragezeichen. Sodbrennen?

Es ist gar nicht so einfach, Niedergeschlagenheit auszustrahlen, während man innerlich vergnügt pfeifend die Tage runterzählt. Noch neununddreißig bleiben mir. Und mein größtes Problem damit ist, dass ich nur in Gedanken pfeifen darf.

Herr Hertog hat mich schon ein paarmal höchstpersönlich auf Stellenanzeigen in der Zeitung hingewiesen, die ihm »sehr attraktiv« für mich schienen.

»Ich schreibe dir natürlich auch noch ein Superzeugnis, mein Lieber.«

»Das ist aber nett«, hörte ich jemanden sagen, und dieser Jemand war ich, während ich in Wirklichkeit nur dachte: Von mir aus kannst du dir dein Zeugnis in den Arsch schieben.

Meine Kollegen finden es alle total toll von mir, dass ich es fertigbringe, immer noch so motiviert zur Arbeit zu kommen.

»An deiner Stelle würde ich mich ab und zu mal einen Tag krankmelden«, flüsterte mir Lagerist Dirk verschwörerisch zu. Er hat ja keine Ahnung, wie unwohl ich mich zu Hause fühlen würde.

Dazu kommt, dass ich meinen Italienischkurs im Stau nicht so oft verpassen will. Ich mache schnell Fortschritte, wenn ich mich mal selbst loben darf. Kein Wunder, ich lerne ja auch zweimal täglich eine gute Stunde

Italienisch. Ab und zu fahre ich sogar noch eine Extrarunde um den Block, um eine Lektion zu Ende zu bringen.

37

Ich habe ein neues Konto bei der ASN-Bank eröffnet. Darauf kann demnächst meine Abfindung überwiesen werden. Afra habe ich erzählt, dass ich zehntausend Euro bekomme. Das fand sie schon ein bisschen wenig. Ich behauptete, noch ganz gut verhandelt zu haben, weil Hertog mir zu Anfang bloß fünftausend geboten habe.

»Hundert Prozent mehr, Aaf, das ist wirklich nicht schlecht.«

Da musste Afra mir beipflichten.

Demnächst gehen also zehntausend Euro auf unserem Gemeinschaftskonto bei der ING ein. Und fünfundsechzigtausend Euro auf mein eigenes, neues Konto. Schließlich ist es meine Abfindung. Auf unserem gemeinsamen Sparkonto haben wir ungefähr vierzigtausend Euro. Die Hälfte davon gehört auch mir. Nach langem Abwägen habe ich mir dafür Folgendes überlegt: Ich werde ab jetzt regelmäßig kleinere Beträge abheben, in der Größenordnung von ein paar Hundert Euro. Wenn ich dann für immer nach Italien fahre, habe ich auf dem Rücksitz meines Autos eine Plastiktüte mit zwanzigtausend Euro in bar liegen.

Die Chance, dass Afra es bemerkt, ist gering. Denn bei uns zu Hause sind die Rollen ganz klassisch verteilt: Der Mann kümmert sich um das Finanzielle und den Garten, die Frau konzentriert sich auf den Haushalt. Mit der Anmerkung, dass ich auch da zwei feste Pflichten habe, nämlich Abwaschen und Bügeln. Wir haben ein gemeinsames Konto und beide eine EC-Karte. Solange Geld aus der Wand kommt, ist für Afra alles in Ordnung. Sie fragt schon ein paarmal im Jahr, wie viel wir auf dem Sparkonto haben. Vielleicht wird sie etwas enttäuscht sein, wenn sie nach meiner Beerdigung dahinterkommt, dass es nur zwanzigtausend Euro sind. Vielleicht hat sie aber auch keine Ahnung, was vorher drauf war, und ist zufrieden damit.

Ich brauche keine Schuldgefühle zu haben: Sie bekommt eine wirklich anständige Summe aus meiner Lebensversicherung und bezieht eine schöne Witwenrente, und sie wohnt in einem abbezahlten Reihenhaus.

Seit unserer Heirat leben wir in Gütergemeinschaft, aber unterm Strich wird Afra mehr als die Hälfte kriegen. Das sei ihr von Herzen gegönnt. Sie hat schließlich auch den Kummer mit der Beerdigung und muss als Witwe weiterleben.

Ich hoffe, dass sie nicht zu lange um mich trauern wird. Mit einem netten Hund zum Trost dürfte das nicht so schwerfallen.

38

Das italienische Volk hat gesprochen: *No!*

Ich weiß nicht genau, wozu die Italiener *no* gesagt haben, und ich habe den Eindruck, dass sie das selbst auch nicht so genau wissen. Offiziell ist es ein Nein zu einer Reihe von Änderungen des Grundgesetzes, die die permanente Verstopfungssituation der italienischen

Politik hätten lindern sollen, aber es sieht so aus, als wäre es vor allem ein Nein um des Neins willen. Nein zur politischen Elite, in diesem Fall zu Premierminister Renzi, es hätte aber auch jeder andere Premierminister sein können.

Die Italiener haben in den letzten siebzig Jahren an die sechzig Premierminister verschlissen, sie scheinen also nicht allzu sehr an ihren Staatsoberhäuptern zu hängen.

Ich habe vor, mich nicht mehr mit Politik zu befassen, wenn ich demnächst mein neues Leben führe. Nicht so sehr aus Unlust, denn ich finde Politik oft amüsant und glaube nicht an dieses ganze Geschwätz, dass alle Politiker Lügner seien und sich nur auf Kosten anderer bereichern wollten. Das gilt für Politiker nicht mehr und nicht weniger als für die Besitzer von Kfz-Werkstätten, Bankiers und Sozialhilfeempfänger.

Aber ich fürchte, die italienische Politik werde ich einfach nicht mehr verstehen lernen. Das würde eine enorme Anstrengung bedeuten, und einer meiner wichtigsten Vorsätze für den Rest meines Lebens lautet, enorme Anstrengungen weitestgehend zu vermeiden, es sei denn, sie ziehen ein enormes Glücksgefühl nach sich. Letzteres erwarte ich mir von der italienischen Politik nicht. Eher habe ich die solide Hoffnung, dass das Leben in der Toskana gemütlich weiterplätschert, egal, was in den Parlamenten, Gemeinderäten, Palästen und Hinterzimmern geschieht. Giuseppe Tomasi di Lampedusa (allein der Name!) stellt in seinem Roman fest: »Wenn wir wollen, dass alles so bleibt, wie es ist, muss sich alles ändern.« Die Qualität der Pizzas und Pastas wird unter den politischen Krisen nicht leiden. Ich liebe Pizza. Ich liebe die italienische Küche, ich liebe Vitello tonnato, Coppa di Parma, handgemachte Nudeln. Solche Leidenschaft für Grünkohl zu entwickeln fällt mir etwas schwerer. Obwohl… für einen holländischen Rinderschmorbraten fahr ich durchaus auch gerne ein Stück.

Wenn ich es recht bedenke, werde ich wohl einer dieser Auslandsniederländer sein, die sich einen Vorrat an Erdnussbutter, Lakritze, Spekulatius und durchwachsenem Rindfleisch anlegen.

39

»Es ist nicht ganz einfach, einen betrügerischen Bestattungsunternehmer zu finden, Arthur.« Joost schaute mich gequält an.

Ich bekam einen Schreck, denn das ist ja ein ganz entscheidender Bestandteil meines Plans.

»Aber glücklicherweise hab ich über ein paar Umwege am Ende doch einen gefunden«, fuhr Joost mit breitem Grinsen fort. »Nennen wir ihn vorläufig mal Mister B. Mit B wie Beerdigung.«

»Mister K, mit K wie Kremierung. Das ist sicherer, Joost«, schlug Wouter vor.

Da waren wir uns einig. Denn es war bei näherer Betrachtung doch sicherer, wenn ich mich entgegen meinem früheren Wunsch kremieren ließ. Das würde eine eventuelle Spurensicherung wesentlich erschweren. Afra wird wahrscheinlich staunen, wenn sie von diesem Sinneswandel hört, deswegen muss ich das in nicht allzu ferner Zukunft mal unauffällig aufs Tapet bringen.

Joost hat also bei seiner breiten Kundschaft rumgefragt und ist bei dem Kompagnon eines Mandanten gelandet, der ein Bestattungsinstitut besitzt. »Ich habe ihm vor einiger Zeit bei einem Vorfall ausgeholfen, und so ist er höchstwahrscheinlich bereit, die gesetzlichen Regelungen zur Leichenbestattung etwas großzügiger auszulegen, vor allem, wenn wir noch einen Batzen Geld drauflegen. Er ist schon irgendwie eine schmierige Type, aber … na ja, ist wohl nicht so, dass wir da groß die Wahl hätten«, meinte Joost. Und hat in zwei Wochen einen Termin mit Mister K gemacht, für einen ersten Gedankenaustausch.

»Wie wollen wir das Sterben eigentlich genau angehen?«, fragte Wouter fröhlich.

Es ist bemerkenswert, mit wie viel Enthusiasmus meine zwei Freunde sich auf mein Ableben gestürzt haben. Sie haben so richtig Lust drauf. Nicht dass sie mich nicht vermissen werden beim freitäglichen Golfspiel, aber sie gönnen mir von Herzen ein tolles, sorgloses Leben. Außerdem freuen sie sich auf die herrlichen Golfwochen in der Toskana, die zu organisieren ich im Gegenzug versprochen habe. Mindestens zweimal pro Jahr, all-inclusive.

40

Ich muss besser aufpassen. Gestern schaute ich spätabends ganz fasziniert Rai 1, als Afra noch einmal aufstand, um sich ein Glas warme Milch zu machen, weil sie nicht schlafen konnte. Wenn man sich nur fest genug einredet, dass die Milch hilft, dann hilft sie auch. Ich hatte meine Frau nicht kommen hören in ihren Pantoffeln und weiß auch nicht, wie lange sie hinter mir in der Tür stand, während ich irgendwelche italienischen Wörter aus dem Fernsehen wiederholte.

»Was machst du denn da, Arthur?«

Ich fiel fast vom Sofa.

»Aha, und ein schlechtes Gewissen hast du auch noch?«, fügte sie hinzu.

»Ob ich was Schlechtes gegessen habe?« Ein anderes Ablenkungsmanöver fiel mir auf die Schnelle nicht ein.

»Nein. Ein schlechtes Gewissen.«

Ich murmelte etwas von »tolle Sprache«, aber Afra war schon wieder nach oben verschwunden. Wir geben uns in den letzten Jahren immer weniger Mühe, einander zu verstehen. Um der Wahrheit die Ehre zu geben, habe ich damit angefangen, und Afra ist meinem Beispiel nach einer Weile ohne allzu großen Widerstand gefolgt.

Sie geht früh ins Bett, weil sie schlecht schläft und deswegen abends immer schon früh müde ist.

»Ich bin einfach zu müde zum Einschlafen«, verkündet sie beinahe täglich. Ich gehe gerade deswegen so spät ins Bett, weil ich nicht gut schlafe.

Das ist leider nicht besser geworden, seit ich beschlossen habe, einen ganz neuen Weg einzuschlagen, den Weg in die Toskana. Wenn ich im Bett liege, geht mir ein ganzer Wust von Plänen, Szenarien und Ideen durch den Kopf. Um die Verwirrung komplett zu machen, kommt mir ab und zu noch ein Arm oder Bein von Afra in die Quere. Und wenn ich dann endlich eingeschlafen bin, rede ich auch noch regelmäßig im Schlaf, hab ich mir sagen lassen. Ich hab eine Todesangst, dass ich mich damit selbst verrate. Dass ich sage: »Nein, Afra, ich hab zu viel zu tun, ich muss meine Beerdigung organisieren.« Oder so was in der Richtung. Da schläft man auch nicht gerade entspannt.

Ich muss ständig aufpassen, denn als ich Afra fragte, ob ich in der letzten Zeit mehr im Schlaf geredet hätte als früher, antwortete sie argwöhnisch: »Warum, hast du Angst, du könntest was Falsches sagen?«

»Nein, mein Schatz, ich hab nur Angst, dass ich dich damit wecke.«

»Na ja, gestern Nacht hast du tatsächlich im Schlaf geredet, aber ich hab kein Wort verstanden. Es hat sich angehört wie Spanisch oder so.«

Offensichtlich muss ich noch ein bisschen an meiner Aussprache arbeiten.

VI

Unser Leben würde völlig anders aussehen, wenn wir Kinder bekommen hätten. Ich wollte furchtbar gerne Kinder haben. Arthur auch, glaube ich. Er redet nur nicht so viel über seine Gefühle.

Wir haben drei Jahre lang im Bett unser Bestes gegeben, aber es ist uns nicht gelungen. Wahrscheinlich weil ich unfruchtbar bin.

Wie glücklich ich gewesen wäre, wenn meine Kleine vor der Tür auf ihrem Dreirad herumgefahren wäre oder mein Kleiner im Hof gekickt hätte. Aber ich habe keine Kinder. Nicht mal einen Hund.

Ich muss mich zusammenreißen, um unser siebenjähriges Nachbarsmädchen nicht neidisch anzuschauen. Ich bin eifersüchtig auf eine Familie mit vier Kindern, die etwas weiter die Straße runter wohnt – dagegen kann ich nicht an, es ist stärker als ich.

Arthur scheint es nicht so sehr zu belasten, dass er kein Vater ist. Und das tut weh. Dass ich die Einzige bin, die so darunter leidet.

Selbstmitleid ist ein schlechter Ratgeber.

41

Wer würde nicht gerne wissen, wie seine eigene Beerdigung ablaufen wird? Ich glaube, dass jeder zumindest neugierig wäre, bis auf vereinzelte Pessimisten.

Ist viel los? Wird nett über mich gesprochen? Wer muss weinen? Haben die Angehörigen sich ein bisschen Mühe gegeben, mit einer stilvollen Anzeige und schönem Blumenschmuck? Oder musste es das Sonderangebot mit dem Sarg aus Krüppelbaumholz sein? Wurde Kaffee und Kuchen serviert oder Sekt ausgeschenkt?

Unzählige Fragen, wenige Antworten. Manche Menschen organisieren ihre Beerdigung noch zu Lebzeiten bis ins letzte i-Tüpfelchen, aber die meisten stecken lieber den Kopf in den Sand, bis der restliche Körper auch unter die Erde muss. Dann dürfen die Hinterbliebenen entscheiden.

Ich stand in Gedanken schon mehrmals auf dem Friedhof und habe aus der Ferne zugesehen, wie mein Sarg in die Erde sank. Es ist auch schon vorgekommen, dass ich mir an meinem Schreibtisch den Kopf darüber zerbrochen habe, wie ich nach dem denkwürdigen Tag mein Äußeres verändern könnte, um meine Identität zu verschleiern.

»Machst du dir Gedanken, wie es weitergehen soll?«, fragte mich meine Kollegin Marieke mitfühlend, als ich ziemlich lange ins Leere gestarrt hatte.

»Äh … ja, so was in der Richtung«, antwortete ich.

»Schon blöd, oder? Wenn man aufhören muss.«

»Hm?« Ich war erschrocken.

»Mit der Arbeit, meine ich.«

»O ja, nein, das ist wirklich blöd. Es ist ganz schön schwer.«

Wenn ich in letzter Zeit mit Leuten rede, denke ich mir oft: Wenn ihr wüsstet.

Ich habe mir vorgenommen, in den nächsten Monaten auf so viele Beerdigungen wie möglich zu gehen. Natürlich nicht von völlig unbekannten Menschen. Das führt ein bisschen zu weit. Trotzdem … Es würde wohl nicht so schnell jemand auf mich zukommen und mich fragen: »Was machen Sie hier?« Nur wenn richtig wenige Leute da sind. Aber ich bin auf jeden Fall dabei, wenn ein vager Bekannter oder ein entfernter Neffe verstirbt. In ein paar Tagen wird eine alte Tante von Afra beerdigt. Ich habe meiner Frau gesagt, dass ich gerne hingehen will. Sie sah mich ein bisschen verblüfft an.

»Die hast du seit ungefähr zwanzig Jahren nicht mehr besucht, und jetzt, wo sie tot ist, willst du auf einmal wieder vorbeischauen?«

Das hatte Afra lustig formuliert. Und ich dachte mir, da leg ich noch einen drauf.

»Ja, ich würde ihr gerne nachwinken. Zur Wiedergutmachung.«

Ich erntete einen Blick voller Verachtung.

Aber in drei Tagen gehen wir zum Friedhof von Zaandam. Inspiration holen.

42

Als ich gestern nach der Arbeit am frühen Abend wieder nach Purmerend hineinfuhr, ereignete sich an der Ampel direkt vor meiner Nase ein kleiner Unfall. Es waren noch dreißig Meter bis zur Kreuzung, da sprang die Ampel auf Rot. Doch der alte Canta-Scooter vor mir zockelte trotzdem langsam weiter, ohne zu bremsen, um dann nicht allzu heftig, aber schon sehr geräuschvoll mit dem Bus des Hundeausführdienstes Kläff-Club zusammenzustoßen. Sofort ertönte ein ohrenbetäubendes Gebell. Eine junge Frau sprang aus dem Bus, rannte nach hinten und öffnete den Kofferraum. Das hätte sie lieber bleiben lassen sollen. Ungefähr sieben Hunde aller Rassen und Größen stoben panisch in alle Richtungen davon. Wahrscheinlich hatte sie nachschauen wollen, ob ihre Hunde den Unfall unverletzt überstanden hatten, aber das hatte die Situation nicht unbedingt übersichtlicher gemacht. Obwohl ich absolut kein Hundefreund bin, stieg ich doch aus, um der Dame in Not zu helfen. Ein dicker Mann, fast kahl, dafür mit Pferdeschwanz, warf ihr durch das zerbrochene Fenster seines Behindertenfahrzeugs eine Reihe von gepfefferten Beleidigungen an den Kopf.

»Ich bin doch von rechts gekommen, du dumme Hure«, schloss er seine Schimpftirade. »Und kann mich endlich mal jemand hier rausholen, verdammt noch mal? Ich bin behindert, seht ihr das nicht?«

Da verlor ich kurz die Beherrschung. »Du bist doch pfeilgerade bei Rot drübergefahren, du Trottel.«

»Kümmer dich um deine eigenen Angelegenheiten, du Wichser.«

Gott sei Dank kam in dem Moment ein Marokkaner

angerannt, der alles gesehen hatte und einmal so energisch aufs Dach des Canta drosch, dass unser Behinderter zu Tode erschrak.

»Jetzt halt mal schön die Klappe, Alter, warst doch selber schuld. Sonst kann ich dir auch diesen Schäferhund in dein Ding schmeißen.« Da war kein einziges Wort Arabisch dabei.

Der Canta-Fahrer war nun doch so beeindruckt von der Front, die sich ihm entgegenstellte, dass er eine Weile still blieb. Nach ein paar Minuten hatten wir zu dritt alle Hunde wieder in den Bus gekriegt, und in der Zwischenzeit war auch die Polizei eingetroffen. Der behinderte Fettsack saß noch immer in seinem Gefährt und schwor hoch und heilig, bei Grün gefahren zu sein. Die Hundeausführerin kam nach ihrem anfänglich entschiedenen Auftreten mittlerweile nicht mehr aus dem Zittern heraus. Der marokkanische Junge und ich erklärten ihr und den Polizisten, dass wir notfalls auch unter Eid aussagen würden, dass der Canta bei Rot gefahren war.

Nachdem der dicke Mann sich erst geweigert hatte, die Versicherungsformulare zu unterschreiben, und danach schimpfend in seiner klappernden und eingedellten Blechdose davongefahren war, als auch die Polizei ihre Arbeit getan hatte und abzog, musste ich auf einmal schrecklich lachen. Es dauerte einen Moment, dann lachten auch der Junge und die junge Frau vom Kläff-Club mit. Sie stellte sich als Carla vor und war uns von Herzen dankbar.

In dem Moment hatte ich eine jähe Eingebung. Wenn ich Afra als Abschiedsgeschenk einen Labradorwelpen hinterlassen wollte, wäre es dann nicht auch eine gute Idee, ihr ein Abonnement für drei Morgen pro Woche beim Kläff-Club zu schenken? Ich muss schon sagen:

keine schlechte Idee, Arthur. Jedenfalls habe ich jetzt eine Visitenkarte von Carla in meinem Portemonnaie.

»Sie bekommen auf jeden Fall einen Rabatt. Versprochen.«

Und vielleicht weiß sie dann demnächst auch noch eine gute Adresse, wenn ich den Labradorwelpen besorgen will. Übrigens ein lustiger Zufall, dass ich gerade erst gegenüber Afra behauptet hatte, einen Job als Hundeausführer annehmen zu wollen.

43

Tante Marie hatte viel mehr Bekannte, als ich für möglich gehalten hätte. Sie war ihr Leben lang in diversen Clubs gewesen: dem Leseclub, dem Romméclub, dem Kochclub, dem Mandolinenclub, dem Wanderclub, dem Gymnastikclub, dem Handarbeitsclub und was weiß ich nicht alles für Clubs. Außerdem kam sie auch noch aus einer großen Familie. Sie selbst hatte keine Kinder, aber acht Brüder und Schwestern und ungefähr vierzig Neffen und Nichten.

So konnte sich Tante Marie, die zu Lebzeiten ganz bestimmt kein sonderlich beliebter Mensch gewesen war, bei ihrer Beerdigung über eine rege Beteiligung freuen. Der brandneue Saal des Friedhofs Zaandam war viel zu klein. Dieser Raum eignet sich im Grunde nur dazu, von einsamen oder unbekannten Toten Abschied zu nehmen. Als wäre der Architekt selbst noch nie auf einer Beerdigung gewesen. Es waren nur um die siebzig Stühle aufgestellt worden, dabei hatte der Mandolinenclub allein schon vierzig Mitglieder entsandt. Von denen hatte die

Hälfte einen Rollator oder noch größere rollende Geräte, die in der Nähe des Stuhls abgestellt werden mussten.

Ich habe noch nie so eine chaotische Beerdigung erlebt. Zig Menschen konnten nicht in die Trauerhalle. Zum Glück war das Wetter trocken. Vor der Tür sollen sich peinliche Szenen abgespielt haben.

Afra hat immer Angst, zu spät zu kommen, deswegen kommen wir grundsätzlich zu früh. In diesem Fall hatte das den Vorteil, dass wir einen Sitzplatz ergattern konnten.

Das mit der Inspiration gelang mir ziemlich gut, obwohl ich in erster Linie lernte, wie ich es *nicht* haben will. Tante Marie war ihr Leben lang eine miese, autoritäre und ehrgeizige Frau gewesen, die in jedem Vorstand und jedem Komitee darum gekämpft hatte, ihren Kopf durchzusetzen. Aber gemäß dem Dogma, dass man über einen Toten nicht schlecht sprechen darf, hatte fast jeder Club einen Redner bestimmt, der wortreich und umständlich Maries Verdienste pries. Es nahm und nahm kein Ende.

Und dazwischen liefen auf der weißen Wand hinter dem Sarg anderthalb Stunden lang immer wieder dieselben Dias durch: Marie auf dem Fahrrad, Marie mit der Mandoline, Marie strickend, Marie rührt in einem Topf, die junge Marie, die alte Marie. Direkt darunter lag die tote Marie.

Unwillkürlich schaute man doch immer wieder hin, selbst beim zehnten Durchgang. Niemand dachte daran, die Dauerschleife zu stoppen, auch nicht, als die klassische Trauermusik spielte – lange Stücke, die irgendjemand für dieses Begräbnis ausgesucht hatte.

»Die hat nie Musik gehört«, flüsterte mir Afra ins Ohr. »Sie hatte auch keinen Plattenspieler oder so. Die konnte Bach nicht von den Beatles unterscheiden.«

Der letzte Eindruck von einem Toten hat oft nicht allzu viel mit der Realität zu Lebzeiten zu tun. Jetzt ist mir auch klar geworden, dass die Zahl der Trauergäste nicht so viel darüber aussagt, wie beliebt jemand gewesen ist. Damit kann ich mich trösten, wenn ich an der Reihe bin. Ich rechne nämlich nicht damit, dass ich auf eine allzu hohe Gästezahl komme.

44

Kategorie schmalzige Nachrichten: Die niederländische Naturschutzorganisation Artis hat auf Tahiti 877 Polynesische Baumschnecken ausgesetzt. Ich hab ja das Gefühl, dass von allen 196 Ländern auf der Welt nur die Niederlande so etwas machen. In Italien hätten sie eher überlegt, wie sie die Schneckchen flachlegen können, aber die Niederlande – die bringen sie nach Tahiti.

Die Niederlande stoppen auch den Bau einer Autobahn, weil dort ein paar seltene Frösche wohnen. Die Niederlande haben auch Wildbrücken für Kaninchen und Rehe. Die Niederlande haben auch – ich glaube in Amstelveen – für ein paar Millionen eine Brücke allein für Eichhörnchen gebaut. Man hat allerdings noch kein Eichhörnchen beobachtet, das sich da rübergetraut hätte.

Aber – und auch das sind die Niederlande – als der Zoll in Schiphol vor nicht allzu langer Zeit eine ansehnliche Zahl lebender Eichhörnchen von einem illegalen Tierschmuggler beschlagnahmte und dann auf die Schnelle nicht so recht wusste, was er mit den Viechern anfangen sollte, hat man sie durch den Schredder gejagt.

Also … die Eichhörnchen, nicht die Schmuggler, das wäre ja noch irgendwie zu rechtfertigen gewesen.

Wir Niederländer finden andere Länder schnell mal seltsam und unkultiviert und halten unser eigenes kleines Land für das beste der Welt, aber das stimmt so nicht. Deswegen werde ich die Niederlande nächsten Sommer ohne großes Zögern gegen Italien eintauschen. Auch ein seltsames Land, aber mit einem viel angenehmeren Klima.

45

Meine Faszination für alles, was mit Begräbnissen und Kremierungen zu tun hat, grenzt langsam an Obsession. Ich muss aufpassen, dass ich das ein bisschen in Grenzen halte, aber das ist nicht so leicht. Wenn man darauf achtet, ist der Tod überall. Und mit dem Tod eben auch die Bestattung. Die muss heutzutage immer öfter hip und modern ausfallen.

Der Friedhof Zorgvlied hat bis vor Kurzem nur Beerdigungen übernommen, aber unlängst hat man sich ein »Crematorion« zugelegt: ein zu groß geratenes Indianerzelt mit einem DFW 6000, dem Maserati unter den Verbrennungsöfen, der sechs Leichen am Tag schaffen kann. Lenny Kuhr wurde gebeten, bei der feierlichen Eröffnung ihren ergreifenden Hit »Auf tausend Wegen« zu singen. Normalerweise tritt Lenny nicht in Krematorien auf, aber für diesen Superofen wollte sie dann doch eine Ausnahme machen. Gott sei Dank war man in Zorgvlied so geschmackvoll, bei Inbetriebnahme des Ofens keine richtige Leiche zu verbrennen.

Ich glaube, man kann auch bloß den Verbrennungsofen mieten, ohne Tipi. Aus dem Zeitungsartikel ging jedoch nicht hervor, ob man ihn sich für ein Stündchen in den eigenen Garten stellen darf.

Außerdem kann ihn jedes Kind bedienen. Das Kind müsste freilich ein bisschen modern unterwegs sein, denn der Ofen wird per Touchscreen gesteuert. Das muss man gewöhnt sein, sonst kann es passieren, dass eine ältere Dame, die vom digitalen Tuten und Blasen keine Ahnung hat, die Leiche versehentlich auf der anderen Seite wieder aus dem Ofen rollen lässt. Ups.

Nein, das ist natürlich reines Wunschdenken, denn dieser brandneue Ofen ist mit einem vollautomatischen integrierten Einfuhrapparat ausgestattet. Auf den muss man den Sarg stellen. Vielleicht geht auch ein Jutesack. Dann muss man nur einmal aufs Display drücken, und der Tote wird in den gemütlich vorgewärmten Ofen gefahren.

Der Name »Crematorion« setzt sich aus Krematorium und dem Sternbild Orion zusammen. Natürlich hätten sie auch das Sternbild Kassiopeia nehmen können.

Früher hätte ich so eine Geschichte in der Zeitung wahrscheinlich überblättert, aber jetzt, wo meine eigene Bestattung ansteht, lese ich jeden Artikel, der mit Begräbnissen oder Kremierungen zu tun hat, aufs Genaueste.

Was ich übrigens ein bisschen seltsam finde: Man kann sowohl »Kremierung« als auch »Kremation« sagen. Aber ich finde es doch nicht seltsam genug, um deswegen Nachforschungen anzustellen. Menschen, die bei jeder Frage auf der Stelle mit ihrem Smartphone die Antwort recherchieren müssen, gehen mir ziemlich auf den Wecker. In manchen Runden trau ich mich kaum noch, eine Frage in den Raum zu stellen.

»Hm, welches Ohr hat van Gogh sich eigentlich abgeschnitten?« Und sofort werden drei, vier iPhones gezückt, um die Antwort im Internet zu suchen. Obwohl es mir ja eigentlich gar nicht so wichtig ist. Und van Gogh kann es inzwischen auch egal sein.

46

In langen und konstruktiven Beratungen, die ich am Samstagabend mit Joost und Wouter und ziemlich viel Bier geführt hatte, hatten wir bis zur Schließung des Cafés meinen großen Verschwindeplan auf mehreren Bierdeckeln ausgearbeitet, die ich dann aber am Sonntagmorgen nirgends mehr finden konnte. Ich geriet in Panik, denn ich hatte eine Heidenangst, dass sie Afra in der Zwischenzeit in die Hände fallen könnten oder, noch schlimmer, bereits gefallen waren.

Also suchte ich das ganze Haus ab und tat dabei so, als hätte ich meine Autoschlüssel verlegt.

»Soll ich dir kurz suchen helfen?«, bot Afra an.

»Ach nein, lass, so wichtig ist es auch wieder nicht.«

»Na ja, ich würde sagen, Autoschlüssel sind schon ziemlich wichtig für ein Auto. Oder willst du morgen mit dem Rad nach Breukelen?«

»Da hast du natürlich recht, mein Schatz. Aber bleib du nur schön sitzen, ich such einfach weiter.«

Die Bierdeckel waren einfach nicht zu finden. Nach über zwei Stunden ergebnisloser Suche rief ich Joost und Wouter an, aber die konnten beide nichts dazu sagen, und wie es sich anhörte, waren sie auch viel zu verkatert, um ernsthaft darüber nachzudenken.

Ich war inzwischen ziemlich sicher, dass die Bierdeckel nirgends im Haus waren. Ich hätte mich selbst dafür ohrfeigen können, dass ich so schlampig mit einer potenziellen Bombe umgegangen war. Ab heute, schwor ich mir, werde ich hundertmal vorsichtiger sein. Noch ein paar solche Schlampereien, und ich erreiche mein Paradies in der Toskana nie.

In groben Zügen sah der Masterplan, den wir beim Trinken entworfen hatten, folgendermaßen aus:

1. Anfang Mai, in den Schulferien, fahren wir auf Golfurlaub in die Toskana.
2. Wir holen den Bus bei Wouters Bekannten mit der Autowerkstatt ab und laden alles ein, was wir im Haus in der Toskana noch brauchen.
3. Wir fahren über Südfrankreich, übernachten in der Nähe von Avignon und schicken unseren Frauen ein Foto von uns vor der Brücke als Beweis.
4. Dort in der Umgebung suchen wir schon mal eine geeignete Stelle aus, an der ich bei der zweiten Reise tödlich verunglücken kann.
5. Einen Tag später fahren wir weiter in die Toskana.
6. Dort spielen wir noch ein paar Tage Golf.
7. Und kehren zurück nach Purmerend.
8. Anfang der Sommerferien fahren wir zu einer anderen Adresse nach Südfrankreich. Nach ein paar Tagen Golfurlaub komme ich ums Leben.
9. »Unser« Bestattungsunternehmer holt die Leiche ab. Er organisiert auch einen gefälschten Totenschein und eine 85-Kilo-Füllung für den Sarg.
10. Ich lege mir ein neues Äußeres zu.
11. Ich reise getrennt von meinen Freunden zurück zu meinem vorübergehenden Wohnsitz, Wouters kleiner Zweitwohnung in Den Haag.

12. Ich wohne inkognito meiner Einäscherung bei.
13. Ich fahre mit einem neuen Gebrauchtwagen unter meinem Namen und mit meinem Reisepass nach Italien.

Hie und da weist der Plan sicher noch ein paar Schwachstellen auf. Zum Beispiel müssen wir dafür sorgen, dass Stijn auf beide Reisen nicht mitkommen kann, und wir müssen das Problem lösen, dass ich später nicht aufgehalten werde, weil ich an der Grenze den Pass eines angeblich Toten vorlege. Im Hinblick darauf wäre ein neuer Name in einem falschen Pass vielleicht sicherer, aber wie sollte ich an so was kommen? Außerdem darf mich auf der Beerdigung natürlich niemand erkennen.

Und es gibt sicherlich noch ein paar Sachen mehr, die wir in der Aufregung übersehen haben.

Manchmal bekomme ich schreckliche Beklemmungen, wenn ich daran denke, was ich da vorhabe.

»Noch kannst du zurück«, flüstert mir mein vorsichtiges Ich ins Ohr. »Die Sache hat doch sowieso viel zu viele Haken.« Und dieselbe Stimme schließt mit den Worten: »Was willst du machen, wenn alles auffliegt?«

»Dann komme ich auf jeden Fall ins *Noordhollands Dagblad*«, antworte ich dem Riesenschisser in mir.

Ich mache jetzt keinen Rückzieher mehr.

VII

Meine Freundin Jolanda hat gestern nach dem Tennis behauptet, dass sie ihren Hund mehr liebt als ihren Mann. Und dieser Hund ist schon ganz schön nervig. Er ist klein, unbestimmbarer Herkunft, kläfft oft und schrill und heißt auch noch Chiara.

»Ja, das hört sich vielleicht seltsam an, aber wenn ich jetzt wirklich zwischen meinem Mann und Chiara wählen müsste, dann würde ich mich für sie entscheiden«, sagte Jolanda. »Nichts gegen Theo, versteht sich«, fügte sie ein bisschen erschrocken hinzu.

Und Joke stimmte ein: »Der große Vorteil eines Hundes ist eben der, dass er keine sarkastischen Kommentare abgeben kann zu mehr oder weniger allem, was man so tut. Ich muss dir da ein Stück weit recht geben, Jolanda.«

Über die Männer wird viel gejammert. Aus unserem Club von sechs Tennisspielerinnen sind drei durchweg unzufrieden, zwei gemäßigt positiv, und eine hat keine Meinung, weil sie keinen Mann hat. Ich gehöre zu den unzufriedenen. Die häufigste Klage: Unsere Männer haben kein Interesse mehr an ihrer Frau.

»Es interessiert Harry kaum noch, ob ich da bin oder nicht. Wenn wir im Monat zwei anständige Gespräche führen, ist das schon viel. Jedes Wort scheint ihm zu viel verlangt. Und was den Sex angeht, ist er lieber faul als müde«, nörgelte Joke.

Zustimmendes Nicken von allen Seiten, auch von den

zwei Damen, die noch einigermaßen zufrieden sind mit ihren Ehegatten.

Ich hielt mich ein bisschen bedeckt, aber Arthur passt prima in das Profil, das meine Freundinnen da entwarfen. Obwohl ich sagen muss, dass er sich in letzter Zeit öfters mal richtig Mühe gegeben hat. Natürlich nur in Sachen Gespräche, nicht in Sachen Sex. Jahrelang haben wir routinemäßig ein- bis zweimal pro Monat miteinander geschlafen. Und irgendwann hat das aufgehört. Wir haben nie ein Wort darüber verloren. Es ist auch nicht besonders hilfreich, dass ich meistens Stunden vor Arthur schlafen gehe. Er sieht bis tief in die Nacht fern. Was da läuft, ist ihm relativ egal. Neulich habe ich ihn erwischt, wie er Rai 1 schaute. Er schaute nicht nur, sondern machte eine Art italienisches Karaoke daraus.

Nur bei einer Gelegenheit kuschelt er sich an mich, wenn er ins Bett kommt. Nämlich wenn er kalte Hände hat.

Später habe ich noch mal über den Hund nachgedacht. Es würde wirklich keinen großen Unterschied machen, wenn ich Arthur gegen einen Hund eintauschen würde. Einen Labrador oder einen Stabij zum Beispiel. Nicht gegen einen Pitbull oder einen Pekinesen.

47

Das Gelingen des Unterfangens hängt ab heute auch noch von Etienne Hummel ab. Ich gebe zu: Das ist kein Name, der einem spontan Vertrauen einflößt.

In gewisser Hinsicht passt sein Aussehen zu seinem Namen: ein kleiner, ziemlich kahlköpfiger Mann mit wässrigen Augen. Tadellos in seinem Anzug und den auf Hochglanz gewienerten Schuhen.

Joost und ich hatten uns um 17.00 Uhr im Restaurant 1e Klas im Amsterdamer Hauptbahnhof verabredet. Um 16.59 Uhr kam er herein und schaute sich suchend um. Er sah uns nicht, und Joost machte keinerlei Anstalten, seine Aufmerksamkeit auf uns zu lenken. Erst als Etienne forschend auf die andere Seite schaute, näherte sich Joost schnell von hinten und klopfte ihm kräftig auf die schmale Schulter. Etienne war so erschrocken, dass er fast ein bisschen in die Höhe hüpfte.

»Ein guter Auftritt ist die halbe Miete, Hummel.«

»Oh, du bist es. Ich bin vielleicht erschrocken.« Eine leise, gebildete Stimme mit einem leichten Lispeln.

»Na, aus schlechtem Gewissen kann es ja wohl nicht sein, Etienne.« Joost versetzte ihm noch einen Schlag. Etienne rang sich ein kleines, gequältes Lachen ab und folgte Joost zu unserem Tisch.

»Etienne Hummel. Angenehm.« Er gab mir die Hand mit schlaffem Druck. Ich drückte kräftig zurück, weil Joost mir einmal den Rat gegeben hatte, bei Menschen mit schlaffem Händedruck selbst tüchtig zuzudrücken. »Um die Verhältnisse gleich klarzustellen«, lautete damals seine Erklärung. Ein übertrieben festes Schulterklopfen gehe auch, behauptete er.

»Arthur Ophof, angenehm.« Das stimmte nur zum Teil. Ich war froh, dass Joost irgendwo einen Bestattungsunternehmer aufgetan hatte, der die Vorschriften nicht so eng sah, aber dieser schien mir von der ganz kriecherischen Sorte zu sein. Leute, die Beerdigungen organisieren, haben wohl öfters etwas Falsches an sich, vielleicht ist das einfach berufsbedingt. Sie müssen professionellen Respekt und Anteilnahme ausstrahlen, aber wenn man sie in Aktion sieht, bekommt man schnell den Eindruck, ein schlechtes Theaterstück zu verfolgen, das jede Woche um die zehn Mal mit demselben Hauptdarsteller aufgeführt wird. Und damit meine ich nicht den Toten.

Nach dem obligatorischen »Wie geht es dir?« – »Gut, und dir?« von Joost und Etienne und dem Aufnehmen der Bestellung – Kaffee für Hummel und Wein für uns – entstand eine kurze Schweigepause am Tisch.

Das hatten wir so geplant.

»Eine gut getimte Schweigepause ist wichtig. Man darf sich dabei nicht unwohl fühlen und zwanghaft anfangen zu reden, denn dann redet man nur Blödsinn, und das wäre dem Ziel des Treffens nicht gerade dienlich«, hatte Joost mir eine Viertelstunde vorher auseinandergesetzt.

Etienne wackelte leicht mit dem Kopf. Als säße der ein wenig locker. Joost hatte vorher gemeint, der Mann erinnere ihn an so einen Wackeldackel, der in manchen Autos auf der Hutablage döst. Jetzt verstand ich, warum.

Wir brauchten Etienne Hummel für ein illegales Unterfangen, und Hummel würde sich dazu bereit erklären, weil er bei Joost in der Kreide stand. Irgend so eine ärgerliche Geschichte mit doppelter Buchführung und einem kleinen Griff in die Firmenkasse. Das Wort »klein« stammte dabei von Joost. Er macht gegenüber seinen Mandanten alles ein bisschen kleiner und übersichtlicher, damit sie, wie er es formuliert, »ganz von selbst fügsam werden«.

»Da legen wir noch eine kleine finanzielle Entschädigung obendrauf, und dann ist die Sache geritzt.« So hatte Joost mich vorher über unsere Taktik instruiert. Ich kann noch viel lernen von meinem Freund, aber es ist die Frage, ob ich das überhaupt will.

Etienne räusperte sich.

Joost schaute ihn freundlich an.

»Wenn ich das richtig verstanden habe, hattet ihr ein Anliegen. Womit genau kann ich euch helfen?«, fragte Etienne leise. Kurz hielt er den Kopf ein wenig schräg, aber er wackelte wieder zurück in seine Ausgangsposition.

»Wir würden dich gern um einen kleinen Gefallen bitten, der eigentlich in erster Linie darin besteht, dass du demnächst einmal ein Auge zudrückst. Ich weiß ja, dass du damit schon einige Erfahrung hast.«

»Und was genau soll ich übersehen?«

»Tja, das ist im Grunde nichts Großes. Ein Freund von mir, der gerne verschwinden möchte, muss seinen eigenen Tod inszenieren. Und für den muss ich einen Totenschein organisieren, der von einem echten nicht zu unterscheiden ist.«

»Oh.« Etienne schaute zögerlich drein. »Und wer ist dieser Freund?«

»Das bin ich«, sagte ich so selbstsicher wie möglich.

»Dann brauchen Sie natürlich auch eine inszenierte Beerdigung?«

»Ich würde mich gerne kremieren lassen«, sagte ich.

Herr Hummel begann zu schwitzen. Er kam ein bisschen ins Stottern.

»Tja, ähm … d-d-das ist schon ziemlich außergewöhnlich. So was habe ich noch nie gemacht. Das hat eine ganze Menge Haken, und das Risiko ist sehr groß. Das kann mich meine Karriere kosten.«

»Betrachte es einfach auch ein bisschen als Gegenleistung dafür, dass du diese Karriere immer noch hast – dank mir«, bemerkte Joost verschmitzt. »Du musst es außerdem nicht allein machen. Den Großteil der Arbeit erledigen wir selbst, und am Ende …«, Joost machte eine Kunstpause und beugte sich ganz leicht zu Hummel hinüber, »gibt es noch ein hübsches Sümmchen zu verdienen, Etienne. Damit kannst du vielleicht noch das eine oder andere finanzielle Loch stopfen.«

Ich sah, wie Hummel überlegte und seine Optionen abwog. Er rieb sich das Gesicht und den Kopf.

»Tja, wenn ich dir damit aus der Klemme helfen kann, Joost …«

»Das kannst du auf jeden Fall.«

Es war nicht so, dass ich atemlos zuschaute – dumm gaffen hätte wohl besser gepasst. Joost sagte hinterher zu mir, dass ich den Mund nicht immer so lange offen stehen lassen soll, wenn es spannend wird. Das macht nämlich keinen intelligenten Eindruck, meinte er, aber Gott sei Dank war Hummel zu sehr mit sich selbst beschäftigt, um es zu bemerken. Er wägte fieberhaft die Risiken ab und überlegte, wie viel Geld dem gegenüberstehen musste.

»An was für eine Vergütung hättest du denn so gedacht?«

Joost zögerte, machte ein paar Schnalzgeräusche mit der Zunge und sagte dann: »Ich dachte an sieben, eine heilige Zahl. Siebentausend.«

»Sieben … Das ist … eher an der Untergrenze.«

»Was hattest du denn so gedacht, Etienne?«

»Ich dachte an zwölf.«

»Das haben dir bestimmt die zwölf Apostel eingegeben«, sagte Joost salbungsvoll, und dann schaute er mich an, als bräuchte er meine Einwilligung. Es schien mir ratsam zu nicken. Joost hatte vorher gesagt, dass uns Hummels Mitarbeit zehntausend Euro kosten würde, dass er dafür aber auch ganz schön viel leisten müsste.

»Er denkt nämlich, dass wir ihn dafür bezahlen, dass er ein Auge zudrückt, aber später wird ihm klar werden, dass er für dieses Geld auch nach Frankreich und zurück fahren muss, mit einem von ihm gestellten Sarg und einer von ihm bezahlten gefälschten Bescheinigung.«

Joost kennt seine Pappenheimer. Er schaute erst noch ein paarmal an die Decke, dann seufzte er vernehmlich und sagte: »Na gut! Zehn. Zehn sind geboten. Fünf im Voraus und fünf nach erbrachter Leistung.«

Mein Freund streckte die Hand aus. Zögernd schlug Etienne ein. Er schaute ein bisschen misstrauisch. Kann aber auch Angst gewesen sein. Man sah, dass er überlegte, ob er nicht gerade in die Falle getappt war. Sein Kopf wackelte noch etwas stärker als zuvor.

»Guter Deal«, sagte Joost. »Selbstverständlich – aber das muss ich ja nicht extra betonen – darfst du mit niemandem über die Sache sprechen. Nicht einmal mit deiner Frau, Etienne. Ganz besonders nicht mit deiner Frau. Die haben wir in jüngster Vergangenheit ja auch ab und an außen vor gelassen, nicht wahr?«

Ich bestellte Cognac für Joost und mich, auf ein gutes Gelingen. Etienne nahm lieber noch eine Tasse Kaffee.

»Ja«, fuhr Joost fort, »nächsten Sommer wird also

einiges passieren. Ich schlage vor, dass wir im April mit den Vorbereitungen anfangen. Passt dir das, Etienne?«

»Das wird wahrscheinlich kein Problem sein.«

»Fein.«

48

Silvester war dieses Mal noch nerviger als die letzten Jahre.

Wie ich mich jemals zu dieser Silvestertradition überreden lassen konnte, ist mir ein Rätsel. Ich glaube, das muss in der Ester-Phase passiert sein.

Die Gäste sind jedes Jahr dieselben: Tamara, eine Tennisfreundin von Afra, mit ihrem Mann, Teun. Afra und ich. Und … die Eltern der beiden Frauen. Denn Afra und Tamara waren sich damals rührend einig gewesen: »Man kann die alten Menschen an so einem wichtigen Abend doch nicht allein vor sich hin kümmern lassen.«

So saßen wir jetzt schon um die zehn Jahre abwechselnd bei uns oder bei Tamara und Teun. Erst spielten wir Räuber-Rommé und Jakkolo, danach schauten wir den »Lustigen Jahresrückblick«, und ab fünf vor zwölf wurde die Uhr im Fernsehen eingeblendet, damit Gongschlag zwölf ja der Fake-Champagner entkorkt werden konnte. Im Laufe des Abends wurden Erdnüsse, Schmalzgebäck (vom altmodischen Bäcker!) und Fleischkroketten aus dem Ofen serviert. Und in regelmäßigen Abständen sagten wir: »Was haben wir's gemütlich!«

Um Mitternacht umarmten wir uns alle auf Teufel komm raus, danach konnte ich mich für eine halbe

Stunde mit meiner Schwiegermutter verdrücken, um ein Feuerwerk abzubrennen. Das heißt, Mama reichte es mir, und ich zündete es an. Die anderen sechs standen drinnen am Fenster und schauten zu.

Aber Gerda, mein einziger Rettungsanker an diesem Abend, war mittlerweile tot. Und Piet war noch nerviger als sonst. Der ist sogar zu blöd für Räuber-Rommé, und die Jakkolo-Runde sabotierte er auch.

»Komm schon, Pa, jetzt streng dich doch einmal ein bisschen an«, seufzte Afra.

»Ich streng mich an. Du weißt nicht, wie das ist, wenn man mit Rheuma Jakkolo spielen soll.«

Die anderen schwiegen betreten.

»Wer mag einen Krapfen?«, fragte ich.

Teun hatte schon noch Lust auf einen. Seinen siebten.

49

»Klaas mochte Vögel, Fische und Frösche.«

Und damit musste sich Klaas de Bruyn begnügen in seiner Traueranzeige in *Het Parool*. Einundneunzig Jahre war er geworden, und dann gab es nicht mehr zu berichten, als dass er ein Freund von allerlei kleinen Tieren gewesen war. Obwohl, es stand auch noch ein rätselhaftes kleines Gedicht daneben:

Der Zug, die Schienen, der Heilsarmeesoldat,
Die Frau, das Kind, das Mädchen –
Was sind sie im großen Zusammenhang?
Nur ein Punkt in der Ewigkeit.

Dagegen ließ sich kaum etwas einwenden, aber es warf mehr Fragen über den toten Klaas auf, als dass es Antworten gegeben hätte. War Klaas vielleicht Zugführer gewesen? Oder Soldat der Heilsarmee? Und was für eine Rolle spielte das Mädchen?

Das Gedicht war aber immer noch besser als das, was Henri Hulshorst in seiner Traueranzeige von seinem Arbeitgeber Aegon mitbekommen hat:

> Henri war bei Aegon in der Abteilung Projektmanagement tätig und hatte Kontakt mit Aegon-Kollegen in den Niederlanden, aber auch im Ausland. Mit Henri verlieren wir einen kompetenten und engagierten Mitarbeiter.

Ich glaube nicht, dass Henri auf ein erfolgreiches Arbeitsleben zurückschauen kann, gesetzt den Fall, dass er überhaupt noch schauen kann. Aber eines steht fest: Sein Chef hat keine großen Worte um ihn gemacht.

Wie wird wohl demnächst die Sterbeanzeige meines Arbeitgebers aussehen?

> Arthur hatte eine große Affinität zu Klopapier und Toilettenbedarf. Wir von Hertog Sanitär- und Reinigungszubehör werden sein Wissen und seine Kompetenz vermissen. Ungeachtet der Tatsache, dass wir ihn vor ein paar Monaten mit einem hübschen Sümmchen Geld auf die Straße gesetzt haben, weil wir ihn nicht mehr brauchen konnten.

Ich zog in Erwägung, zu gegebener Zeit selbst ein paar nette und schmeichelhafte Traueranzeigen in die Zeitung zu setzen. Ins *Noordhollands Dagblad* für die Bekannten aus der Gegend und in die *Trouw*, weil ich finde, dass das eine schöne, geschmackvolle Zeitung ist, in der ich zumindest einmal in meinem Leben gestanden haben mag. Aber vielleicht ist das doch ein bisschen zu riskant. Ob es wohl Leute gäbe, die sich fragen, wer die Anzeigen in die Zeitung gesetzt hat, und dann bei der Redaktion anrufen?

Ich bezweifle es, aber völlig auszuschließen ist es natürlich nicht. Tut mir leid für Wouter, aber dann muss er eben die von mir aufgesetzten Anzeigen an die Zeitungen geben, damit eventuelle Fragen gebührend beantwortet werden können. Er muss zum Beispiel sagen: »Ja, es ist in der Tat ein bisschen seltsam, aber ich habe kurz vor Arthurs Tod zufällig mit ihm darüber geredet, und er hat mir in groben Zügen skizziert, wie er der Welt am liebsten im Gedächtnis bleiben würde. Ich habe hiermit versucht, in seinem Geist zu handeln.«

Wohl gesprochen, Wouter! Ich genieße es schon jetzt.

50

Zu Hause geht es auffallend entspannt zu. Ich muss wirklich aufpassen, dass ich es nicht übertreibe.

»Arthur Ophof, da ist doch was im Busch, ich spür es. Du bist so nachgiebig, das ist nicht mehr normal.« Afra schaute mich lange und misstrauisch an. Ich wandte den Blick ab.

Wenn man von jemandem mit Vor- und Nachnamen angeredet wird, muss man sich in Acht nehmen. Das macht nämlich kaum einer, um Komplimente zu verteilen. Afra lobte mich nicht, weil ich so nachgiebig war, sondern fragte sich, was dahintersteckte.

»Hast du vielleicht eine Freundin?« Sie sagte es mit einem kleinen ironischen Auflachen.

»Nein, ich habe keine Freundin. Wie fändest du das eigentlich? Wenn ich doch eine hätte?«

»Das fände ich nicht so schön. Überhaupt nicht schön. Mir würde schrecklich grausen vor dem ganzen Aufwand mit der Scheidung.«

»Ja, aber würdest du mich vermissen?«

»Arthur, jetzt stell doch nicht so lächerliche Fragen. Du hast also keine Freundin?«

»Nein, Afra, ich habe keine Freundin.«

»Und warum bist du dann so ... ähm ... anders?«

»Ich bin nicht so ... ähm ... anders. Nicht dass ich wüsste. Ich versuche, so angenehm wie möglich zu leben. *That's all.*« Gott sei Dank fing in dem Moment der Trockner an zu piepsen. Die Wäsche musste rausgenommen werden.

Das war letzte Woche. Seitdem versuche ich, in kleinen Dosen nett zu sein. Das ist aber alles nicht so leicht, Afra hat eine feine Antenne für Verhaltensänderungen meinerseits.

Letztes Wochenende stellte sie fest: »Du hast dich kaum gesträubt, als ich gesagt habe, dass wir mal wieder zu meinem Vater müssen. Jedenfalls viel weniger als sonst.«

Ich versuchte, mich aus der Affäre zu ziehen, indem ich sagte, dass er unseren Besuch seit dem Tod seiner Frau mehr zu schätzen scheine.

»Na, von dieser Wertschätzung hab ich aber nichts gemerkt«, sagte sie bissig. Womit sie vollkommen recht hatte.

Afra hat neuerdings einen Schlüssel zum Haus ihres Vaters. Das gibt ihm eine Ausrede, nicht mehr vom Sofa aufstehen und uns die Tür aufmachen zu müssen, wenn wir ihn besuchen. Diesmal saß er vorm Fernseher und schaute eine von seinen Lieblingssendungen: misslungene Schönheitsoperationen. Als seine Tochter sich vor ihn stellte und ihm einen flüchtigen Kuss auf die Wange küsste, schob er sie ein Stück beiseite, um nichts von dem Elend zu verpassen, das von dem einen oder anderen Sensationssender präsentiert wurde.

»Hallo, Pa, wie geht's?«

»Ach, schlecht, ich geh fast in die Knie vor Rheumaschmerzen.«

»Wie kommst du denn auf so was? Du hast doch überhaupt kein Rheuma.«

»Was weißt du denn davon? Es fühlt sich an wie Rheuma. Ich kann mir kaum was zu trinken einschenken.«

»Was willst du denn trinken?«, fragte ich hilfsbereit.

»Kaffee und Schnaps bitte. Und einen aufgeschnittenen Apfel.«

»Lass mich mal schnell machen«, sagte Afra. »Du findest hier ja doch nichts.«

Schade, ich hatte gehofft, erst mal gründlich in der Küche herumsuchen und so lange wie möglich wegbleiben zu können. Hat nicht geklappt. So musste ich mich jetzt wohl zu ihm setzen.

»Vergnügst du dich ein bisschen, auch ohne Gerda?«, fragte ich meinen Schwiegervater.

»Geht so«, antwortete er, ohne mich anzuschauen. Piet hatte kein Bedürfnis nach Kommunikation. Während er fernsah, fummelte er sich mit seinem Secondhand-Nasenhaarschneider in den Nasenlöchern herum. Kein schöner Anblick. Alternativ konnte ich mir diverse gruselige Beispiele für misslungene Brust-OPs anschauen. Ich nahm mir etwas zu lesen: das Aldi-Prospekt und die Gebrauchsanweisung für den DVD-Player. Mehr konnte ich nicht finden. O Gott, ein wahrer Segen, dass ich diesen Mann bald nie wieder besuchen musste. Vor lauter

Dankbarkeit werde ich in einer italienischen Kirche jede Woche eine Kerze anzünden.

Nach zwei Tee, zwei Schnäpsen und keinem Wort zu viel meinte Afra: »Na, Pa, dann fahren wir wohl mal wieder nach Hause.«

»Ja, macht das. Nett war's mit euch. Könntest du die Woche noch vorbeikommen, um ein bisschen zu putzen? Die Haushaltshilfe ist krank.«

Vor nicht allzu langer Zeit wurde Afra von der Organisation für häusliche Pflege angerufen. Sie haben ihre liebe Mühe, noch jemanden zu finden, der bei ihrem Vater arbeiten will. Er schafft es, wirklich jedem nach kurzer Zeit die Laune zu verderben. Nur seine Frau hat er nicht kleingekriegt, und seine Tochter hält sich mehr oder weniger aufrecht. Die scheint immun gegen seine Grobheiten, aber ich hab sie ihren Vater auch schon verfluchen hören, als sie dachte, dass niemand sie hört.

Auf der Rückfahrt legte ich ihr die Hand auf die Schulter. Sie schaute zu mir, zögerte und sagte dann: »Danke.«

51

Es könnte bis auf Weiteres mein Lieblingsmuseum werden: das Niederländische Beerdigungsmuseum Tot Zover.

»Im Niederländischen Beerdigungsmuseum Tot Zover stehen ab jetzt die nationalen Beerdigungstraditionen und die moderne Beerdigung in den multikulturellen Niederlanden im Mittelpunkt. Die Sammlung umfasst unter anderem alte Haarbilder, Totenmasken, Filmfragmente, Särge und Urnen, aber zum Beispiel auch eine

Sammlung Miniaturleichenwagen und Zubehör für eine moderne muslimische Beerdigung, so etwa Lotuspuder, Kampfer und Moschus. Wie eine Einäscherung genau abläuft und wie es einem im Boden begrabenen Körper ergeht, erklären wir ebenfalls. Die offene, ehrliche Annäherung an das Thema und die lebendige Präsentation wird von Besuchern wie Presse gleichermaßen geschätzt.«

Ich kann mir nicht helfen, aber ich bin vor allem neugierig auf die Haarbilder, die Miniaturleichenwagen und die anschauliche Präsentation eines begrabenen Körpers.

Im Übrigen sollte Geert W. nicht hören, dass auch die muslimische Beerdigung berücksichtigt wird, sonst macht er wieder eine Riesenszene. Obwohl die Muslime, über die er sich aufregt, in diesem Fall ja schon tot wären.

Ich für meinen Teil hatte gehört, wie jemand in der Backwarenabteilung im Kaufhaus ganz begeistert vom Beerdigungsmuseum erzählte. Die Kombination von Sahnetorte und Begräbnis schien mir ungewöhnlich, die Erzählerin aber störte sich nicht an ihr. Es war ein ungefähr achtjähriges Mädchen, das einer Freundin von ihrer Museumstour unter dem Motto »Kleiner Gevatter« berichtete, die sie mit ihrem Bruder gemacht hatte.

»Wo denn?«, fragte ihre kleine Freundin.

»Na, im Friedhofsmuseum.« Wie konnte ihre Freundin so schwer von Begriff sein?

Als ich wieder zu Hause war, fand ich im Internet über die »Kleiner Gevatter«-Museumstour schnell das Beerdigungsmuseum Tot Zover. Der Kleine Gevatter war das fröhliche, dicke Brüderchen des Gevatter Tod, das man sich extra für Kinder von acht bis zwölf ausgedacht hatte. Damit sie beim Lernen trotzdem Spaß hatten. Und dann gab es noch was ganz Besonderes obendrauf: einen kostenlosen Mini-Sarg für zu Hause!!! Ich bin kein Freund von Ausrufezeichen, aber für einen kostenlosen Mini-Sarg mache ich gern eine Ausnahme.

Ich war ganz vertieft in die Beerdigungsakademie, »wo sich Wissenschaft und Bestattungsunternehmen begegnen«, als Afra mit dem Staubsauger ins Zimmer kam. Ich konnte das Beerdigungsmuseum gerade noch wegklicken. Afra schaute argwöhnisch, sah aus, als wolle sie etwas sagen, beschloss aber dann, dass das Saugen die beste Antwort auf meinen puterroten Kopf sei. Dabei zog sie ein etwas angewidertes Gesicht. Vielleicht dachte sie, dass ich heimlich Pornos schaue.

Bei der nächsten Gelegenheit fahre ich zum Nieuwe Oosterbegraafplaats in Amsterdam, um dieses Museum zu besuchen. Mit der Museumskarte ist der Eintritt frei. Ich freu mich schon drauf.

VIII

Mein Vater ist unausstehlich. Es ist ganz schrecklich, so was von seinem eigenen Vater sagen zu müssen, aber es ist nun mal wahr. Ich halte es in seiner Gesellschaft nicht mehr länger als eine Stunde aus. Wenn er sich herbeilässt, mal vom Fernseher aufzuschauen, um etwas zu sagen, dann kommt nur Gejammer und Genörgel. Ich versuche, es zu ignorieren, aber es gelingt mir nicht. Nach ein paar Sätzen ärgere ich mich schwarz.

Arthur tut sein Bestes, um mir zu helfen, und vermeidet die Konfrontation mit meinem Vater, obwohl er ihm auch hoffnungslos gegen den Strich geht.

Jetzt hat die Stelle für häusliche Pflege auch noch mitgeteilt, dass es immer mühsamer wird, Leute zu finden, die sich zweimal in der Woche drei Stunden lang um den Haushalt kümmern.

»Das liegt nicht an mir«, beteuerte mein Vater hoch und heilig. »Die sind einfach zu blöd zu kapieren, was ich brauche.«

Arthur und ich sagten nichts.

»Du kannst dich doch wohl jede Woche ein paar Stunden um deinen Vater kümmern, oder?«, sagte Piet dann gebieterisch. Und statt ihm zu antworten, dass er unausstehlich ist, habe ich gesagt, dass ich darüber nachdenken werde.

»Mit so einem Vater kann man sich gleich viel besser vorstellen, warum manche Senioren misshandelt werden«, sagte Arthur auf der Heimfahrt. Ich brachte es nicht fertig, ihm zu widersprechen.

Kurz darauf legte er mir sogar die Hand auf die Schulter. So was ist schon lange nicht mehr vorgekommen.

52

Jede Krankheit, die ein bisschen was auf sich hält, hat ihren eigenen Tag: Es gibt den Alzheimer-Tag, den AIDS-Tag, den Lepra-Tag, den Krebs-Tag. Herzkrankheiten haben sogar eine ganze Woche für sich. Und dann gibt es den Vatertag, den Muttertag, den Welttierschutztag, den Tag der Sekretärinnen und weiß Gott was für Tage noch. Es nimmt kein Ende.

Heute, am 24. Januar, ist auch ein besonderer Tag: der Nationale Erdnussbuttertag. Afra und ich mögen beide schrecklich gerne Erdnussbutter. Nur mag ich sie lieber mit Stückchen und sie ohne. Also feiern wir den Nationalen Erdnussbuttertag jeder mit seinem eigenen Glas. Schweigend. Höchstens mit einer etwas dickeren Schicht auf dem Butterbrot. Jahrelang haben wir uns am Frühstückstisch ein Glas geteilt, aber sogar in Sachen Erdnussbutter haben wir uns langsam auseinandergelebt.

In den letzten paar Monaten sind wir uns wieder ein bisschen nähergekommen, aber das liegt daran, dass ich mich nachgiebiger stelle, als ich in Wirklichkeit bin. Der Gedanke, dass ich in einem halben Jahr mehr oder weniger geräuschlos aus dem Leben scheiden werde, ermöglicht es mir, ohne allzu große Anstrengung eine wohlwollendere Haltung einzunehmen.

Ich vermute, Afra meint, dass ich entweder unsere Ehe retten will oder eine Freundin habe. Sie kann ja nicht ahnen, dass ich nur versuche, einen guten letzten Eindruck zu hinterlassen.

Demnächst habe ich meinen letzten Arbeitstag bei Hertog, und um zu vermeiden, dass ich danach wochenlang zu Hause rumsitze, habe ich behauptet, dass ich in den kommenden Monaten ein paar kleinere Arbeiten für Joost übernehmen werde. Denn wenn wir uns bis zum Sommer tagtäglich auf dem Pelz hocken, ist ein harmonisches Ende unserer Ehe wahrscheinlich unmöglich. Die Gegensätze gehen ja doch um einiges tiefer als bis zur Erdnussbutter mit oder ohne Stückchen.

53

Wouter hat mich seinem Bekannten Toon vorgestellt. Toon ist ein pensionierter Maskenbildner, der jahrelang fürs Fernsehen gearbeitet hat. Er langweilt sich gerade zu Tode und freut sich über jede Arbeit, egal wie ungewöhnlich sie ist.

»Also, wenn ich das richtig verstanden habe, was Wouter mir da erklärt hat, sollst du für eine Weile ein anderes Aussehen verpasst bekommen. Für den Alltagsgebrauch.« Bei diesen Worten schaute er drein, als genieße er das Ergebnis jetzt schon.

Ja, das habe er genau richtig verstanden.

»Wouter hat mir auch gesagt, dass ich nicht zu viele Fragen stellen darf, aber eine Frage musst du mir doch beantworten, bevor ich den Auftrag annehme: Wozu soll das gut sein?«

Ich zögerte. »Tja, das kann ich dir eben nicht verraten.«

»Ich will es anders formulieren«, sagte Toon. »Es geschieht doch nicht zu kriminellen Zwecken, oder?«

»Toon, ich kann dir versichern, dass nichts Kriminelles dahintersteckt. Das schwöre ich hiermit feierlich.«

»Beim Augenlicht deiner Mutter?«

»Die ist schon tot.«

»Tut mir leid, das war ein schlechter Scherz«, kicherte Toon und fügte hinzu: »Außerdem muss ich ganz sicher sein, dass mein Name niemals genannt wird, egal in welchem Zusammenhang. Es sei denn, ich gebe selbst später noch meine Zustimmung dazu. Am Ruhm will ich ja doch ganz gern teilhaben, aber den Ärger brauch ich nicht.«

Unter diesen Bedingungen wolle er also bereitwillig an dem Projekt mitarbeiten, Arthur Ophof ein paar Monate als nicht wiederzuerkennenden Herrn X durchs Leben gehen zu lassen.

Ich denke schon seit einer Weile über meinen neuen Namen nach, denn mit dem alten werde ich nicht mehr herumlaufen können. Eine lästige Frage. So ein Name muss zu einem passen, etwas Aussagekräftiges haben, unauffällig sein und nicht zu schwierig. Wenn ich jedes Mal überlegen muss, wie ich noch mal heiße, bevor ich mich jemandem vorstellen kann, ist das Misstrauen schnell geweckt. Außerdem hab ich mir gedacht, dass es schön wäre, wenn mein neuer Name auch für Italiener leicht auszusprechen ist.

»Was hattest du dir denn vorgestellt, Arthur?«, erkundigte sich Toon, nachdem er mir seinen Arbeitsplatz gezeigt hatte: ein Zimmer mit Schränken voller Perücken, Schnurrbärten, Brillen, Hüten und einer ganzen Menge anderer Accessoires, von auffüllenden Teilprothesen, die man sich in den Mund steckt, bis hin zu farbigen Kontaktlinsen.

»Irgendwas mit Piercings und Tattoos?« Er musste selbst laut lachen.

Ich protestierte energisch. »Tattoos sind dann doch eine allzu drastische Lösung, und außerdem finde ich das hässlich. Da kann ich nie wieder zufrieden in den Spiegel schauen.

Wir ließen die Tattoo-Option also fallen und schauten uns bei den Brillen, Frisuren, Schnurr- und Vollbärten um. Toon fragte, ob ich vielleicht Interesse an einer Narbe oder einer netten Warze hätte, aber dafür bin ich zu eitel.

»Das Beste und Praktischste ist, wenn wir dich mithilfe deiner eigenen Haare und deines eigenen Barts verändern. Du sollst im Alltag ja so wenig Zeit wie möglich darauf verwenden müssen, dich zu verkleiden. Eine andere Frisur, eine andere Haarfarbe, ein Vollbart, farbige Kontaktlinsen und eine Brille mit einem hübschen Gestell. Eine etwas größere und plattere Nase können wir auch noch relativ leicht und langfristig bewerkstelligen. Kurz und gut, das kriegen wir schon alles hin.« Toon war zuversichtlich, dass uns das Projekt gelingen würde. Er probierte mit ein paar Perücken die Haarfarben durch, vermaß sorgfältig meinen Kopf, ebenso Nase, Mund, Augen und Ohren. Dann machte er eine Reihe von Porträtfotos.

In absehbarer Zeit kann ich wohl eher nicht so viel darüber erzählen, wie ich aussehen werde. Ich erkundigte mich, ob er irgendwas casanovamäßiges im Angebot habe.

»Da hättest du fünfzehn Jahren früher kommen müssen, Arthur. Auch meine Möglichkeiten sind begrenzt.«

»War nur ein Witz, Toon.«

Wir tranken ein Bierchen aufs Gelingen unseres Projekts.

»Mit Toon wirst du dich gut verstehen«, hatte Wouter mir schon vor unserem Treffen prophezeit, und er hatte recht.

54

In einer Woche ist mein letzter Arbeitstag bei Hertog Sanitärzubehör. Marieke fragte mich zum dritten Mal in zwei Wochen, ob ich schon einen neuen Job hätte. Ich seufzte tief und versuchte, Verzweiflung auszustrahlen. Das fiel mir nicht besonders leicht.

»In meinem Alter ist es furchtbar schwierig, wieder was zu finden. Und noch mal so einen schönen Job wie diesen hier, das kannst du gleich vergessen.«

Mariekes Mitgefühl ist echt, der Rest tut scheinheilig. Sie sind in erster Linie froh, dass sie nicht selbst entlassen worden sind.

»Gott sei Dank ist der Arbeitsmarkt wieder ordentlich im Aufschwung«, sprach mir Berend Mut zu.

»Jaja«, sagte ich, »das gilt vielleicht für Buchhalter mit Diplom, also für dich, aber für Vertriebssachbearbeiter über fünfzig ist in dieser Gesellschaft kein Platz mehr.« Vielleicht trug ich ein bisschen zu dick auf, denn Berend schaute mich forschend an, als wäre er nicht sicher, ob ich ihn nicht gerade an der Nase herumführte.

Und Herr Hertog kam zum vierten Mal in diesem Monat mit dem Anzeigenblatt zu mir.

»Vielleicht ist ja was für dich dabei.«

Ich zögerte, ob ich sagen sollte: »Kopf hoch, mein Junge, ich komm schon klar. Du hast getan, was du tun musstest.« Aber das schien mir dann doch nicht in meinem Interesse zu sein. Manchmal ahne ich bei Hertog auch ein bisschen Misstrauen angesichts meiner guten Laune. Vielleicht zweifelt er im Nachhinein doch an dem mit 24 Karat vergoldeten Händedruck, den er mir zum Abschied gegeben hat und der inzwischen sicherlich auf meinem neuen, »geheimen« ASN-Konto liegt. Nur ein einziges Mal kann ich mich nicht beherrschen und schaue, als ich ganz sicher bin, dass mich niemand beobachtet, per Onlinebanking kurz nach meinem Kontostand: fünfundsechzigtausend Euro.

Marieke hat Afra angerufen und sich erkundigt, ob sie nicht ein gutes Abschiedsgeschenk für mich wisse. Nein, Afra wusste keines, aber sie sagte, sie würde bei meinem besten Freund Joost nachfragen. Joost hat mich daraufhin angerufen und gefragt, ob ich eine neue Golftasche brauche oder lieber neue Schläger haben wolle. Ich habe mich für die Tasche entschieden. Und mir im Golfgeschäft eine ausgesucht, um Marke und Modell an Joost weiterzugeben. Der hat Afra angerufen, und Afra hat Marieke angerufen. Ich hoffe, dass unterwegs nicht, wie bei der Stillen Post, zu viele Wörter falsch ausgesprochen wurden und ich dann am Ende einen Picknickkorb kriege.

55

Ich war in dem schönen Kartengeschäft auf dem Amsterdamer Overtoom und habe mir die beste und detaillierteste Wanderkarte der Umgebung von Carpentras besorgt. Das ist ein Städtchen, das ungefähr dreißig Kilometer nordöstlich von Avignon liegt. Und ich hatte gleich den Eindruck, dass das eine gute Gegend ist, um zu sterben: problemlos erreichbar, nicht zu viel los, in der Nähe ein paar Golfplätze als Alibi für unsere Reise und – was das Wichtigste ist – jede Menge Wanderrouten durch schwieriges Gelände, auf denen schnell mal ein Unfall passieren kann. In Carpentras ist auch die Pension von Joosts Bekanntem. Die muss als Ausgangspunkt für den tödlichen Unfall dienen. Einziger Nachteil: Es ist ein ganz schöner Umweg, wenn man eigentlich in die Toskana will.

Ich hatte kurz in Erwägung gezogen, auf der schwindelerregenden Abfahrt vom Mont Ventoux, der auch nicht weit von dort ist, mit dem Fahrrad in eine Schlucht zu fahren. Abgesehen davon, dass es sehr romantisch wäre, auf diesem berühmten Riesenberg der Tour de France zu verunglücken, hatte die Sache leider nur Nachteile. Dort ist immer viel los, ich müsste ein kaputtes Fahrrad organisieren, mein Unfall würde aufgrund der Berühmtheit des Berges viel schneller publik werden, aber in erster Linie wäre es unglaubwürdig, wenn ich auf einmal mit dem Rad den Mont Ventoux hochkeuchen würde, während ich kurz zuvor noch ins Japsen gekommen bin, sobald ich nur die Brücke über den Noordhollandsch Kanaal überquerte.

Auf der Wanderkarte steht an vielen Stellen das Zeichen für »schöne Aussicht«. An einer dieser Stellen oder auf dem Weg dorthin muss es passieren: ein tödlicher Sturz in eine gut erreichbare Schlucht. Damit es später plausibler aussieht für eventuelle Katastrophentouristen.

Zu organisieren bleibt:

1. Ein gefälschter französischer Polizeibericht
2. Ein gefälschter französischer Totenschein

Diese zwei Schriftstücke muss Etienne Hummel auftun, dafür wird er am Ende bezahlt, und Joost ist bereits auf der Suche nach einem Mann, der mir einen gefälschten Pass beschaffen kann.

»Keine Sorge, kein Problem«, hatte er mich beruhigt. Er habe schon ein paar Kandidaten im Auge und werde noch schnell sondieren, wer das beste Preis-Leistungs-Verhältnis biete. Für einen neuen Pass solle ich ungefähr dreitausend Euro rechnen.

Etienne Hummel muss demnächst mit seinem Leichenwagen und den falschen Bescheinigungen von Carpentras zurück nach Purmerend fahren, mit einem Sarg mit fünfundachtzig Kilo schweren Sandsäcken darin. Zu Hause muss der Bestattungsunternehmer plausibel machen, dass der Anblick meiner Leiche zu schockierend ist, um den Sarg zu öffnen. Dann muss das Ganze nur noch angezündet werden, und fertig ist der Lack. Voilà, ich könnte mich entspannt zurücklehnen, wenn ich nur nicht an jeder Ecke Probleme sehen würde.

Ich hab mir auch eine Karte von der Toskana gekauft. Sehr detailliert. Das Kaff Mazzolla, etwas südöstlich von Volterra, ist darauf verzeichnet. Es wäre sogar denkbar, dass ein kleines Pünktchen auf der Karte, gleich vor Mazzolla, mein zukünftiges Häuschen ist.

56

Es ist eine der traurigsten und meistverdrängten, weil harten Wahrheiten des Lebens: Die Liebe kennt selten ein Happy End. Fast immer beginnt sie auf ihrem Höhepunkt und endet in einer gähnenden Leere. Wie viel schöner wäre es doch, wenn es umgekehrt wäre? Wenn man eine Frau kennenlernen würde, die man äußerlich nicht ansprechend findet, für die man kaum Interesse aufbringen kann und die einem vor allem auf den Wecker geht mit ihren albernen Angewohnheiten und ihrem Genörgel. Und wenn man sie dann im Laufe der Jahre, fast unmerklich immer mehr schätzen, mehr und mehr Interesse für sie entwickeln, sie immer sexyer finden würde und am Ende schrecklich in sie verliebt wäre und bliebe. Bis man, o wunderschöner Zufall, eines Nachts zusammen friedlich für immer einschläft.

Der Schöpfer hat anders entschieden. Nicht nur für die Liebe hat er den umgekehrten Weg entworfen, sondern eigentlich fürs ganze Leben: als Baby klein, unwissend und fröhlich beginnen, zwischen dem fünfzehnten und fünfunddreißigsten Lebensjahr den Gipfel erreichen und danach ein Gleitflug des Verfalls Richtung Tod. Die Zahlen können sich von Mensch zu Mensch unterscheiden, aber in groben Zügen gelten sie schon für die meisten. Ganz selten sieht man mal ein altes Ehepaar glücklich und zufrieden Hand in Hand dem Ende seines Lebens entgegenschlurfen. Und dann kommt trotzdem noch für einen von beiden ein trauriges Ende, nämlich für den, der als Zweites stirbt.

Ich werde mit meiner Flucht nach Italien einen ernsthaften Versuch unternehmen, nicht langsam und unentrinnbar im Morast von Routine und Verfall unterzugehen. Donnerwetter, Arthur, heute schmeißt du ja wieder mit den ganz großen Worten um dich.

Aber in Purmerend gibt es auch viele schöne Dinge im Leben.

Today I feel passionate with a promise of mysterious excitement.
Today I feel dreamy floating through a field of flowers.
Today I feel marvellous dancing all night with a golden glow.

Um all diese herrlichen Gefühle zu erreichen, braucht man den Tag nur mit einem Duschgel aus der Produktserie des HEMA-Kaufhauses zu beginnen. Ganz im Ernst, das steht so auf der Flasche. Das würden sie natürlich niemals draufschreiben, wenn es eiskalt gelogen wäre.

57

Sogar Bestatter besuchen neuerdings Selbstbehauptungskurse, hab ich in der Zeitung gelesen. Ein Mitarbeiter von *Billig-Beerdigung* erzählte von einer Feuerbestattung, die, bevor sie recht begonnen hatte, in eine Massenschlägerei ausartete, weil ein unerwünschter Gast aufgetaucht war.

Und nein, den Namen habe ich mir nicht selbst ausgedacht. Das würde mir ja sowieso niemand abnehmen. Ich frage mich gar nicht, auf welches Marktsegment sich *Billig-Beerdigung* konzentriert. Ich frage mich eher, wer so wenig Respekt für den Toten hat oder so arm ist, dass er dieses Bestattungsunternehmen in Anspruch nimmt. Oder ob man den Namen des Bestattungsunternehmens bei der Trauerfeier schamhaft unterschlägt? Eine andere Frage, die sich mir aufdrängt: Wie würde wohl der Billigkuchen von *Billig-Beerdigung* schmecken?

Eine zweite Anekdote in diesem Artikel betraf eine

Bestattung in Rotterdam, bei der die Polizei den Saal des Krematoriums räumen musste, weil sich die Gäste mit Blumengestecken bewarfen.

Ein Beerdigungsexperte behauptete in der Zeitung, dass bei der Hälfte der Bestattungen ein Kind oder Ex-Partner des Toten nicht willkommen sei. Ich habe mir den Kopf über die Frage zerbrochen, ob ich jemanden zu meiner Kremierung einladen könnte, der den anderen Gästen nicht willkommen wäre, aber mir wollte niemand einfallen. Bei meiner Beisetzung wird es gesittet zugehen, genauso wie es in meinem Leben gesittet zugegangen ist.

IX

Ich glaube, Arthur denkt, dass ich denke, dass er eine Geliebte hat. Ich finde zwar schon, dass er sich in letzter Zeit ein bisschen seltsam benimmt, aber ein heimliches Verhältnis hat er nicht. Das würde ich merken, dazu kenne ich ihn einfach zu gut.

Vielleicht hätte er gerne eins, aber wenn es drauf ankommt, ist mein Mann nicht der Typ, der die Dinge wirklich durchzieht. Auch dann nicht, wenn es darum geht, die eigene Frau zu betrügen. Bis auf eine Ausnahme, das ist jetzt schon wieder an die zehn Jahre her. Damals wusste ich mit ziemlicher Sicherheit, dass er eine Weile eine Affäre hatte. Irgendeine, die er über die Arbeit kennengelernt hat, glaube ich. Männer sind in solchen Dingen so naiv, sie meinen immer, dass ihre Frauen nichts mitbekommen. Dass es einer Frau nicht sofort auffällt, wenn der eigene Mann auf einmal betont unauffällig tut, aber gleichzeitig mehr und mehr Überstunden machen muss, einem Freund bei irgendwelchen Arbeiten aushilft oder plötzlich mit alten Bekannten ein Bierchen trinken geht.

»Wer ist das denn?«

»Ach, den kennst du nicht. Klaas, das ist so'n Fußballkumpel von früher.«

Arthur war auf einmal immer ein bisschen zerstreut, schaute viel häufiger auf sein Handy und verhielt sich mir gegenüber ein bisschen höflicher als normal. Und kam noch später ins Bett als sonst.

Ich habe ausgiebig mit meinen Freundinnen darüber geredet: Es gibt fast keinen Mann, der nicht auf die eine oder andere Art preisgibt, dass er eine Liebschaft hat.

Lotte, eine von meinen Freundinnen, hat einfach ab und zu alle Hosen- und Jackentaschen ihres Mannes durchsucht und schon bald Beweise gefunden: zwei Kinokarten, eine Rechnung von einem Café über vier Bier und vier Rosé, einen Kassenbon von der Parfumabteilung des Nobelkaufhauses De Bijenkorf.

»Für mich kauft er immer nur irgendwelche Duftwässerchen aus dem Supermarkt«, sagte sie verärgert.

Als Lotte die drei harten Beweise gegen ihren ach so braven Herman gesammelt hatte, legte sie sie ihm eines Morgens auf den Frühstückstisch, dazu einen Brief, dass sie zwei Tage mit einer Freundin nach Antwerpen fahre und es begrüßen würde, wenn das Ganze bei ihrer Rückkehr geregelt sei. Herman entschied sich sehr schnell, lieber Lotte zu behalten, als am Ende von seiner Geliebten fallengelassen zu werden. Lotte hat nie wieder ein Wort darüber verloren. Zumindest nicht mit ihm, mit uns schon. Großartig!

Marije dagegen merkte, dass ihr Mann ganz begeistert war von einer ihrer Freundinnen, und behielt die beiden Verdächtigen eine Weile auf ihrem eigenen Telefon im Auge. Und ganz richtig: Immer wieder sah sie, dass die beiden gleichzeitig tippten. Einmal ist Zufall, zweimal auch noch, aber fünfundzwanzig Mal ist ein hieb- und stichfester Beweis. Wenig später war sie dann geschieden.

Als ich vor ein paar Jahren mal vermutete, dass Arthur eine andere hat, habe ich lange gezögert: Sollte ich ihn konfrontieren, oder sollte ich mich einfach stillschweigend glücklich schätzen, dass mein Mann so viel höflicher zu mir war als zuvor. Ich entschied mich für Letzteres. Und ich muss sagen: Es hat mir damals schon nicht so viel ausgemacht, dass er fremdging, aber mir grauste schrecklich vor einer eventuellen Scheidung. Außerdem schätzte ich die Chance nicht allzu hoch ein, dass er so einen großen Schritt wagen würde. Deswegen kann ich heute sagen, dass ich die richtige Entscheidung getroffen habe. Nach ein paar Monaten war es vorbei. Ich vermute, dass sie mit ihm Schluss gemacht hat, denn er war eine ganze Weile ziemlich düsterer Stimmung.

58

»Lieber Arthur, ich hätte es gerne anders gewollt, aber unglückliche Umstände haben es erforderlich gemacht, dass wir uns heute von dir verabschieden müssen. Du hast dich jahrelang mit großem Engagement für unseren schönen Betrieb eingesetzt, und dafür bin ich, dafür sind wir dir alle dankbar.«

Zustimmendes Nicken.

»Der Markt für Sanitärzubehör ist ein schwieriger Markt. Die Nachfrage mag einigermaßen stabil sein, aber die Konkurrenz aus dem Ostblock und aus den Billiglohnländern ist mörderisch. Ich musste in die Betriebsführung eingreifen, und ich kann dir versichern, dass es auch für mich eine sehr schwierige Entscheidung gewesen ist, jemanden wie dich entlassen zu müssen.«

Direktor Hertog wurde regelrecht von seinen Gefühlen übermannt, es war fast schon rührend.

Ich hätte gern die Gesichter meiner frischgebackenen Ex-Kollegen gesehen, wenn ich ihnen gesagt hätte, dass sie mich wirklich nicht bemitleiden müssten, weil ich nämlich ein herrliches Rentnerleben in Italien zu führen gedächte. Abgesehen von dem Umstand, dass das Wort »Rentner« bei den heutigen Rentenzahlungen keinen ganz so entspannten Klang mehr hat.

»Als kleines Zeichen unserer großen Wertschätzung haben wir den Hut rumgehen lassen, und ich habe selbst noch einen kleinen Betrag obendrauf gelegt, um dir ein würdiges Abschiedsgeschenk zu kaufen.« Hertog stellte ein Riesenpaket auf meinen leer geräumten Schreibtisch. Bestimmt hatte Marieke vier Rollen Geschenkpapier gebraucht, um meine neue Golftasche einzupacken. Ein bisschen sinnlos, weil ja sowieso jeder wusste, was drin war, Empfänger inbegriffen.

»Wow, genau die Tasche, die ich haben wollte. Die wird mir gute Dienste leisten, schließlich habe ich jetzt jede Menge Zeit zum Golfspielen.« Ich schaute freudig in die Runde verdatterter Gesichter um mich herum. »Kommt, jetzt wollen wir mal nicht so trübselig sein. Was passiert ist, ist passiert. Ich nehme es niemandem persönlich übel, dass ich jetzt rausfliege. Ihr wart alle ganz prima Kollegen.« Ich hatte vorher überlegt, ob ich »fantastische Kollegen« sagen sollte, aber dann bestand die Gefahr, dass sie misstrauisch wurden. Lieber wollte ich Hertog Sanitär- und Reinigungszubehör rätselnd hinter mir lassen: Hat Arthur jetzt gemeint, was er gesagt hat, oder nicht?

»Ich habe einen leckeren Apfelstreuselkuchen mitgebracht für unsere letzte gemütliche Teestunde. Wer möchte ein Stück?«

Na, natürlich wollte jeder. Mit Kuchen im Mund hat man zumindest einen guten Grund, nichts zu sagen. Es wurde in unbehaglichem Schweigen gegessen. Danach schüttelte ich jedem die Hand und gab Marieke ein Küsschen. Sie umarmte mich linkisch.

»Na, das war's dann wohl. Ich geh mal besser. Damit ihr noch ein Stündchen arbeiten könnt.« Als ich über die Schwelle ging, hob ich, wie einst Columbo, die Hand, ohne mich umzudrehen, und bog um die Ecke. Ich hatte sämtliche Klischees, die ich mir vorher überlegt hatte, bedient. Hier spazierte ein zufriedener Mann aus dem

Büro, der noch einmal ganz besonders strahlte, als er zum letzten Mal das Gewerbegebiet von Breukelen im Rückspiegel verschwinden sah.

59

»Du, vielleicht haben wir schon mal darüber gesprochen, aber willst du eigentlich begraben werden oder kremiert?«

Afra schaute verstört auf und erkundigte sich, ob ich langsam dement werde? Darüber hätten wir doch schon vor Jahren ausführlich geredet. Sie habe ein von uns beiden unterzeichnetes Schriftstück in der Schublade, auf dem stehe, dass wir begraben werden wollen.

Das hatte ich glatt vergessen.

»Ach ja«, sagte ich.

»Weißt du es jetzt wirklich wieder, oder tust du nur so?«, fragte Afra argwöhnisch. »Du warst derjenige, der darauf beharrt hat, auf gar keinen Fall ›in Rauch aufgehen‹ zu wollen. Ich weiß noch ganz genau, dass du diese Worte verwendet hast.«

Der Moment schien mir wenig geeignet, um ihr zu sagen, dass es mir doch besser schien, mich kremieren zu lassen. Und alle Spuren zu vernichten.

Als Afra am Abend beim Yoga war, hatte ich Zeit, in aller Ruhe nachzudenken. Das half aber auch wenig; mir wollte einfach kein naheliegendes Argument einfallen, mit dem ich Afra überzeugen könnte, mich kremieren statt begraben zu lassen. Allerdings kam ich zu einer anderen erhellenden Einsicht.

Die Kremierung sollte verschleiern, dass ich nie im Sarg gelegen hatte. Aber bevor jemand wirklich anzweifelte, ob ich im Sarg lag, musste es ja erst einmal einen sehr plausiblen Grund für diesen Zweifel geben. Zum Beispiel, dass mich jemand irgendwo sah und erkannte und das an die große Glocke hängte. Oder es zumindest Afra erzählte. So würde eine sehr unsichere Situation entstehen. Für mich, aber auch für Afra. Hatte sie dann nicht das Recht, von dieser Unsicherheit befreit zu werden? Zum Beispiel, indem sie den Sarg ausgraben ließ – um keine Knochen, sondern ein paar Sandsäcke darin zu finden? Was mich nun, da ich darüber nachdachte, auf die Idee brachte, einen schönen Entschuldigungsbrief in den Sarg zu legen. Für den Fall der Fälle. Dann war es ja sowieso schon egal.

Außerdem fiel mir ein, dass ich das Grabnutzungsrecht für mindestens dreißig Jahre kaufen musste. Damit ich nicht nach zehn Jahren weggeräumt werde, und der Friedhofsbetreiber bei Afra anruft und sagt: »Bitte setzen Sie sich, Frau Ophof. Wir haben hier eine ganz seltsame Entdeckung gemacht.« Wenn das Grab allzu früh geräumt würde, würde man schlafende Hunde wecken, und das war einfach unnötig.

Wenn jemand aktiv nach der Wahrheit suchen würde, wäre das etwas anderes. Dann hätte Afra ein Recht, die Wahrheit zu erfahren. Ich durfte nicht versuchen, meinen Betrug mit noch mehr Betrug zu verschleiern. Die größte Schwäche der ertappten kleinen und großen Schurken – ob nun mit weißem Kragen oder mit der Pistole in der Hand – ist ja die, dass sie immer noch endlos weiterlügen und sich winden und anderen die Schuld geben. Es mag sich gar zu brav und unglaubwürdig anhören, aber sobald berechtigte Zweifel aufkommen, werde ich gestehen, was ich getan habe und die Konsequenzen tragen.

Ich werde mich also begraben lassen. Damit akzeptiere ich das Risiko, dass es einen zweiten, eindeutigen Beweis für meinen Betrug gibt: einen leeren Sarg, und anderswo einen quicklebendigen Arthur mit italienischem Schnurrbart. Das ist dann eben so.

60

Mein Nachbarsmädchen Frederieke hat tagelang ihr totes Meerschweinchen überall mit hingenommen. Und ihre Eltern haben nichts gemerkt, bis die Mutter das tote Tier morgens neben dem Kopf ihrer schlafenden Tochter auf dem Kissen fand. Als Frederieke wach wurde, beharrte sie darauf, dass ihr Plukje schon seit ein paar Tagen schlafe und lieber nicht geweckt werden wolle. Sie hatte ihn in ihrem Rucksack in die Schule mitgenommen, und beim Fußball hatte sie ihn während des Spiels in ihre Sporttasche gesteckt. Ein paar von ihren Mannschaftskameradinnen hatten ihn gestreichelt und gemeint, er sehe süß aus. Frederieke ließ das Meerschweinchen nicht eine Sekunde aus den Augen, sie nahm es sogar mit aufs Klo und zum Duschen. Dort legte sie es auf einem Handtuch ins Waschbecken.

Nein, Plukje durfte absolut nicht begraben werden. Er musste bei ihr bleiben. Auch als der Vater einen richtig schönen Sarg gezimmert und innen mit blauem Samt ausgekleidet hatte, gab sie ihr Meerschweinchen nicht aus der Hand, egal wie viel Süßigkeiten und Puppen man ihr auch bot. Hier rächte sich die antiautoritäre Erziehung ihrer Eltern, die immer Frederiekes Einverständnis für alles haben wollten.

»Treu bis in den Tod«, seufzte der Vater, der Afra um Rat fragte, weil sie mal kurz Kinderpsychologie studiert hatte. Afra musste ihm die Antwort schuldig bleiben. Der eigensinnigen Liebe einer Siebenjährigen für ihr Tier war die Psychologie nicht gewachsen. Der Vater und die Mutter haben sich das Ganze noch zwei Tage mit angeschaut, dann begann Plukje zu stinken. Zu guter Letzt haben sie das tote Meerschweinchen nachts von Frederieke weggeholt und ihr ein neues, lebendiges Meerschweinchen in den Käfig gesetzt.

Gegen sieben Uhr morgens bekamen wir Kenntnis von dieser Entwicklung, nämlich durch das Geschrei unseres Nachbarsmädchens, das mindestens eine Stunde andauerte.

»Ich will kein braunes!«, kreischte sie immer wieder hysterisch.

Schließlich stand die ganze Familie um neun Uhr in der Zoohandlung, um das neue braune Meerschweinchen gegen ein schwarz-weißes und ein junges Kätzchen einzutauschen. Da beruhigte sich Frederieke schlagartig.

Mittags wurde das tote Meerschweinchen im Garten begraben. In meinem Arbeitszimmer im ersten Stock, das zugleich Bügelzimmer ist, habe ich mich hinter der Gardine versteckt und die Beerdigung genau verfolgt. Der Vater hatte eine lächerlich tiefe Grube ausgehoben, weil seine Tochter darauf bestanden hatte, dass es Plukje unter einer dicken Schicht Erde wärmer hätte. Der kleine Sarg verschwand in der Tiefe. Danach schaufelte der Nachbar das Loch wieder zu und stellte einen Gartenzwerg mit Schubkarre als Wächter auf das Grab. Alles auf Befehl der lieben Frederieke, die während der ganzen Feier keine Träne vergoss und sofort nach Zuschütten des Grabes fröhlich mit ihrem neuen Kätzchen spielen ging.

Seit ich mir vorgenommen habe, meine eigene Beerdigung zu organisieren, sehe ich Trauerfeiern mit anderen Augen. Sogar dieses Begräbnis eines toten Meerschweinchens rührte mich.

Irgendwie wäre es schön, wenn ich auch einen Gartenzwerg mit Schubkarre auf meinem Grab hätte. Einen mannshohen Gartenzwerg.

61

Wenn man sich die Traueranzeigen in Zeitungen so anschaut, hat sich die Erde längst in ein Paradies verwandelt: Hier wohnen ja fast nur noch großartige Menschen. Zumindest die, die gerade gestorben sind und eine Anzeige in der Zeitung bekommen haben, waren beinahe ausnahmslos großartige Menschen: sozial, liebevoll, mitfühlend, hart arbeitend, kompetent, stark, inspirierend und unvergesslich. Eingeschränkt unvergesslich natürlich – denn das gilt nur, bis der letzte Bekannte des Toten ebenfalls verstorben ist. Berüchtigte und berühmte Personen mal außer Acht gelassen. Bei Hitler und Beethoven wird die Unvergesslichkeit schon noch eine Weile vorhalten.

Vielleicht bekommt nicht jeder eine Traueranzeige, die sind schließlich ganz schön teuer. Wenn beim Verstorbenen gespart werden muss, zum Beispiel weil die Angehörigen arm oder gierig sind, fällt die Anzeige in der Zeitung wahrscheinlich als Erstes flach. Berühmte Niederländer bekommen dagegen oft übertrieben viele Anzeigen. Allerlei Freunde, Bekannte, Kollegen, Betriebe und Einrichtungen tauchen in der Zeitung auf, um ihre papierene Trauer kundzutun und zu zeigen, dass es sie gibt und dass sie den Toten gekannt haben.

Momentan studiere ich die Sterbeanzeigen aufs Allergenaueste. Heimlich habe ich mir eine kleine Mappe mit schönen und auffälligen Beispielen angelegt, die ich aus der Zeitung ausgeschnitten habe. Die Mappe habe ich zwischen den Steuerunterlagen versteckt, denn dort geht Afra nie dran.

Ich warte noch immer auf die erste schlechte Eigenschaft eines Verstorbenen. Wenn es doch nur einen gäbe, der mal einer Fliege was zuleide getan hat oder eines Morgens mit dem falschen Bein aufgestanden ist. Aber nein, nichts.

Für mich habe ich mir folgende Anzeige überlegt:

Genau zur rechten Zeit ist von uns gegangen

Arthur Ophof, 50

Einst ein vielversprechender junger Mann mit Idealen, hat er am Ende nicht viel draus gemacht. Er war ein kleiner Schwächling. Aber ein netter Schwächling.

Als Angestellter bei Hertog Sanitär- und Reinigungszubehör schlug er sich höchstens mittelmäßig und wurde aus diesem Grund vor Kurzem entlassen.

Nur seine Freunde Joost, Wouter und Stijn trauern um ihn und müssen ab jetzt am Freitagnachmittag zu dritt Golf spielen gehen. Alle anderen werden Arthur nicht allzu sehr vermissen.

Arthur hinterlässt eine Frau und einen Hund.

Schade, unendlich schade, dass so eine Anzeige zu viel Aufmerksamkeit erregen würde, sonst würde ich sie zu gegebener Zeit bestimmt in die Zeitung setzen. Damit wäre ich garantiert in die Schlagzeilen gekommen, vielleicht sogar ins Fernsehen, in eine Talkshow oder in einen dieser Berichte über »bemerkenswerte Vorfälle«.

62

Stijn liegt mir ziemlich im Magen. »*Old friendships never die*« hört sich schön an, es stimmt nur nicht. Manche alten Freundschaften sind aus Beton, andere aus Eisen. Und Letztere fangen irgendwann an zu rosten. Langsam, aber unaufhaltsam setzt der Verfall ein.

Stijn hat keine unguten Eigenschaften, zumindest nicht mehr als ich oder meine beiden anderen Freunde, doch wir haben uns immer weniger zu sagen. In letzter Zeit habe ich bei unseren Golfnachmittagen darauf geachtet, und es ist nicht zu übersehen: Stijn läuft nur noch mit. Unser Mitleid trifft ihn mehr und mehr. Jeder spürt es, niemand spricht es aus. Joost, Wouter und ich sind eigentlich durch mit Stijn, aber Stijn ist nicht durch mit uns. Denn wir sind die Einzigen, die er als enge Freunde bezeichnen könnte. Seine herrische Frau und seinen genauso herrischen Sohn zähle ich nicht dazu. Außerdem hat er keine Freunde in der Schule, an der er unterrichtet, nur Kollegen, die sich ihm gegenüber freundlich geben, und Schüler, die den alten Deutschlehrer im günstigsten Fall ignorieren. Der Freitag auf dem Golfplatz ist für ihn der einzige Tag der Woche, an dem er nicht grübeln und sinnieren muss. Das will ich ihm nicht nehmen, denn Stijn ist schon auch ein netter Mensch, und sei es nur, weil er mit so viel Engagement unsere verschlagenen Golfbälle sucht. Um seinen eigenen Ball schert er sich hingegen kaum. Wenn der weg ist, zieht er sofort einen neuen aus der Tasche. Von Wouter und Joost braucht man sich beim Suchen nicht allzu viel Hilfe zu erwarten.

»Weg ist weg. Ist doch Zeitverschwendung«, lautet ihre Devise.

Stijn wird langsam, aber sicher zur jämmerlichen Gestalt, und so jemanden wagt man eben nicht so leicht auszuschließen. Den behält man schon aus sozialen Überlegungen bei den Freitagnachmittagen.

Das Problem ist eher das Projekt Italien. Dabei können wir Stijn nicht gebrauchen. Es ist zu seinem eigenen Besten, wenn er bei diesem Komplott keine Rolle spielt. Er würde in schreckliche Gewissensnöte geraten, wenn er Afra nach meinem fingierten Tod beim Bäcker träfe. Wenn seine Frau Thea ihn richtig in die Zange nähme wegen des Golfurlaubs in Frankreich, würde er einknicken und zugeben, dass ein geheimer Zweitwohnsitz in Italien im Spiel ist. Wenn Stijn involviert wäre, würde die Wahrscheinlichkeit, dass alles auffliegt, um ein Vielfaches steigen. Ganz abgesehen davon, dass er Wouter nach ein paar Stunden und ein paar Bierchen mit seinem biederen Geschwafel schrecklich auf die Nerven geht.

Der stellt Stijn dann so subtile Fragen wie: »Kann Thea eigentlich gut blasen mit ihrer großen Klappe?«

Mit solchen Fragen macht man Stijn keine Freude. Mir im Übrigen auch nicht, aber bei mir erkundigt man sich Gott sei Dank nur selten nach meinem Sexleben.

Wir sagen unsere Golfrunde bloß ab, wenn das Wetter furchtbar schlecht ist. Wenn es einfach nur normal schlecht ist, belassen wir es bei neun Holes, in allen anderen Fällen spielen wir achtzehn. Wir brauchen dafür gut vier Stunden, und danach schmecken uns Bier und Fleischkroketten ganz hervorragend. Aber in den letzten Wochen warten wir nach dem Golfspielen immer ungeduldiger darauf, dass Stijn nach Hause muss, denn dann können wir uns wieder mit diebischer Freude auf unsere Italienpläne stürzen. »Diebische Freude«, das ist schon eine seltsame Kombination, aber nichts könnte unsere Gefühle besser beschreiben. Die Vorfreude ist groß. Wir sind wie kleine Jungs, die sich eine geheime Hütte im Wald gebaut haben, in der sie still und leise Zigaretten rauchen und eine ganze Packung Kekse auf einmal essen. Nur dass unsere geheime Hütte ein toskanisches Ferienhäuschen mit Ausblick über die Hügel und einem Kühlschrank voller Wein und Parmaschinken ist. Und Stijn nicht mitmachen darf. Aber wie sollen wir ihn auf anständige Weise loswerden? Bis jetzt ist uns nichts Besseres eingefallen, als ihm gegenüber kein Wort über die Sache zu verlieren.

Obwohl, ich hab mich schon einmal verplappert.

»Wie warnt man eigentlich jemanden auf Italienisch vor einem Golfballirrläufer?«, fragte ich letztens, ohne groß nachzudenken.

»Wieso das denn?«, wollte Stijn wissen.

»Ach … nur so.«

63

Es ist ein milder Frühling. Die Krokusse blühen.

Und meine Zweifel wachsen, je näher der definitive Beschluss rückt. Vor ein paar Monaten war ich noch fest entschlossen und heldenhaft, aber jetzt, gut vier Monate vor meinem Verschwinden, gewinnt die Unsicherheit die Oberhand.

Als ich Wouter und Joost letzte Woche feige vorschlug, den ganzen Plan um ein Jahr zu verschieben, angeblich, um alles besser vorbereiten zu können, bekam ich die volle Breitseite.

»Arthur Ophof, du ewiger Schlappschwanz, wenn du denkst, dass wir uns diesen Sommer zwei tolle Italienreisen durch die Lappen gehen lassen, nur weil sich der gnädige Herr auf einmal in die Hosen scheißt, hast du dich aber getäuscht.« Das sagte Joost ohne sein übliches verstohlen-herablassendes Lachen.

»Dem möchte ich noch hinzufügen«, schloss sich Wouter an und fixierte mich mit schmalen Augen, »dass du dir dann gleich zwei neue beste Freunde suchen kannst.«

Ich verstand, dass ich den Punkt, an dem eine Umkehr noch möglich gewesen wäre, bereits seit einer geraumen Weile hinter mir gelassen hatte. Ein Aufschieben, um der Sache aus dem Weg zu gehen, war ausgeschlossen.

»Na, tut mir leid, war ja bloß so eine Idee.«

»Jaja«, tönte es gleichzeitig aus zwei Mündern.

Es war schon gut, dass Joost und Wouter so scharf reagierten. Man gebe mir einen Finger, und ich nehme die ganze schlaffe Hand.

Jetzt wird mir klar, dass das hier wahrscheinlich mein letzter holländischer Frühling sein wird, zumindest für lange Zeit. Ob es in der Toskana wohl auch Krokusse gibt?

64

In der surinamisch-kreolischen Beerdigungstradition verteilen die Mitglieder der Gruppe, die mit den Begräbnissen betraut ist, Taschentücher an die trauernden Angehörigen, um zu verhindern, dass Tränen auf den Toten fallen. Das würde die Beziehung der Geister zur Welt nämlich empfindlich stören.

Außerdem weiß ich jetzt von der Existenz humanistischer Beerdigungsredner, einer Stiftung für Begräbnistradition, der Website uitvaartmarkt.nl über das Beerdigungsgeschäft, von Erinnerungsschalen und Urnengärten.

Ich habe das Beerdigungsmuseum Tot Zover besucht. Schöne Särge, schöne Fotos und eine beeindruckende Sammlung von Miniaturleichenwagen. Die Haarbilder waren nicht so toll. Kein langer blonder Pferdeschwanz an der Wand, kein dicker Bund gerahmter Rastazöpfe, sondern langweilige Filethäkelarbeiten aus kleinen grauen Löckchen.

Eines der Prunkstücke des Museums war ein antiker Koffer mit Beerdigungszubehör. Darunter befand sich auch eine Säge. Ich konnte nicht anders, ich musste sofort an eine Leiche denken, die zu lang für den Sarg ist. Es lief zwar ein Museumswächter herum, ein ziemlich aufdringlicher Ehrenamtlicher, aber ich traute mich nicht, ihn zu fragen, wozu die Säge wirklich gut war.

Um mich von so viel Tod zu erholen, gönnte ich mir einen überbackenen Schinken-Käse-Toast im Hinterbliebenencafé.

Das Museum liegt, wie gesagt, auf De Nieuwe Ooster, zusammen mit einem Friedhof, einem Krematorium und einem Gedenkpark. Das ist allerdings kein normaler Friedhof, es ist ein riesiger Park. Ich bin nach meinem

Museumsbesuch nicht über die erste Reihe hinausgekommen. Dort befindet sich, so entnahm ich den Namen und Fotos auf den Gräbern, die Abteilung für wichtige tote Roma. Auf dem Grab eines Zigeunerkönigs prangte nicht nur ein großes Foto des Königs selbst, sondern auch eins von seinem amerikanischen Straßenkreuzer. Wie man den wahnsinnig kitschigen Grabmälern mit den vielen Marmorsäulen auf einer Art Balkon entnehmen konnte, weckt der Tod bei den Roma nicht unbedingt bescheidene Gefühle. Übrigens könnten es auch Sinti gewesen sein, ich kenne den Unterschied im Grunde nicht. Allerdings habe ich mal gehört, dass sie sich gegenseitig auf den Tod nicht leiden können, es muss also Unterschiede geben. Ich schließe auch nicht aus, dass dort überhaupt keine Roma lagen, sondern tote jugoslawische Unterweltgestalten.

Es war ziemlich trübes Wetter. Ich werde an einem schönen, sonnigen Tag wiederkommen, mit einer Thermoskanne, in der ich Weißwein schmuggle.

65

»Der kleine siebenjährige Jan kommt ohne Vorwarnung ins Bad. Seine Mutter, die unter der Dusche steht, legt hastig die Hände auf ihren Spalt.

›Was hast du denn da?‹, fragt Klein-Jan neugierig.

›Ähm ... ähm ... ein Vögelchen‹, antwortet seine prüde Mutter.

›Na‹, sagt Klein-Jan, ›dann pass mal auf, dass es dir nicht in die Fotze pickt.‹«

Stijn war wirklich der Letzte, von dem Joost, Wouter

und ich so einen Witz erwartet hätten. Er stieg sofort in unserer Achtung, was nicht so günstig war, denn wir hatten Wouter gerade erst dazu verdonnert, ihm in den nächsten Tagen mitzuteilen, dass er auf unsere nächsten beiden Golfreisen, kommenden Frühling und Sommer, nicht mitkommen könne. Wir gingen zwar davon aus, dass Stijn sich sowieso nicht freinehmen konnte wegen der Schule, aber sicher war es nicht. Er hatte einmal erwähnt, dass es spezielle freie Tage für ältere Arbeitnehmer gebe.

Wir hatten auch in Erwägung gezogen, Stijn einfach nichts zu sagen, aber die Wahrscheinlichkeit, dass er es herausfinden würde, wenn wir ohne ihn nach Italien fuhren, war dann doch zu groß.

»Du, Stijn, alter Junge, ich muss mal kurz was mit dir besprechen.« Wouter schaute gequält.

Stijn schaute überrascht zurück. »Na, dann besprich mal was mit mir.«

»Na ja … es geht um die zwei kleinen Reisen, die Joost, Arthur und ich in ein paar Monaten machen wollen. Du kannst wahrscheinlich sowieso nicht mit wegen der Arbeit, aber für den Fall, dass du doch mitwillst …, das … ähm … das passt nicht so gut.« Ich habe Wouter schon überzeugender sprechen hören.

»Wieso passt das nicht so gut?«, fragte Stijn und runzelte die Stirn.

»Na ja … das hat damit zu tun, dass bei diesen Reisen auch Frauen im Spiel sind«, sagte Wouter.

»Frauen? Was für Frauen?«

»Nicht unsere eigenen, weißt du. Und wir wollen nicht, dass du mit diesem Wissen belastet wirst und dich unwohl damit fühlst.«

»Du auch, Arthur?«, fragte mich Stijn ziemlich ungläubig.

»Äh … na ja … es ist noch nicht ganz sicher, äh … aber es kann gut sein.« Ich war völlig überrumpelt von Wouters Geschichte. Er hatte gesagt, er würde sich was ausdenken, aber mit diesem multiplen Ehebruch hatte ich nicht gerechnet.

Wir schwiegen kurz.

»Na super. Ihr seid mir ja schöne Freunde.«

Stijns zerschmetterte Miene war wirklich mitleiderregend.

»Nächstes Mal bist du einfach wieder dabei, okay? Dann planen wir speziell für dich eine Reise, in den Schulferien, und lassen die Damen zu Hause«, sagte Joost. »Noch jemand ein Bier?«

»Nein, ich hab keine Lust mehr«, murmelte Stijn.

»Ach komm, Stijnemann, nimm es doch nicht persönlich. Ich geb eine Runde auf unsere Freundschaft aus«, heuchelte Joost.

Stijn stieß einen tiefen Seufzer aus. »Na gut, eins noch. Aber dann muss ich echt gehen.«

X

Ich habe Arthur früher schon mal gewarnt, dass ich in die Taschen schaue, bevor ich seine Hosen in die Waschmaschine werfe, weil er dort regelmäßig alle möglichen Sachen drin vergisst: Einwickelpapier von Süßigkeiten, Münzen, Büroklammern, ein Taschentuch, Kassenbons. Ich muss nachschauen, seit er einmal ein Päckchen rosa Post-it-Zettel in der Gesäßtasche gelassen hat und dadurch zwei von meinen Kleidern für immer verfärbt wurden.

»Oh, tut mir leid. Wie dumm von mir«, murmelte er hinter seiner Zeitung hervor. Ich war so wütend. Ihn kümmern solche Sachen überhaupt nicht.

»Wenn du mich fragst, sind die Kleider schöner geworden«, setzte er sogar hinzu, als ich ihm den sichtbaren Beweis seiner Dummheit vorführte. Da wurde ich noch saurer. Und es war nicht mal ein Witz, er meinte das tatsächlich ernst.

Letzte Woche fand ich zu meiner Überraschung die Eintrittskarte des Beerdigungsmuseums in seiner Gesäßtasche.

»Was suchst du denn im Beerdigungsmuseum?«, fragte ich ihn abends beim Kaffee.

Er zuckte sichtbar zusammen.

»Ach, äh ... das war eigentlich reiner Zufall. Wouter musste dorthin und ... äh ... da bin ich eben mitgegangen, um ihm Gesellschaft zu leisten.«

Arthur kann wirklich schlecht lügen. Er kommt ins Stottern und wendet den Blick ein bisschen zu schnell ab, ganz klassisch.

»Gesellschaft leisten?«, fragte ich. »Im Beerdigungsmuseum? Gehst du auch zum Spaß ins Krematorium?«

»Na ja, Wouter musste da geschäftlich hin.«

»Wie – geschäftlich?«

»Ich weiß es nicht genau. Ist das hier ein Verhör oder was? Im Übrigen war es ein interessantes Museum. Es gab so eine Kiste mit Beerdigungsgerätschaften, und da war auch eine große Säge dabei. Ich frag mich immer noch, was man damit wohl alles gesägt hat, dass die in einem Museum gelandet ist.«

Da bin ich in die Küche gegangen. Arthur weiß, dass ich solche makabren Geschichten überhaupt nicht abkann. Deswegen hat er sie überhaupt erzählt, mit voller Absicht.

Ich finde es immer noch seltsam, dass er in dieses Museum gegangen ist. In letzter Zeit zeigt er ein etwas ungesundes Interesse für den Tod.

66

Ich bin schwer am Üben fürs *Dolce far niente,* das süße Nichtstun. Und ich bin auf einem guten Weg.

Wenn Afra daheim ist, halte ich mich so oft wie möglich außer Haus auf. Dann sage ich, dass ich unbezahlte Erledigungen für Joost oder Wouter machen muss, bummle aber stattdessen zum Beispiel ganz gemütlich durch Amsterdam. Ich habe mir vorgenommen, dort noch alle Museen zu besuchen, bevor ich nach Italien emigriere, mit Ausnahme des Foltermuseums. Beim Sexmuseum zögere ich noch.

Zusätzlicher Vorteil, wenn man so viel Zeit hat: Ich mache alles zu Fuß. Ich steige gegen zehn in den Bus von Purmerend nach Amsterdam und spaziere vom Hauptbahnhof zum Museum des Tages. Unterwegs genehmige ich mir ein, zwei Tässchen Kaffee, vorzugsweise draußen auf einer Terrasse. Innerhalb kurzer Zeit habe ich ein ziemliches Geschick darin entwickelt, Touristenscharen zu umgehen. In der Tat braucht man dafür nur ein kleines Gebiet zu meiden: Damrak, Dam, Rokin und Umgebung, De Wallen, das Anne-Frank-Haus, den Rembrandtplein, Leidseplein und Museumplein.

Das Anne-Frank-Haus lass ich bei näherem Hinsehen auch bleiben. Letzte Woche ging die Schlange dreimal um die Ecke, dabei haben wir noch nicht mal Hochsaison. Ich bin kurz stehen geblieben und hab geschätzt, dass die Menschen ganz hinten in der Schlange ungefähr vier Stunden warten mussten, um sich ein Bücherregal und ein Hinterzimmer anschauen zu dürfen. Da benutz ich lieber meine Fantasie.

Bei den Top 3 der Museen – Rijks-, Stedelijk und Van Gogh Museum – ist auch viel los, aber da hängt ja immerhin ein bisschen was an der Wand.

Ich habe in der Zwischenzeit das Allard Pierson Museum, das Taschenmuseum und das Widerstandsmuseum abhaken können. Das Mittagessen fiel bei allen dreien nicht so besonders aus, aber die Ruhe war wohltuend: Ganze Säle hatte ich da für mich allein.

Afra stellt keine Fragen. In unserer Beziehung haben wir das Stadium, in dem wir uns für das Wohl und Wehe des anderen interessiert haben, längst hinter uns gelassen. Wir fragen schon noch »Wie war dein Tag?«, wenn einer nach Hause kommt, aber wir hören die Antwort im Grunde nicht mehr. Die darf dann auch gerne knapp ausfallen. »Ach, ganz gut.«

Wenn Afra außer Haus ist, bin ich daheim. Dann erledige ich brav die leichten Arbeiten im Haushalt, die sie mir aufgetragen hat, und lese im Anschluss ein schönes Buch, lerne Italienisch oder arbeite im Garten. Außerdem hab ich mir vorgenommen, mit dem Malen anzufangen. Ein bisschen Karel-Appel-mäßig rumschmieren mit dick hingekleckster Plakatfarbe. Ich freue mich schon darauf, oben auf meinem italienischen Hügel zu sitzen und Sonnenblumen und Zypressen zu malen. Vincent van Gogh à la Karel Appel, so was in der Richtung. *Dolce far niente.*

67

Louis Mollema, das wird es werden. Oder, auf Italienisch: Luigi Molima. Der Name muss für die Italiener gut auszusprechen sein.

Ich habe meinen Wunsch an Joost weitergegeben, der ihn wiederum an seinen Mann für falsche Papiere weitergeleitet hat. Das Foto ist noch ein kleines Problem, denn ich kann ja nicht schon jetzt, nur für ein paar Passfotos, mein Äußeres verändern. Joost wird nachfragen, ob er die Fotos im letzten Moment liefern darf. Am Ende bekomme ich dann einen Reisepass und einen Führerschein. Und ich gehe mal nicht davon aus, dass sich die Italiener in meinem Dorf allzu sehr anstellen werden. Dazu sind sie hoffentlich zu faul. Oder zu korrupt – in dem Fall werde ich die Sache mit ein paar Fünfzigern lösen müssen.

Die Italiener, die können vielleicht noch ein paar praktische Probleme aufwerfen. Eine zweijährige Studie der italienischen Polizei zum Arbeitsethos des Durchschnittsitalieners hat erschreckende Fälle von bezahltem Blaumachen aufgedeckt. In einem Krankenhaus in Neapel stempelten zwei Mitarbeiter morgens für nicht weniger als zwanzig Kollegen ein, ein Manager arbeitete unterdessen in einem dreißig Kilometer entfernten Hotel als Koch, und ein Arzt wurde während seiner Dienstzeit mehrmals in einem Taxi zum Tennisplatz gesichtet.

Des Weiteren verteilen Betriebsärzte in ganz Italien großzügig medizinische Atteste für die Arbeitnehmer. Insgesamt achtzigtausend Arbeitnehmer im Gesundheitswesen müssen laut Aussage des Arztes aus Rücksichtnahme auf ihre eigene Gesundheit die Arbeit, für die sie bezahlt werden, nicht mehr tun – das ist einer von acht. Wenn ich in der Toskana bin, sollte ich also lieber nicht ins Krankenhaus eingeliefert werden.

In Palermo dürfen zweihundertsiebzig Straßenfeger vom Arzt aus keine Treppen fegen, aber das ist immer noch nicht so schlimm, wie wenn man mit einem Herzanfall in die Notaufnahme kommt und alle Ärzte angeblich krank zu Hause sitzen oder während ihrer Arbeitszeit auf dem Tennisplatz stehen. Es geht aber auch noch schlimmer: Man hat einen sizilianischen Sanitäter festgenommen, der im Verdacht steht, todkranke Patienten in seinem Krankenwagen umgebracht zu haben, um einem befreundeten Bestattungsunternehmer zu Kundschaft zu verhelfen. Auf Provisionsbasis vermutlich.

Und doch, und doch … habe ich eine Schwäche für die Italiener. Vielleicht weil es alles so offensichtlich ist. Sie versuchen kaum, ihre Schwächen zu verbergen, ja manchmal sieht es so aus, als würden sie sogar damit kokettieren.

In Italien gibt es den Beruf des *codista*: ein Schlangesteher. Den kann man anheuern, damit er für einen Schlange steht, zum Beispiel auf dem Postamt. Meine Zeitung behauptet, dass kein Volk in Europa so lange Schlange steht wie die Italiener: im Schnitt vierhundert Stunden pro Jahr. Man wird unheimlich viel zwischen den verschiedenen Stellen hin und her geschickt. Ich muss zusehen, dass ich dem so oft wie möglich aus dem Weg gehe.

Mit meinem freiwilligen Umzug nach Italien rutsche ich in Sachen Glück um zweiundvierzig Plätze nach hinten. Denn die Niederlande stehen auf der Weltrangliste der glücklichsten Länder auf Platz sechs, Italien dagegen nur auf Platz achtundvierzig.

Vielleicht haben sie bei den Berechnungen vergessen,

die italienische Küche und die italienische Sonne mitzuzählen. Irgend so einen Grund muss es haben.

68

Nach endlosem Grübeln und Zweifeln hab ich den Entschluss gefasst: Ich werde Ester kurz vor meinem angeblichen Tod davon in Kenntnis setzen, dass das alles nur inszeniert ist und ich woanders ein hoffentlich sorgloses Leben führen werde.

Ich glaube, dass ich ihr so am wenigsten wehtue. Sie ist ein Mensch, den es glücklich machen kann, wenn ein anderer glücklich ist – das ist bei Weitem nicht jedem gegeben. Mein Schwiegervater ist das nörgelnde Gegenbeispiel, der gönnt jedem von Herzen dasselbe freudlose Leben, das er führt.

Ich werde Ester nicht anrufen, ich schreibe ihr einen Brief. Letztes Mal war ich tagelang von der Rolle, nachdem ich ihre Stimme gehört hatte, und ich glaube, für sie muss es genauso gewesen sein.

Ich zögere allerdings sehr, ob ich ihr meine Adresse in Italien geben soll. Die Versuchung ist groß. Ihre Kinder sind jetzt zwölf, vierzehn und siebzehn. Irgendwo in mir habe ich immer noch dieses Fünkchen stille Hoffnung, sie könne in ein paar Jahren beschließen, dass ihre Mutterpflichten erfüllt sind und es Zeit ist, ihrer großen Liebe nachzureisen. Gleichzeitig weiß ich, dass ich mich zum Narren machen würde. »Ich werde dich erst auf deiner Beerdigung wiedersehen«, hatte sie schließlich bei unserem letzten Telefonat mit großer Entschiedenheit gesagt. Und ich verstehe sie. Der Kummer ist nach zehn Jahren erträglich geworden. Man denkt nicht mehr jeden Tag an den anderen, höchstens noch ein-, zweimal pro Woche. An die Stelle des Schmerzes ist Wehmut getreten. Und man weiß auch: Vielleicht jage ich einem Traum nach, den es so gar nicht mehr gibt. Es ist besser, nicht an alte Wunden zu rühren. Das sagt der Verstand, doch das Gefühl wehrt sich.

Ester wird also nicht auf meiner Pseudobeerdigung sein. Und auch nicht auf meiner echten Beerdigung. Wie die aussehen wird, daran denke ich lieber noch gar nicht. Wenn alles gut geht und Joost und Wouter dann noch am Leben sind, werden nur zwei Freunde und ein alter italienischer Pfarrer mit seinem Weihwasserfass da sein, um sich von mir zu verabschieden.

Ich werde Ester meine Adresse in Italien nicht geben. Obwohl … ich denk noch mal drüber nach.

69

Die Fernsehsendung *Tödlich schlicht* beleuchtet das Beerdigungswesen in all seinen Facetten. Gestern war der Ofenwart an der Reihe, der den Verbrennungsofen im Krematorium bedient. Jetzt weiß ich ein bisschen darüber Bescheid. Es kommt zum Beispiel immer nur ein Toter in den Ofen, und der darf erst rein, wenn der Ofen auf genau 800 Grad geheizt ist. Am Ende bleiben ungefähr vier Kilo Asche übrig. Der Ofenwart holt dann mit einem großen Magneten das alte Eisen heraus, insbesondere die Schrauben des Sarges. Ich dachte immer, dass die Asche danach direkt in die Urne kommt, doch dem ist nicht so. Es bleiben nämlich ziemlich große

Knochenstücke zurück. Die würden ja in der Urne herumklötern, weswegen die Reste in die Knochenmühle müssen, wo sie zu schöner feiner Asche vermahlen werden.

Der Ofenwart fand seinen Beruf auch nach Jahren noch faszinierend und sehr, sehr emotional. Das mag schon sein, doch mir schien, dass er die Reste ein bisschen aus dem Ofen holte wie ein sorgloser Pizzabäcker. In seiner schönen blauen Stoffjacke.

»Was schaust du denn jetzt schon wieder an?« Afra kam mit ihrem Kaffee herein.

»Eine interessante Sendung über Kremierungen und Beisetzungen.«

»Verdammt, Arthur, läuft denn wirklich nichts Besseres im Fernsehen?«

In dem Moment kam eine Frau ins Bild, die sich auf Kinderbegräbnisse spezialisiert hatte. Sie zeigte einen Schrank, in dem ein ganzer Vorrat von Körbchen stand, die aussahen wie aus dem Haushaltsgroßhandel. Die Frau hatte sie in großen Mengen gekauft, um die kleinen Leichen totgeborener Kinder hineinzulegen.

Afra erstarrte, die Tränen schossen ihr in die Augen. Sie weinte, ohne einen Ton von sich zu geben. Ich legte einen Arm um sie, und dann saß sie eine Weile still an mich gelehnt auf dem Sofa. Bis sie sagte: »Dein Kaffee ist kalt geworden. Soll ich dir einen neuen machen?«

70

Toon ist ein bisschen moderner, als ich dachte. Mein pensionierter Maskenbildner, der mich demnächst in Luigi Molima verwandeln wird, hat mich an seinen Arbeitsplatz eingeladen.

»Setz dich, Arthur. Magst du ein Bier?«

»Es ist elf Uhr, Toon. Ich nehm lieber einen Kaffee, wenn du welchen hast.«

Nein, Toon hatte keinen Kaffee. Nur Orangenlimo, in der keine Kohlensäure mehr war.

Toon stellte seinen Laptop vor mich auf den Tisch, klappte ihn auf und befahl mir, die Augen zuzumachen.

»Wieder aufmachen«, sagte er nach einer halben Minute.

Ich sah zwei Fotos von einem adretten, soignierten Herrn mit grauem Bart, Schnäuzer und einem kleinen Pferdeschwanz, eines im Profil und eines frontal. Er trug eine große dunkelbraune Brille, hatte eine ziemlich auffällige Warze und eine leicht schiefe Nase. Seine Augen waren graugrün, seine Wangen schimmerten rosig. »Bin ich das?«

»Ja, das bist du. Da kriegst du den Mund nicht mehr zu, was?« Toon genoss es. »Was hältst du davon?«

»Tja … anders … nicht wiederzuerkennen … Muss ich mich wohl erst mal dran gewöhnen, schätze ich, wenn ich morgens in den Spiegel schau.«

Ehrlich gesagt war ich ein bisschen erschrocken. Vor allem über den Pferdeschwanz. Wenn ich eines ganz grässlich finde, dann sind es alte Männer mit so einem pseudokünstlerischen Pferdeschwanz.

»Muss der Zopf denn sein?«, fragte ich.

»Du klingst ein bisschen ängstlich, Arthur. Gefällt dir der Pferdeschwanz etwa nicht?«

»Menschen mit so einem Zöpfchen haben bei uns in Purmerend immer einen glänzenden Trainingsanzug an und einen gefährlichen Drecksköter im Schlepptau.«

»Na, dann verpassen wir dir eben noch einen Trainingsanzug und einen Hund. Dann erkennt dich überhaupt niemand mehr.« Toon genoss es wirklich.

Am Ende schnitten wir den Pferdeschwanz ab und probierten noch ein paar andere Haarfarben und Frisuren aus. Die Warze wollte ich eigentlich auch nicht, aber Toon bestand darauf, dass sie blieb.

»Die ist wichtig, denn die lenkt die Aufmerksamkeit vom Rest ab. Wenn dich dann später Menschen beschreiben sollen, erinnern sie sich nur noch an die Warze. Und an den Pferdeschwanz, wenn der noch da wäre.«

Toon wirkte sehr geschickt im Umgang mit dem Computerprogramm für Maskenbildner. Schon nach einer halben Stunde hatte ich den endgültigen Luigi Molima vor mir auf dem Bildschirm. Ich würde mich erst noch an ihn gewöhnen müssen, aber ich war nicht unzufrieden. Luigi hatte auf die Ferne durchaus noch etwas casanovaartiges.

Nun muss ich in einem Monat wiederkommen, damit mir Toon zum ersten Mal für einen halben Tag mein neues Gesicht verpassen kann, samt Perücke und Schnäuzer. Später, in Italien, muss mein eigenes Haar genauso aussehen. An diesem Übungstag zeigt Toon mir auch, wie ich mein neues Äußeres täglich zu pflegen habe, wie ich eine neue Haltung annehme und mir einen neuen Gang angewöhne.

Mir wird jetzt schon ganz bange.

»Jetzt mal nicht rumjammern, ja?«, sagte Toon. »Du willst doch dringend jemand anders werden, oder? Das kostet eben Mühe. Umsonst gibt's gar nichts. Wenn du dich nicht anders bewegst, läufst du Gefahr, erkannt zu werden. Manchmal siehst du auf hundert Meter Entfernung schon, wer dir da entgegenkommt, nur am Gang. Und so schlimm ist das nun wirklich nicht. Du musst ja nicht den ganzen Tag Hüpfspiele veranstalten.«

Toon hat gesagt, dass ich nächstes Mal auch eine Stunde als mein neues Ich auf die Straße gehen muss, um zu üben. Ich protestierte, aber er ließ sich nicht erweichen.

»Wenn du nicht machst, was ich dir sage, hör ich ganz auf. Ich bin ein Profi, ich mach keine halben Sachen.«

»Okay, okay.«

»Magst du jetzt vielleicht ein Bier?«

XI

Manchmal liegt Arthur aufreizend lange auf dem Sofa und hebt ganz, ganz langsam die Füße, wenn ich mit dem Staubsauger dort hinmuss. Und dabei kommentiert er meine Arbeitsweise.

»Das ist doch nicht effizient«, ruft er, wenn ich mehrere Sachen auf einmal mache.

»Alles klar, Hauptsache, du liegst da schön rum und beherrschst das effiziente Nichtstun!«

»Wenn Frauen behaupten, dass sie Multitasking beherrschen, meinen sie damit doch nur, dass sie mehrere Dinge gleichzeitig verderben können.«

»Zu schade, dass du dir den Spruch nicht selbst ausgedacht hast, Arthur Ophof.«

In solchen Bahnen verlaufen unsere Gespräche, durchsetzt von langen Schweigepausen. Aber Gott sei Dank geht er meistens gegen zehn aus dem Haus, wenn ich daheim bin. Er sagt, dass er kleine Arbeiten für Wouter und Joost erledigt, aber ich hab da so meine Zweifel. Schon ein paarmal habe ich jetzt Eintrittskarten für Museen in seiner Hosentasche gefunden. Immer eine, nie zwei, woraus ich entnehme, dass er dort nicht mit irgendwelchen Frauen herumschäkert. Ich schätze ihn nicht so berechnend ein, dass er, um mich in die Irre zu führen, eine Karte in der Tasche lässt und die zweite Karte wegschmeißt, während er gleichzeitig behauptet, dass er für einen Freund arbeitet.

Natürlich habe ich in Erwägung gezogen, ihn zu fragen,

ob Joosts und Wouters Aufträge im Taschenmuseum oder im Van Gogh Museum zu erledigen sind, aber damit würde ich mich ja selbst verraten. Ich frage mich natürlich schon, was er in Gottes Namen im Taschenmuseum zu suchen hat. Er benutzt nie etwas anderes als Plastiktüten. Von denen haben wir Tausende zu Hause, denn er kauft jedes Mal eine neue, sooft ich ihn auch bitte, zum Einkaufen eine alte mitzunehmen.

Wenn ich arbeiten muss, bleibt Arthur immer zu Hause. Dann muss er seltsamerweise auch nie Arbeiten für seine Kumpels erledigen. Dann wühlt er ein bisschen in seinem Bürokram oder lässt den Kunstmaler raushängen. Ein ganz neues Hobby ist das. Dann sitzt er auf dem Dachboden hinter einer Staffelei und macht sich wichtig mit großen Klecksen Plakatfarbe.

Ich konnte es nicht lassen. »Mensch, schön, Vincent Ophof. Oder soll ich dich lieber Arthur Appel nennen?«

»Was immer du willst, mein Schatz.«

Und ich ärger mich doch wieder über ihn, obwohl ich mir fest vorgenommen habe, es nicht zu tun.

71

»Hummel macht Probleme«, informierte mich Joost in einer Ecke des Cafés, in das er mich bestellt hatte.

»Inwiefern?«

»Er sagt, dass das Organisieren einer fingierten Beerdigung viel komplizierter sei als gedacht.«

»Und das fällt ihm jetzt erst auf?«

»Ja, du bist seine erste ausländische Leiche. Bis jetzt hat er so komplizierte Fälle immer seinem Kompagnon überlassen. Der hat die Niederländer gemacht, die in einem anderen Land gestorben sind und in die Heimat überführt werden mussten. Er meint, dass das einen Riesenpapierkrieg und alle möglichen Sonderregelungen mit sich bringt. Deswegen hat er nachgefragt, ob du nicht einfach in den Niederlanden sterben könntest.«

Joost und ich waren uns einig, dass ich in den Niederlanden ganz bestimmt nicht in eine Schlucht fallen konnte – und sei es nur deswegen, weil es hier keine Schluchten gab – und dass uns Etienne Hummel, unser betrügerischer Bestattungsunternehmer, nicht so leicht davonkam.

Joost versicherte mir, er habe noch genügend belastendes Material gegen Hummel in der Hand, um zu verhindern, dass der jetzt mittendrin kniff. Wir mussten wohl demnächst einen neuen Termin mit dem Schmierlappen machen und ihn noch einmal überzeugen.

»Ist es eigentlich nötig, dass er mit dem Leichenwagen

ganz bis nach Frankreich und zurück fährt? Er kann doch im Grunde auch einfach hier um die Ecke losfahren, oder?«, fragte ich.

Joost war schon auf dieselbe Idee gekommen, fand jedoch, dass es das Beste sei, wenn wir die von uns erdachte Wirklichkeit so genau wie möglich nachahmten.

»Immer so nah wie möglich an der Wahrheit bleiben, Arthur, dann geht man das geringste Risiko ein. Stell dir zum Beispiel vor, was wäre, wenn Afra nach Frankreich kommt, um mit dem Leichenwagen zurückzufahren.«

»Das macht sie nicht«, beruhigte ich ihn. Ich überlegte kurz. »Aber hundertprozentig sicher bin ich auch nicht.«

»Siehst du. Und noch was: Man muss das Auto in Frankreich sichten können, vielleicht müssen wir sogar vor Ort ein paar Fotos machen. Was stimmen kann, muss auch stimmen. Und für alles andere gilt: Je weiter weg die Story, umso schwieriger sind die Dinge zu kontrollieren.«

Nein, Herr Hummel musste entsprechend unserer Abmachung nach Frankreich fahren, hin und zurück, und so schnell wie möglich alles bis ins Detail aussuchen und regeln.

»Prost, Joost.«

»Prost, Luigi.«

Später hab ich noch mal kurz im Netz geschaut, und es scheint tatsächlich nicht so einfach zu sein mit dem Sterben, ohne dass allerlei Papiere, Stempel und Bescheinigungen vorliegen. Manche Regelung existiert allein deswegen, damit Kriminelle nicht gar so leicht ein neues Leben anfangen können. Nichtsdestoweniger kursieren Gerüchte, dass in Italien hie und da schon ein angeblich von Kugeln durchsiebter Mafiaboss mit einem anderen Pass wieder vom Tode auferstanden ist. In der Toskana sind sie also einiges gewöhnt und werden einem freundlichen Niederländer, der ein Häuschen auf dem Hügel bezieht und sich regelmäßig im örtlichen Café, dem Supermarkt und dem Restaurant zeigt, bestimmt keine lästigen Fragen stellen. Noch dazu, wenn er ganz manierlich Italienisch spricht.

Denn mit dem Sprachkurs läuft es gut. Jahrelang hätte ich auf Italienisch nur sagen können, dass man sich lieber nicht aus dem Zugfenster lehnen sollte: *È pericoloso sporgersi*. Das stand in vier Sprachen am Fenster der internationalen Züge, mit denen ich per Interrail durch Europa gereist bin. Wohlgemerkt in der Prä-Afra-Zeit.

72

»Wie oft machst du es noch?« Wouter quälte Stijn wieder nach unserer wöchentlichen Golfrunde.

Stijn wurde prompt ein bisschen rot. »Ungefähr einmal in der Woche.«

»Bestimmt an einem festgesetzten Abend. Und du, Arthur?«

Ich hatte immer Angst, dass ich eines Tages an die Reihe kommen würde.

»Ein Professor für Sex an der Universität Amsterdam sagt: Entweder macht man es mit Vergnügen, oder man macht es nicht. Hab ich gerade gelesen.« Das hielt ich für eine diplomatische Antwort, aber damit kam ich natürlich nicht davon.

»Das heißt … ihr macht es gar nicht mehr.«

»Na ja, nein … wenig.«

»Biete saubere Frau. Kaum gebraucht. Immer in der

Garage gestanden. Preis: Verhandlungssache«, spöttelte Wouter.

Stijn wurde jetzt richtig rot. »Ein bisschen weniger misogyn könntest du ruhig sein, Wout.«

Joost legte noch einen drauf: »Eine Frau ist doch immer ein bisschen wie Kaugummi. Nach einer Weile ist der Geschmack raus.«

»Ihr seid manchmal echt solche Bauern! Mir reicht's, ich gehe.«

»Tut mir leid, Stijn, das bezog sich nicht auf dich«, entschuldigte sich Wouter grinsend.

Aber Stijn ging trotzdem. Wie jede Woche wartete seine Frau zu Hause mit den Kartoffeln auf ihn. Er tat mir leid. Joost und Wouter gaben sich in letzter Zeit wirklich alle Mühe, Stijn unsere Gesellschaft zu vermiesen. Ich brachte es nicht übers Herz, dabei mitzumachen, manchmal gingen sie einfach zu weit. Meine falschen Freunde hatten wohl keine Lust, nach meinem Umzug nach Italien immer noch mit Stijn dazusitzen. Ich war immer derjenige gewesen, der in unserem Quartett fürs Gleichgewicht gesorgt hatte. Ohne mich war auch kein Platz mehr für Stijn.

»Ihr seid beide solche Trottel«, sagte ich, als Stijn gegangen war.

»Aber Trottel, die es gut mit dir meinen, Arthuro Luigi. Diese netten Trottel sorgen doch dafür, dass du bald leben kannst wie Gott in Italien. Komm, darauf trinken wir eine letzte schöne Flasche Weißen.«

Ich war ihnen trotzdem noch eine Weile böse.

73

Hör mich im Wehen des Windes
Hör mich im Rauschen der See
Hör mich im Lachen des Kindes
Und dann lache fröhlich mit

Ich fand, das war ein schönes Gedicht für meine Trauerkarte. Ein bisschen bei Toon Hermans geklaut und ein bisschen von mir.

Ich habe angefangen, meine eigene Beerdigungsmappe anzulegen. Darin liegen unter anderem:

- Liste der einzuladenden Gäste samt Adressen
- Wünsche, wie die Beerdigung aussehen soll
- Text für die Karte
- Text für die Anzeige
- Meine Begräbnismusik
- Die Rede von Wouter, die ich selbst verfasst habe
- Versicherungsunterlagen

All dies packte ich in einen großen Umschlag. Ich wagte allerdings nicht, ihn Afra gegenüber zu erwähnen, aus Angst, sie könnte dann noch misstrauischer werden. Oder darauf bestehen, den Inhalt jetzt schon zu lesen.

Ich bilde mir doch irgendwie ein, dass sie sich in letzter Zeit ein bisschen anders verhält als sonst. Also habe ich Wouter gebeten, Afra nach meinem Unfall zu erzählen, er habe mich mal sagen hören, dass ich in meiner Schreibtischschublade »eine Art Testament« liegen habe. Das schien mir eine elegante Lösung. Wouter protestierte zaghaft.

»Langsam delegierst du ganz schön viel an deine besten Freunde, Arthur«, stellte er fest. »Machst du selbst auch noch was?«

Es gibt da allerdings ein kleines Problem. Afra hat eine Sterbeversicherung abgeschlossen, die nur Sachwerte erstattet, statt eine feste Summe auszuzahlen. Seit Kurzem kenne ich den Unterschied, denn ich hab die Versicherungspolice aus der Schublade mit »wichtigen Papieren« herausgefischt. Bei einer Versicherung mit Auszahlung bekommt man einen festgesetzten Betrag, zum Beispiel zehntausend Euro, und damit macht man dann, was man möchte.

Unsere knauserige Sachwerteversicherung vergütet dagegen in Natura, schön abgezählt: 50 Karten und 50 Umschläge, 1 Leichenwagen, 1 Folgeauto, 1 Kiefernholzsarg mit Standardgriffen, die Saalmiete für eine Dreiviertelstunde, 75 Tassen Kaffee und 75 Stück Kuchen.

Den Kaffee und Kuchen darf man nicht gegen Wein und Würstchen austauschen. Wenn ich darauf bestehe, dass es Wein und Würstchen geben soll, dann kommt das extra auf die Rechnung, auf den nicht getrunkenen Kaffee und den nicht gegessenen Kuchen obendrauf. Ich weiß jetzt schon, dass Afra dann den ganzen übrig gebliebenen Kuchen mit nach Hause nehmen wird, »denn den habe ich schließlich bezahlt«. Glück für die Stare und Spatzen, die ein paar Tage lang Kuchen kriegen werden. Und wenn Wouters Rede etwas länger ausfallen sollte, muss er sie draußen zu Ende bringen. »Tut mir leid, mein Herr, Ihre Saalzeit ist um.«

Billig kann einen manchmal teuer zu stehen kommen. Ich werde genug Geld in den »Letzte-Wünsche-Umschlag« stecken müssen, um es ein bisschen festlicher zu haben. Ich will keinen armseligen Abgang. Joost und Wouter müssen in meinem Namen streng darauf achten.

Man möchte schließlich einen guten letzten Eindruck machen.

Ich will auch absolut nicht unter oder über jemandem begraben werden. Ich weiß, dass das Unsinn ist, aber ich finde den Gedanken einfach nicht schön. So ein Sarg über einem fängt vielleicht doch mal ein bisschen an zu lecken. Ich will ein eigenes Grab, auch wenn das teurer ist. Privatsphäre darf man sich schon etwas kosten lassen. Und ich will einen hübschen Stein.

74

Ich habe Carla vom Hundeausführdienst Kläff-Club angerufen.

»Hallo, Carla, hier ist Arthur Ophof. Ich bin der Mann, der Ihnen bei dem Unfall mit dem Canta geholfen hat.«

Ja, sie wusste noch, wer ich war.

»Oh, ich bin Ihnen immer noch voll dankbar. Ich war echt total in Panik. Das hätte ich gar nicht von mir gedacht, dass ich da so gestresst reagiere. Wenn der andere Mann und Sie nicht gewesen wären, würd ich jetzt noch rumrennen und meine Hunde suchen.«

»Carla, ich habe eine Frage«, kam ich zur Sache. »Ich suche einen schönen Hund für meine Frau, und ich dachte mir, dass Sie mit Ihren Beziehungen mir vielleicht helfen können.«

»Na, ich hab nur meinen eigenen Hund, und den kriegt niemand auf der Welt. Aber ich kenne da noch zwei Züchter, von denen Sie einen Hund kaufen können. Oder darf er auch aus dem Tierheim kommen? Soll es ein besonderer Hund sein?«

»Es soll ein Welpe sein, am liebsten ein Labrador.«

Nein, die hätten ihre Züchter nicht. Carla meinte, ich könne doch auch einen Deutschen Schäferhund oder einen Stabij nehmen, »die sind sehr in Mode«, einen Pitbull oder einen Dalmatiner.

Der Schäferhund und der Pitbull schieden sofort aus, aber zwischen dem Stabij und dem Dalmatiner konnte ich mich nur schwer entscheiden.

»Dann beraten Sie sich doch erst noch mal mit Ihrer Frau«, meinte Carla.

Ich bot ihr an, mich zu duzen. Und das tat sie prompt: »Dann berate dich doch erst noch mal mit deiner Frau.«

Es solle eine Überraschung sein, erklärte ich ihr, ich wolle meiner Frau den Hund Anfang Juni schenken. Mit einem Abo für den Ausführservice, für die drei Vormittage pro Woche, an denen Afra arbeitet, und für den Samstagnachmittag, damit Afra nicht vor die schwere Entscheidung zwischen Tennis und Hund gestellt würde. Ich hatte den Ausführdienst auch noch für den Yogaabend im Kopf, aber das sei nicht nötig, meinte Carla. Ein Hund könne durchaus mal einen Abend allein bleiben. Obwohl sie einen Hund in Gooi kenne, der immer auf den Perserteppich kacke, wenn er abends allein zu Hause sei.

»Also haben die Leute einen Sitter für den Hund engagiert«, erklärte Carla, »denn die waren voll reich. Außerdem war das billiger, als ständig einen neuen Teppich zu kaufen.«

»Ich glaube, sie hätte lieber einen Dalmatiner als einen Stabij«, kam ich auf unser Thema zurück. Carla wollte sich »ganz doll« reinhängen und würde sich zudem nach einem Labrador umschauen.

»Na, so einen schwarz-weiß Gepunkteten findet sie bestimmt auch ganz schön«, beruhigte ich sie.

»Aber die kosten schon ziemlich viel, wissen Sie«, warnte Carla. »Bestimmt achthundert Euro oder so.«

Ich versicherte ihr, dass Geld kein Problem sei.

»Na, ich mach mich gleich auf die Suche. Freut mich echt, dass Sie angerufen haben.«

»Dass *du* angerufen hast.«

»Wieso, ich hab doch gar nicht angerufen …?«

»Schon gut, Carla. Du hast ja jetzt meine Telefonnummer und meldest dich, sobald du etwas weißt, ja?« Das mache sie.

»Vielen Dank, Carla. Bis bald.«

»Toll! Also, ciao!«

75

Mein Schwiegervater hat gestern einen Herzanfall gehabt.

Ich saß gerade auf der sonnenbeschienenen Terrasse eines Amsterdamer Cafés, als Afra anrief.

»Papa liegt im Krankenhaus. Er hatte einen Herzanfall.« Sie weinte.

»Wo bist du?«

»Auf der Intensivstation, hier in Purmerend.«

»Ich komme. Ich nehm mir ein Taxi.«

Einen Herzanfall wünscht man keinem, aber wenn denn unbedingt einer verteilt werden soll, dann ist mein Schwiegervater Piet schon ein prima Kandidat.

Eine halbe Stunde später traf ich ein verstörtes Häufchen Afra am Bett ihres Vaters an.

»Er ist vielleicht anstrengend, aber er ist trotzdem mein Vater. Erst Mama, und jetzt Papa.«

Mir fielen keine tröstenden Worte ein. Also legte ich ihr nur wieder einen Arm um die Schulter. Afra schien es gar nicht zu merken.

Zum ersten Mal seit Jahren weckte Piet so etwas wie Mitgefühl in mir, als ich ihn da so liegen sah: ein blasser, dünner, alter Mann, dem die Angst vorm Sterben ins Gesicht geschrieben stand. Zu schwach zum Sprechen. Zum ersten Mal seit Jahren hatte er nichts zu nörgeln und machte den anderen das Leben nicht zur Hölle. Zumindest nicht durch sein Verhalten.

Ich schäme mich ein bisschen dafür, aber in dem Moment schoss mir durch den Kopf, dass Piet mit seinem Herzfanfall ein letztes Mal richtig lästig werden könnte. Wenn er jetzt nämlich noch eine Weile am Rande des Todes entlangbalanciert, kann ich Afra schlecht allein lassen, um mit meinen Freunden in Frankreich und Italien fröhlich Golf zu spielen.

»Was hat der Arzt gesagt?«, fragte ich.

»Ein schwerer Herzanfall. Man kann im Moment nicht sagen, wie seine Aussichten sind.« Afra rieb sich die roten Augen pausenlos mit einem Papiertaschentuch.

Spätabends fuhren wir schweigend nach Hause. Dort machte ich Afra eine Tasse Kräutertee. Aus Solidarität trank ich auch eine. Afra blickte auf. »Was trinkst du da?«

»Kräutertee.«

Später, als wir im Bett lagen, dachte ich, dass es Afra eine gehörige Last von den Schultern nehmen würde, wenn ihr Vater seinen letzten Atemzug täte, ohne allzu lange im Sterben zu liegen. Das würde es für mich wieder ein Stück einfacher machen, Afra mit Hund, Häuschen und Freundinnen allein zu lassen. Auf der anderen Seite: Wenn sie schon so sehr um ihren widerlichen Vater trauert, wie wird sie dann um mich trauern? Ich mochte gar nicht daran denken. Und wenn man an etwas gar nicht denken will …

76

»Hey, ich hab einen«, jubelte Carla gestern am Telefon, ohne sich zuvor mit ihrem Namen zu melden. Ich war kurz etwas verwirrt.

»Bist du das, Carla?«

»Ja, und ich hab einen Labrador. Jedenfalls fast. Er muss erst noch geboren werden, aber er ist noch nicht verkauft. Sie können ihn also haben, für 825 Euro.«

In dem Moment kam Afra aus der Küche ins Wohnzimmer.

»Na, das ist schön, aber ich muss jetzt auflegen. Ich muss kurz drüber nachdenken.« Ich legte auf.

»Worüber musst du kurz nachdenken?«, wollte Afra wissen.

»Joost hat einen Job für mich.«

»Den kannst du doch einfach annehmen, oder nicht?«

»Na ja, ich wollte nichts übereilen, in der Situation mit deinem Vater jetzt.«

»Oh.«

Da hab ich mich ja prima rausgeredet. Eine Stunde später, als Afra ins Krankenhaus gefahren war, rief ich Carla vom Kläff-Club zurück. Es kostete einige Mühe, ihr zu erklären, warum ich das Gespräch so brüsk beendet hatte, denn Carla ist zwar richtig lieb, aber nicht allzu helle. Danach war ihr Enthusiasmus wieder wie zuvor.

»Oh, ich freu mich so für Sie! Das ist ein furchtbar

schöner Hund. Haben Sie schon einen Namen? Mir gefällt ja Pluto. Oder Racker.«

Ich meinte, dass mir Aristoteles ganz gut gefiele. Den Namen fand sie eigenartig. Und zu lang für einen Hund.

»Das ist ja furchtbar, wenn Sie den rufen müssen. A-ri-sto-te-les, HIER! Wenn das dann auch noch ein etwas dümmerer Hund ist, kapiert er nicht mal seinen eigenen Namen.«

Da musste ich ihr recht geben.

»Darf ich mit, um ihn abzuholen? Ach so, es kann natürlich auch eine Hündin sein, macht Ihnen das was aus? Die ist dann natürlich jeden Monat läufig. Sie wollen nicht züchten, oder?«, schnatterte sie.

»Nein, Carla, ob Rüde oder Hündin, das ist mir egal. Dann nenne ich sie Aristotela.« Das sei nun wirklich total verrückt, meinte sie.

Es dauerte eine Weile, bis es mir gelang, das Gespräch höflich zu beenden. Danach rief ich direkt beim Züchter an.

Ende Mai kann ich einen sechs Wochen alten Labradorwelpen von einem Bauernhof in Beemster abholen. Gerne Barzahlung, und wenn ich keine Quittung brauche, bekomme ich dreißig Euro Nachlass. So, damit wäre der Hund auch geregelt.

77

Für gewöhnlich konnte ich Afras Freundinnen ganz gut aus dem Weg gehen. Aber jetzt überschlugen sie sich geradezu, um meiner Frau in ihrem Kummer beizustehen, sodass fast permanent ein oder zwei von ihnen am

Küchentisch saßen. Meistens mit einer Tasse Kräutertee, aber manchmal auch mit einem Glas Rosé. »Ein Trostgläschen«, nennt es Jenny. Jenny ist eine von Afras Tennisfreundinnen. Insgesamt sind sie zu acht, genau vier Doppel, die jeden Samstag gegeneinander spielen. Und sie sind der Meinung, dass sie noch ganz anständig Bälle schlagen können. Fest steht, dass sie deutlich mehr Zeit auf die Pausen und das Beisammensein als auf das Spiel verwenden. Das weiß ich, weil jedes Jahr im Juni ein Turnier organisiert wird, bei dem auch alle Partner mitmachen dürfen. »Dürfen« bedeutet für Afra, dass ich mich weigern kann, aber nur, wenn ich mir ein Bein gebrochen habe. Drei von den Damen nehmen in Ermangelung eines Partners eine Schwester oder Mutter mit. Die Gastspieler heben das Niveau nicht unbedingt, mit Ausnahme von einem Mann, der sehr gut Tennis spielen, sein Spiel aber so gar nicht anpassen kann. Der drischt knallharte Bälle auf eine achtundsechzigjährige Oma.

Einen ebenso traurigen Anblick bieten die ganz schlechten Spieler, die sich bei einem schwachen Spiel schrecklich über die Frage ereifern, ob ein Ball aus war oder nicht.

Nach dem Turnier findet immer ein Grillfest im Club statt. Ich rette mich dann mit stetigem Trinken durch den Tag.

Afras Tennisfreundinnen haben also einen Besuchsplan aufgestellt, um uns in Wechselschichten durch diese mühsame Zeit zu helfen. Ehrlich gesagt, es sind schon ein paar ganz unterhaltsame Damen dabei, denen es gelingt, meine Frau aufzumuntern, aber zwei andere erzählen deprimierende Geschichten in so verschwenderischer Fülle, dass man sich fast selbst einen Herzanfall wünscht. »Meine Mutter konnte überhaupt nichts mehr nach ihrem Schlaganfall. Nur noch sabbern. Du hast ja gar keine Vorstellung, wie viel ein Mensch sabbern kann. Sabbert dein Vater auch so?«

Eine der Freundinnen fand die beste Ablenkung: eine Runde Tennis spielen. Ich musste noch ordentlich auf Afra einreden, um sie davon zu überzeugen, dass ein Tennismatch keine Respektlosigkeit gegenüber ihrem kranken Vater sei.

Ihre Yogafreundinnen sind ein anderer Schlag Menschen. Die trinken keinen Rosé, sondern reden vor allem. Leise und salbungsvoll. Die sagen so Sätze wie: »Du musst dich deiner Trauer öffnen.« Und: »Trau dich, dem Tod in deinem Leben einen vollwertigen Platz zu geben.«

Eine Freundin behauptete, ohne den Vater von Afra jemals kennengelernt zu haben, dass er bestimmt ein sanftmütiger und empathischer Mann sei, schließlich habe er so eine liebe Tochter. Ich brach in Gelächter aus. Die Yogafrau schaute mich verblüfft an. »Hab ich was Falsches gesagt?«

»Na ja … ja, nein, er hat eine liebe Tochter, das steht fest.«

Afra starrte mich eine Weile an, dann antwortete sie ihrer Freundin: »Sagen wir mal so: Mein Vater kann seine Sanftmut nur schwer zeigen.«

Am liebsten würde ich mein eigenes Haus meiden, bringe es allerdings kaum noch übers Herz, Afra allein zu lassen. Schwer zu sagen, ob ihr meine Anwesenheit angenehm ist, aber das geht ja schon zwanzig Jahre so, also bin ich es gewöhnt. Bis vor Kurzem habe ich mich gar nicht mehr gefragt, ob ich ihr Gesellschaft leisten soll oder nicht. In der Praxis machte es auch keinen großen Unterschied. Jetzt aber finde ich, dass ich für sie da sein muss – zumindest hin und wieder. Vielleicht auch aus

Schuldgefühlen, weil ich sie in ein paar Monaten sitzen lassen werde. Sehr konsequent bin ich in dieser Hinsicht also nicht.

Da ist es beruhigend zu wissen, dass Afras Freundinnen sich so um sie kümmern. Afra genießt die ganze Anteilnahme sichtlich. Und die Freundinnen brauchen nicht an ihre eigenen Modekrankheiten zu denken: Die eine ist hochsensibel, die zweite plagt ein chronisches Erschöpfungssyndrom, und Nummer drei hat ein brandneues Leiden, die Strahlungskrankheit. Das bedeutet, dass sie überempfindlich auf Elektrogeräte wie Computer und Handys reagiert. Diese Krankheit war kaum entdeckt, als die Freundin sie auch schon hatte. Aber man muss es ihnen lassen: Sie kümmern sich alle umeinander. Was das angeht, kann ich also ganz beruhigt sterben, denn Afra ist in guten Händen bei ihren mitfühlenden Freundinnen. Und dann hat sie bald auch noch einen feinen Hund, mit dem sie spazieren gehen und endlos kuscheln kann. Ich glaube nicht, dass sie unterm Strich allzu sehr unter meinem Ableben leiden wird. Vielleicht war ich mal ein richtig lieber Kerl, aber das ist lange her.

78

»Kremieren muss wieder schön werden.«

So Geschäftsmann Harry Mens, bekannt aus seiner Fernsehsendung *Businessclass*, in der er schamlos Werbung für alles und jeden macht, sobald für ihn etwas dabei herausspringt.

Wieder schön werden? Früher war Kremieren also offenbar eine unterhaltsame Angelegenheit, dann aber hat sich leider dieser kummervolle Unterton eingeschlichen. Gott sei Dank geht es jetzt – dank Harry – wieder bergauf.

Denn Harry hat eine Marktlücke erkannt: schick kremieren. Aus einem alten Lagerhaus für Blumenzwiebeln in der Nähe von Lisse hat er nach eigenen Angaben das schönste Krematorium der Niederlande gemacht, mit ganzen fünf Sternen. »Unser« Trauerzentrum in Purmerend hat bloß drei.

»Weg mit der Fließbandarbeit«, mahnt Unternehmer Mens, der damit alle anderen Krematorien zu billigen Fertigbackfabriken degradiert. Die Preise in Lisse sind entsprechend. Des einen Tod, des anderen Brot, sagt sich Harry und achtet auf die Kleinigkeiten.

Butterkuchen: 55 Cent. Stück Torte: 1,50 Euro.

Kremierung mit Nutzung des Trauersaals und des Empfangssaals: 1650 Euro für anderthalb Stunden. Lagerung in der Kühlung: 150 Euro pro Tag. Ich frage mich, ob man wohl auch eine Lagerung außerhalb der Kühlung wählen kann.

Und dann hat man immer noch kein Grab, keinen Sarg, keinen Leichenwagen, keine Träger und was sonst noch so alles zu einem stilvollen Abschied dazugehört.

Am unteren Rand des Marktes kann man sich an *Billig-Beerdigung* oder *Beerdigung Budget* wenden, schon ab 1150 Euro all-inclusive. Keine Ahnung, was man dafür dann bekommt.

In den Niederlanden floriert die Beerdigungsindustrie, wie ich allmählich bemerke. Begräbnisse und Feuerbestattungen in allen Spielarten und Dimensionen, zu allen Preisen, für alle Glaubensrichtungen und Konfessionen, mit allen denkbaren Ritualen und Gebräuchen. Im Internet findet man sofort zig Anbieter eines würdevollen Abschieds. Die Konkurrenz muss mörderisch sein.

Ich werde demnächst mal einen Blick auf den Trauersaal von Purmerend werfen, der liegt nur wenige Minuten von meinem Haus entfernt, aber seltsamerweise bin ich noch nie dort gewesen. Ich werde kurzfristig auch noch mal nach Lisse fahren, um das Krematorium Duin- en Bollenstreek des Unternehmers Mens zu besuchen, in dem irgendwo ganz tief drinnen auch der Mensch Mens stecken muss. Diesen Besuch kann ich prima kombinieren mit einem Tag in Keukenhof. Von der Heiterkeit der Aschestreuwiese direkt zu der fotografierenden Meute von Japanern, Deutschen und Chinesen zwischen Tulpen und Narzissen.

XII

Es verstört mich zutiefst, insgeheim zu hoffen, dass mein Vater stirbt. Absolut erschütternd, weil ich ihn doch lieb habe, obwohl er zu seiner Umgebung so widerlich ist – und zu sich selbst nicht weniger.

Nun liegt er da wie ein hilfloser kleiner alter Mann. Schmerz und Angst in seinen Augen. Immer wieder muss ich furchtbar weinen, aber seltsamerweise vor allem wegen des Todes meiner Mutter. Jetzt erst.

Der Arzt ist pessimistisch, auch wenn er selbst durchgehend die Formulierung »nicht optimistisch« verwendet. Das klingt ein kleines bisschen weniger schlimm. Er rechnet nicht damit, dass mein Vater wieder ganz gesund wird.

»Sie müssen auf jeden Fall mit der Aufnahme in ein Pflegeheim rechnen, wenn Ihr Vater sich wieder einigermaßen erholt.«

Das würde Papa nicht noch unglücklicher machen, als er sowieso schon ist. Er hat sein ganzes Leben wenig Talent zur Zufriedenheit gehabt, aber in einem Pflegeheim wird das nicht besser werden. Und das Personal dort wird ebenfalls wenig Grund zur Freude haben, wenn er kommt. Ich möchte für sie hoffen, dass er nicht mehr sprechen kann, wenn es so weit ist.

Deswegen wünsche ich mir eigentlich, dass er stirbt, aber das wage ich nicht laut auszusprechen.

Meine Freundinnen sagen so Dinge wie: »Lass deine Trauer zu« und »Du musst dem Tod einen Platz in deinem

Leben geben«. Sie meinen es bestimmt gut, aber ehrlich gesagt kann ich mit solchen Sprüchen reichlich wenig anfangen.

Arthur tut, was er schon seit Jahren tut und was in diesem Fall wahrscheinlich das Beste ist: Er sagt wenig. Ab und zu legt er mir einen Arm um die Schulter. Ich spüre, dass es ein wohlwollender Arm ist.

Manchmal habe ich Lust, eine ganze Flasche Rosé leer zu trinken, aber mir wird immer schon nach dem zweiten Glas schlecht.

79

»Es wäre wirklich besser, wenn Sie eines natürlichen Todes stürben.«

»Und es wäre wirklich besser, wenn du etwas leiser sprechen würdest, Etienne«, sagte Joost eindringlich.

Etienne Hummel schwitzte so stark, dass sich sogar bei seinem Sakko nasse Flecken unter den Achseln bildeten. Sein Kopf wackelte fast pausenlos auf dem dünnen Hals.

Joost, Hummel und ich hatten uns wieder im Bahnhofsrestaurant 1e Klas verabredet, dieses Mal auf Anfrage des Bestattungsunternehmers.

Hummel hatte einen Stapel Papiere auf den Tisch gelegt.

»Schau mal, was alles dazugehört bei so einem Unfall«, sagte er und deutete auf die Papiere. Seine kleinen Schweinsäuglein schauten Joost beinahe flehentlich an.

»Was gehört da denn alles dazu, Etienne?«, fragte Joost jovial. Er genoss es, ihn zappeln zu sehen.

»Die Polizei muss die Leiche bergen, ich muss einen Polizeibericht organisieren, es muss ein Leichenbeschauer geholt werden, der eine Bescheinigung über einen ›unnatürlichen Tod‹ ausstellt, der Leichnam muss zur gerichtsmedizinischen Untersuchung, muss anschließend einbalsamiert werden, er muss in einen versiegelten Sarg, ich muss einen Passierschein in Frankreich besorgen, die Überführung in den Niederlanden anmelden, und dann brauche ich auch noch eine Sterbeurkunde von der Gemeinde Purmerend und eine Spezialgenehmigung für das Krematorium. All das muss ich fälschen. Und hab dabei nicht mal eine Leiche.« Etienne klang ganz verzweifelt. »Ein natürlicher Tod wäre wirklich viel, viel besser.«

»Du sprichst schon wieder zu laut, Etienne«, sagte Joost scharf.

»Oh, tut mir leid, tut mir leid.« Etienne sah sich verschreckt um.

»Nach längerer Überlegung habe ich übrigens beschlossen, mich doch begraben zu lassen«, erklärte ich. »Hilft Ihnen das vielleicht?«

»Nein, das macht leider keinen Unterschied.« Der Bestattungsunternehmer schwieg kurz.

»Lieber Etienne, was muss denn alles gemacht werden, wenn Arthur eines natürlichen Todes stirbt?«

Hummel lebte wieder ein wenig auf.

»Wenn es hier in Purmerend passiert, brauche ich nur eine Bescheinigung vom Arzt.«

»Nein, Etienne, es wird in Frankreich passieren«, insistierte Joost.

»Also, zufällig habe ich mich schon mal erkundigt: Dann kann ich die Leiche wohl auch mit einer gefälschten Erklärung von einem französischen Arzt herkriegen.«

Wieder war es kurz still am Tisch.

»Ein Herzanfall oder so was?«, fragte Hummel hoffnungsvoll.

Joost schlug ihm vor, einen kleinen Spaziergang zu machen, damit wir kurz unter vier Augen beratschlagen konnten. Als wir allein waren, fiel die Entscheidung schnell. Ein Herzanfall war natürlich viel besser als ein komplizierter Unfall. Wir fanden es außerordentlich dumm, dass wir nicht selbst darauf gekommen waren.

Auch bei einem Herzanfall kann Hummel ja zu Afra sagen, dass ich ganz schrecklich aussehe, ganz blau oder so, und dass es besser sei, den Sarg geschlossen zu lassen. Das werde ich übrigens sicherheitshalber noch auf die Liste meiner letzten Wünsche setzen: Ich möchte nicht, dass mich noch jemand sieht, wenn ich tot bin.

»Ich will, dass das letzte Bild, das man von mir hat, das Bild eines lebendigen, vitalen Arthur ist.« Hört sich sehr plausibel an.

Nach einer Viertelstunde kam Hummel wieder zurück. Er wirkte sichtlich erleichtert, als er hörte, dass wir uns für den Herzanfall entschieden hatten.

»Werd ich regeln, werd ich regeln. Das wird ganz wunderbar klappen. Gute Entscheidung. Darf ich Sie auf eine letzte Runde einladen?«

»Noch eine Kleinigkeit, Etienne«, sagte Joost. »Da es nun ja ein ganzes Stück einfacher ist, müssen wir natürlich auch ein bisschen von deiner Belohnung abziehen.«

»Es ist immer noch nicht einfach«, quiekte Hummel, »und extrem riskant ist es sowieso.«

»Ja, aber auch, sagen wir mal … zweitausend Euro weniger kompliziert.«

Wieder schwiegen alle kurz.

Hummel seufzte und schwitzte. »Tausend?«

»Zweitausend. Nicht verhandelbar. Und da bin ich noch mehr als nett zu dir.«

Nochmals ein tiefer Seufzer. Jetzt erschien ein wütender Zug um Hummels Mund. »Tausendfünfhundert?«

»Dann sind es jetzt zweitausendzweihundert.«

»Okay, okay, zweitausend.«

Joost strahlte zufrieden, nachdem wir Herrn Hummel verabschiedet hatten.

»Weißt du, mir ist unser Bestattungsunternehmer auf einmal noch unsympathischer geworden, das wollte ich einfach in Geld ausgedrückt sehen. Glückwunsch, Arthur, du hast gerade in zwei Minuten zweitausend Euro verdient.«

Ich schlug vor, den Betrag zumindest zu teilen. Joost schlug vor, ihn in den Sparpott »Italienische Ausflüge« einzuzahlen. Damit konnten wir demnächst ein paar schöne Feste in der Toskana feiern.

80

»Du, Aaf, ich fahr mit den Jungs demnächst mal eine Woche zum Golfspielen nach Frankreich.«

»Oh.«

»Ja, das war eine Idee von Joost. Der hat Bekannte in Südfrankreich, die Fremdenzimmer vermieten.«

»Eine Idee von Joost, sagst du …?«

»Ja. Ist doch schön, oder?«

»Und mein Vater? Der liegt dann vielleicht gerade im Sterben.«

»In dem Fall bleibe ich zu Hause.«

»Und wann soll die Party stattfinden?«

»Irgendwann Anfang Juni.«

Ich hatte ihr eigentlich gleich erzählen wollen, dass wir zwei Golfurlaube geplant hatten, einen Anfang Juni und einen Ende Juli, aber im allerletzten Moment kam es mir doch klüger vor, für die zweite Golfreise einen günstigeren Moment abzuwarten. Afra fand mein Timing, ausgerechnet jetzt ohne sie in den Urlaub zu fahren, bestimmt auch so schon nicht toll, aber zwei Urlaube kurz hintereinander würden mir bestimmt tagelanges eisiges Schweigen eintragen.

»Ich finde den Plan richtig schlecht, Arthur.«

»Nichts anderes habe ich erwartet, Afra.«

»Kann das denn nicht warten? Muss das sein? So kurzfristig?«

Ich bastelte eine wenig überzeugende Geschichte zusammen: Die Bekannten von Joost hätten im Sommer nur noch ein paar Zimmer frei, und Wouter wolle im Anschluss mit seinen Kindern nach Thailand fahren. Das hätte ich besser vorbereiten müssen, denn Afra war zu Recht nicht sonderlich beeindruckt.

»Jaja, das kann schon sein. Dass dein eigener Schwiegervater im Sterben liegt, spielt da natürlich keine Rolle.«

»Doch, natürlich. Es ist ja auch alles noch nicht sicher, okay?«

Sie wandte sich von mir ab und ging in die Küche. Das eisige Schweigen hatte begonnen.

Schade, dass ich Atheist bin. Ich glaube nicht an Gott und ganz besonders nicht an sein Bodenpersonal hier bei uns auf Erden. Sonst würde ich ein Stoßgebet losschicken: »Gott, lass Piet recht schnell sterben, bitte.«

81

»Folge deinem Herzen, es irrt sich nie.«

Die Kachel mit diesem Spruch hängt schon seit Jahren bei uns auf der Toilette.

Ich bin die ganze Zeit nicht dazu gekommen, meinem Herzen zu folgen, und Afra auch nicht. Mein Leben wird bis heute durchgehend von Bequemlichkeit bestimmt, Afras Leben von Vorsicht.

Dazu kommt, dass mir mein Herz ziemlich widersprüchliche Ratschläge gibt. Einen Tag sagt es: »Glückwunsch, Arthur, Superplan, ein göttliches Leben in Italien zu führen.« Am nächsten Tag flüstert es mir ein: »Was lädst du dir damit alles auf? Was für ein Aufstand. Blas den ganzen Plan doch einfach ab.«

Ich weigere mich, Letzteres zu befolgen. Das macht mich zugleich sehr unsicher und sehr euphorisch. Ich habe – bewusst oder unbewusst – schon so viele Schritte unternommen, dass es keinen Weg mehr zurück gibt. Und ich werde mich ganz sicher nicht von diesem sturen Bock von Schwiegervater zurückhalten lassen.

Letzten Freitag habe ich Joost und Wouter die Situation erklärt.

»Meine Herren, es tut mir leid, aber vielleicht müssen wir die Termine unserer Golfurlaube etwas flexibler handhaben.«

Sofort zogen sie bedenkliche Mienen.

»Keine Rückzugsbewegung, du alter Schlappschwanz, hörst du?«, sagte Joost misstrauisch.

Daraufhin habe ich ihnen erklärt, dass mein Schwiegervater noch einmal versucht, jedem das Leben schwer zu machen, indem er ausgerechnet jetzt im Sterben liegt.

Wouter wusste sofort die Lösung: »Du kannst ihm doch einfach ein paar Minuten ein Kissen aufs Gesicht drücken. Musst eben bloß gut aufpassen, dass niemand schaut.«

»Ich habe Grund zu der Hoffnung, dass das nicht nötig ist. Entweder hat er sich Anfang Juni so weit erholt, dass man ihn schön im Pflegeheim parken kann, oder er ist tot und begraben. Aber ich kann es Afra nicht antun, dass ich mittendrin kneife, wenn er unverhofft doch noch im Sterben liegt. Und das mit dem Im-Sterben-Liegen kann ja nicht ewig dauern.«

Meine Freunde willigten murrend ein, ihre Zeitpläne rund um die geplanten Reisen so flexibel wie möglich zu halten.

XIII

Wir fuhren im Auto zu Lidl, als Arthur sagte: »Schau mal da, ist ja lustig, der Babydump. Da kann man seine Babys entsorgen.«

Ich schaute nach draußen, und da stand es in der Tat ganz groß auf der Fassade eines Geschäfts: »BABYDUMP«.

Mir schossen die Tränen in die Augen.

»Was hast du denn auf einmal?«, fragte Arthur, und nach einer kurzen Pause meinte er: »Oh, tut mir leid. Die Bemerkung war wirklich ein bisschen blöd.«

Er gab mir sein Taschentuch.

»Aafje, mein Schatz, das ist einfach ein Geschäft, in dem man billige Babysachen kaufen kann.«

Ich sagte durch meine Tränen hindurch, dass ich das durchaus verstehe. Momentan verliere ich ziemlich schnell die Fassung. Mein Vater todkrank, meine Mutter gerade gestorben, und dann kommt durch so ein bescheuertes Ladenschild auch noch der ganze Schmerz darüber wieder hoch, dass ich keine Kinder habe. Nie ein Buch vorgelesen, nie meine Tochter oder meinen Sohn zugedeckt. Arthur ist mir da keine große Hilfe. Der macht nur eine taktlose Bemerkung nach der anderen und will mit seinen Freunden schön golfen gehen in Südfrankreich.

Um ehrlich zu sein, ist es mir ohnehin lieber, wenn er nicht zu Hause ist, aber das sage ich ihm natürlich nicht. Wenn mein Vater nicht im Sterben läge, könnte er so oft wegfahren, wie er will.

82

Ein neues Konto auf meinen eigenen Namen zu eröffnen war ein Fehler. Denn wenn ich tot bin, kann ich davon ja gar kein Geld mehr abheben. Und während Afra irgendwann einen Auszug von der Bank bekommt, auf dem steht, dass sie noch ein Guthaben von fünfundsechzigtausend Euro hat, kann ich schön an meinem italienischen Hungertuch nagen. Also habe ich meine Freunde bitten müssen, ob einer von den beiden ein neues Konto eröffnen und mir die Karte geben könnte. Das hat Joost inzwischen getan.

Wouter hat angemerkt, dass selbst dieses Arrangement nicht ganz ohne Risiko ist. Möglicherweise ließe sich aus dem Gebrauch der verschiedenen Karten entnehmen, dass Joost gleichzeitig in Italien und in den Niederlanden ist.

Doch ein Risiko mehr oder weniger fällt für Joost Gott sei Dank nicht ins Gewicht. Der findet es ohnehin nur lustig und aufregend, was da alles passieren wird. Ab und zu schlägt er mir kräftig auf die Schulter und sagt so was wie: »Der Arthur! Dass aus dir mal ein echter Abenteurer und obendrein auch noch ein Betrüger werden würde, das hätte ich mir niemals träumen lassen.« Das breite Grinsen krieg ich dann kostenlos obendrauf.

Wouter ist ähnlich begeistert von meinen Zukunftsplänen, dabei aber zurückhaltender. Er denkt immer daran, was alles ins Auge gehen kann und wie sich diese

Risiken ausmerzen ließen. Wenn wir zusammen sind, ist es, als würden drei aufgekratzte Lausbuben eine Verschwörung planen.

Ich hab mein Geld in der Zwischenzeit auf Joosts neues Konto überwiesen und das alte neue Konto wieder aufgelöst. Hoffentlich hinterlässt das Ganze keine Spuren, die Afra irgendwann entdeckt. Wouter hat vorgeschlagen, dass er meiner trauernden Witwe kurz nach meinem Tod anbieten will, sämtliche Finanzangelegenheiten abzuwickeln. Und ich gehe davon aus, dass Afra das dankbar annehmen wird. Mit Wouter auf so einem wichtigen Posten kann nicht viel schiefgehen.

Vielleicht kann ich dann beizeiten in Italien mit meinem falschen Pass ein Konto in meinem eigenen Namen eröffnen. Oder braucht man dafür eine italienische Sozialversicherungsnummer?

83

Bis heute sind von riesigen Computern sage und schreibe 22 338 618 000 000 Primzahlen entdeckt worden, meldet die Zeitung. Ist ja alles schön und gut, aber haben diese riesigen Computer nichts Besseres zu tun? Das frage ich mich. Noch mehr Fortschritt: Forscher der Rockefeller University in New York haben mithilfe eines Lasermikroskops die Aktivität von Neuronen im Gehirn von Fliegen festgehalten, um Einblick in ihr Navigationssystem zu bekommen.

Und in derselben Welt verhungern jedes Jahr Zehntausende von Babys. Hunger, den man ganz einfach hätte verhindern können, ohne Computer und Lasermikroskope. Die Vereinten Nationen haben um zwanzig Milliarden Dollar gebeten, um eine große Hungersnot in Afrika zu bekämpfen. Das sind 0,04 Prozent des weltweiten Einkommens. Das Geld ist trotzdem noch nicht da. Die Menschheit ist wohl nicht so gut im Prioritätensetzen.

Mein persönlicher Beitrag zu einer besseren Welt ist der, dass ich schön in der Toskana wohnen und die Nachrichten nur mehr am Rande mitverfolgen werde. Ich stecke meinen Kopf in den Sand. Das ist mir bewusst, und ich akzeptiere es. Manchmal schäme ich mich dafür, aber mir fällt keine bessere Lösung ein, als bei großen Katastrophen ein bisschen Geld zu spenden.

84

»Papa ist tot.«

Yessss!, hätte ich am liebsten gerufen.

»Es ist besser so, Aaf. Für alle«, schien mir passender.

»Das werden alle sagen«, antwortete Afra niedergeschlagen, »und alle haben recht, aber es fühlt sich trotzdem nicht so an.«

Mein Schwiegervater hatte in der Nacht einen weiteren Herzanfall erlitten, und die Ärzte hatten nichts mehr für ihn tun können.

»Niemand hat an seinem Bett gesessen«, fügte Afra leise hinzu.

Piet wird in fünf Tagen in Purmerend begraben. Das passt mir gut: Ich bin bis jetzt immer noch nicht dazu gekommen, mir mal den örtlichen Trauersaal anzuschauen, und so schlage ich zwei Fliegen mit einer Klappe. Es wird allerdings eine traurige Feier. Denn mein Schwiegervater konnte Geldverschwendung nicht leiden. Am Ende seines Lebens mochte er eigentlich nur noch Fernsehen und alten Genever.

»Du wirst doch auch was sagen bei der Kremierung, oder?«

Ich meinte, dass ich zwar gerne würde, aber nicht recht wisse, was ich beitragen solle.

»Früher war Papa ganz anders. Das musst du betonen. Dass er ein anständiger Vater war, der mir viel vorgelesen hat. Und dass er sehr genau war. In den siebenunddreißig Jahre, die er bei der Gemeinde gearbeitet hat, ist er bloß zwei Mal zu spät gekommen, und das war beide Male nicht seine Schuld.«

Ich habe Afra versprochen, ausgehend von diesen Angaben eine schöne Rede zu schreiben.

Zu meiner Überraschung und Erleichterung schien mein Schwiegervater seine eigene Feuerbestattung ganz präzise geregelt zu haben. Alle nötigen Papiere säuberlich in einer Mappe gesammelt, dazu eine Namens- und Adressenliste für die Trauerkarten und ein Brief mit Wünschen für seine Beerdigung. Die solle vor allem so schlicht wie möglich ausfallen. Billiger Holzsarg, kein Blumenschmuck, kein Wagen hinter dem Sarg, nur Kaffee und Kuchen.

Mit dem Schreiben der Umschläge für die Trauerkarten waren wir schnell fertig: achtundzwanzig Stück. Viel wird nicht los sein.

85

Die Bestatterin tat ihr Bestes. Eine adrette, empathische Frau im grauen Hosenanzug. Ob wir nicht einen schöneren Sarg wollten, eine Traueranzeige – oder doch wenigstens einen Blumenstrauß, Kerzen neben dem Sarg? Sie wolle uns nichts aufdrängen, wirklich nicht, aber vielleicht möchten wir es doch ein bisschen weniger karg?

Ich versuchte, ihr auseinanderzusetzen, dass Kargheit zu Piet passte.

»Meinem Schwiegervater hat zum Beispiel schon zu Lebzeiten vor dem Gedanken gegraust, dass er hundertfünfzig Euro pro Tag bezahlen muss, um in einem Kühlschrank zu liegen, bevor er in den Ofen wandert.«

»Aber das ist gesetzlich vorgeschrieben. Sonst riecht es doch. Das ist auch bei Ihrer Versicherung mit eingeschlossen, wissen Sie?«

Und ich beruhigte sie: Uns war es auch wirklich recht, dass Piet in die Kühlung kam.

Es ist mir schon häufiger aufgefallen, dass in den letzten Jahren ein wahnsinniger Beerdigungs- und Kremierungskult entstanden ist. Die Firmen, die ihre Dienste bei der Begleitung einer Beerdigung anbieten, schießen aus dem Boden wie Pilze nach einem warmen Regen. Und jede versichert nachdrücklich, dass sie alle Wünsche der Hinterbliebenen und der Familie berücksichtigen werde. Sie nennen sich Trauer- und Verlustexperten oder Beerdigungsplaner. Es scheint in Mode zu sein, einen einmaligen Abschied zu inszenieren, den die Menschen so schnell nicht vergessen werden.

Blau war die Lieblingsfarbe des Verstorbenen? Dann kommen alle Trauergäste zum Abschied ganz in Blau.

Pferdefan? Dann wird der Sarg mit Pferd und Wagen zum Friedhof transportiert. Ein Bollerwagen geht auch. Austern mit Champagner statt Kaffee und Kuchen. Ein Sarg aus Bambus mit einem Tuch drauf. Stofftiere statt Blumen. Eine Fanfare statt Schlagerschnulzen. Lässt sich alles einrichten.

Bei Piet müssen wir uns nicht mit solchen modernen Wünschen herumschlagen.

»Das wird eine der schlichtesten Beerdigungen, die ich in meiner Laufbahn organisiert habe«, rutschte es unserer Beerdigungsplanerin versehentlich heraus.

»Ach ja, ist das so?«, fragte Afra scharf.

»Nein, ich meine das ja nicht negativ. Es ist einfach so puristisch«, beeilte sie sich zu versichern.

»Jaja, ganz puristisch. Lassen wir es dabei bewenden.«

86

Mit leisem Bedauern hatte ich mich auf Afras dringende Bitte hin von unserer freitäglichen Golfrunde abgemeldet. Ich wusste, dass sie es unpassend gefunden hätte, wenn ich fröhlich zum Golfspielen gegangen wäre. Afra wollte stattdessen lieber kurz zum Krematorium schauen.

Den Trauersaal konnten wir nicht besichtigen, denn der wurde gerade benutzt. Stattdessen haben wir die Wiese besichtigt, auf der gleich die Asche verstreut werden würde. Das Gras wächst gut dort. Afra wollte ihren Vater Gott sei Dank nicht in einer Urne auf die Fensterbank stellen. Wie es der Teufel will, bekam ich auf der Wiese einen Anruf von Carla. Ohne zu überlegen nahm ich ihn an.

»Er ist echt supersüß!«, tönte es begeistert aus dem Hörer. Carla sagt nie ihren Namen, sondern fällt gleich mit der Tür ins Haus.

»Nein, danke, Fräulein … äh … ich möchte meinen Stromanbieter nicht wechseln.«

»Hä?«

»Ja, ich weiß von der Robinsonliste.«

»Robinson? Äh … ist Ihre Frau in der Nähe?«

»Ganz recht. Einen schönen Tag noch.«

Afra schaute mich ein bisschen misstrauisch an. Gott, ich bin so ein schlechter Schauspieler.

Ein paar Stunden später konnte ich Carla unbeobachtet zurückrufen und das Ganze erklären. Sie war völlig verwirrt.

»Tut mir wirklich leid, aber das wusste ich ja nicht. Tut mir echt total leid. Ich hab das überhaupt nicht geschnallt.«

»Es ist also ein Welpe auf die Welt gekommen, richtig?«

»Ja, ein supersüßer. Ich war eben dort, weil ich es einfach nicht mehr ausgehalten hab vor Neugier. Hätte ihn zu gerne gleich mitgenommen. So ein kleiner Knuffi.«

»Und? Sieht er aus wie ein Aristoteles?«

»Äh … was?«

»Ich will ihn doch Aristoteles nennen.«

»Ah ja. Eigentlich auch ganz nett. Es ist übrigens ein Rüde.«

»Dann muss er zumindest nicht Aristotela heißen.«

Ich hab Carla versprochen, dass sie mitdarf, wenn ich ihn abhole.

XIV

Ich konnte erst weinen, als alles überstanden war. Nach der Kremierung, zu Hause auf dem Sofa, habe ich ausgiebig geweint. Arthur legte wieder mal tröstend einen Arm um mich, aber ich fühlte, wie er schon nach zwei Minuten fand, dass ich mich nicht so anstellen solle. Ich war vor allem böse und traurig, weil ich gehört habe, wie jemand im Kondolenzzimmer hinter mir sagte: »Mit dem haben wir keinen großen Verlust erlitten.« Ich drehte mich um und schaute ins Gesicht eines Bekannten von Papa aus dem Philatelistenclub. Der schaute schnell weg.

Es ist so traurig, weil es wahr ist.

Insgesamt war es zwar ein würdevoller Abschied, aber schon sehr karg. Arthur hat eine schöne Rede gehalten, ein alter Kollege sprach ein paar lobende Worte, und die Schwester von Piet ... Na ja, sagen wir mal, dass sie ihr Bestes gegeben hat, mit einem Gedicht von Toon Hermans und einem von ihr selbst. Es hat sich gereimt.

Zum Glück hatten einige Gäste Blumen mitgebracht, das hat das Gesamtbild ein bisschen heiterer gemacht. Sonst hätte da bloß ein nackter Sarg gestanden.

Die Sonne schien.

Es waren wohl so um die fünfzig Leute da, schätze ich. Und endlich hatte Papa nichts mehr zu nörgeln.

87

Am Ende war die Feuerbestattung meines Schwiegervaters angenehmer als erwartet. Mit Musik, Reden und kondolierenden Gästen haben wir bei Kaffee und Kuchen die Stunde herumgebracht, die uns die Versicherung zugestanden hat. Die Bestatterin hatte uns gewarnt: Es darf kürzer, aber nicht länger ausfallen als geplant, denn das Begraben und Kremieren läuft nach einem genau getakteten Plan. Wenn die gebuchte Zeit vorbei ist, wartet der nächste Sarg sozusagen schon vor der Tür.

Es kostete mich letztlich nicht allzu viel Mühe, ein paar nette Dinge über Piet zu sagen. Schließlich brauchte nicht alles wahr zu sein. Ein Ex-Kollege hielt ebenfalls eine freundliche Rede, und Piets Schwester zog ein selbst geschriebenes Gedicht aus der Tasche, dessen letzte Strophe ungefähr so lautete:

Jetzt ist also gekommen der Tag
An dem du liegst in deinem Sarg.
Du wirst mir fehlen so sehr,
Denn Piet, nun bist du nicht mehr!

Afra konnte genug Höflichkeit aufbringen, um der Dichterin hinterher ein Kompliment zu machen. Ich nicht. Alles hat seine Grenzen.

Und natürlich habe ich gezählt: Es waren einunddreißig Menschen da, um Piet die letzte Ehre zu erweisen, mich eingeschlossen. Als die Asche verstreut wurde, ertappte ich mich dabei, dass ich Piet dankbar war, meine Pläne nicht durchkreuzt zu haben.

Afra hatte in den Tagen vor der Beisetzung und bei der Trauerfeier selbst keine Träne vergossen, aber als wir dann zu Hause waren, musste sie auf einmal heftig weinen. Ich versuchte sie zu trösten, aber sie machte nicht den Eindruck, als wolle sie getröstet werden.

88

Nun, da mein Leben schon seit Tagen von der Kremierung meines Schwiegervaters beherrscht wird, sind die Zeitungen voll mit Kremierungsnachrichten: Der Krematorienkaiser ist gestrauchelt. Er heißt – wohl nicht ganz zufällig – auch noch Keizer und ist Parteivorsitzender der liberalen Volkspartei für Freiheit und Demokratie. Was hat ihn den Kopf gekostet?

Der Königliche Verein für Fakultative Kremierung, gegründet 1874, um Feuerbestattungen in den Niederlanden möglich zu machen, hatte nur noch ein paar Mitglieder, die meisten davon hochbetagt. Der Schwung war ein bisschen raus aus der Sache, weil der Kampf für das Recht auf Feuerbestattung bereits ausgefochten war. Die meisten Mitglieder des Vereins waren mittlerweile selbst kremiert worden, und die letzten, ein paar eingenickte alte Männer, schliefen nichts ahnend auf einer Goldmine: einem aufblühenden Geschäftszweig, der Verwaltungsgesellschaft des Vereins, die Eigentümer einer beeindruckenden Zahl von Krematorien, Verbrennungsofenherstellern und Versicherungen war. Diese Gesellschaft wurde mit 12 Millionen in der Kasse verkauft, für 12,5 Millionen. Geschätzter Marktwert: 31,5 Millionen.

Käufer: Henry Keizer

Berater des Vereins: Henry Keizer

Vorsitzender des Vereins: Henry Keizer

Direktor der Verwaltungsgesellschaft: Henry Keizer

Im Aufsichtsrat des Vereins: Loek Hermans (ebenfalls Volkspartei für Freiheit und Demokratie)

Controller des Käufers: Marcel de Kimpe

Controller des Verkäufers: Marcel de Kimpe

Controller der verkauften Verwaltungsgesellschaft: Marcel de Kimpe

In diesem ganzen Durcheinander aus verschiedenen Rollen verschwinden Keizer, Hermans und De Kimpe fast.

»Alles in bester Ordnung«, behauptete Keizer. Jetzt hat er viel Zeit, noch mal in aller Ruhe über diese Behauptung nachzudenken.

Die aus dem Schlaf geschreckten Mitglieder des Königlichen Vereins für Fakultative Kremierung sind schockiert und entsetzt, dass Kremierungen jetzt derartige Negativschlagzeilen machen. Und dann sind auch noch ihre ganzen Kremierungssachen im Wert von 30 Millionen verkauft worden – für gerade mal 12,5 Millionen!

Es war also nicht übertrieben, als ich sagte, dass die Toten Big Business geworden sind. Ich bin froh, dass ich mich nach längerer Überlegung für ein Begräbnis entschieden habe. Obwohl, warten wir's ab, am Ende hat Keizer auch noch ein paar Sargfabriken!

89

»Habt ihr eigentlich eine Vorstellung davon, wie sehr Stijn sich das alles zu Herzen nimmt? Ihr macht ihn kaputt, wisst ihr das? Ihr bringt ihn noch ins Grab mit eurem Gemobbe.«

Der Anruf von Thea, Stijns herrischer Ehefrau, überrumpelte mich total. Ich stammelte, dass wir es nicht so gemeint hätten und dass ich nicht wüsste, wovon sie redete.

»Na, es kann nur eines von beidem sein, Arthur: Entweder es war nicht so gemeint oder du weißt nicht, wovon ich hier rede. Ich glaube, dass es sehr wohl so gemeint war und dass ihr meinen Mann schikanieren wollt.«

Wie sich herausstellte, war Stijn letzten Freitag nach dem Golf nicht nach Hause gefahren, um seine grünen Bohnen zu essen, sondern war allein spazieren gegangen. Aber nicht in einem Park oder so, nein, er war zur höchsten Brücke in der Umgebung spaziert, der Brücke über den Amsterdam-Rijnkanaal.

»Und zwar nicht, um schwimmen zu gehen, Arthur«, sagte Thea wütend. »Als er nach Hause kam, hab ich sofort gesehen, dass irgendwas Schlimmes passiert war. Ich hab so lange gefragt, bis er mir alles erzählt hat. Aber trau dich bloß nicht, ihm das zu verraten. Gott sei Dank hat er zu viel Verantwortungsgefühl, um zu springen. Oder sagen wir lieber: Er hat das Verantwortungsgefühl, das euch dreien fehlt.«

Ich war erst sprachlos, dann stotterte ich ungefähr zehn Entschuldigungen.

»Vielleicht möchtest du dich lieber bei Stijn entschuldigen. Zusammen mit deinen sauberen Freunden.«

Das versprach ich zu tun.

Sie schloss mit einem: »Stijn wollte absolut nicht, dass ich dich anrufe, also lass es dir ja nicht einfallen, ihm gegenüber etwas von diesem Gespräch zu erwähnen. Denk dir was aus, wie du es verschweigen kannst. Ich hab dich gewarnt. Viel Erfolg.«

Tut, tut, tut …

Verdammt noch mal, ich hab einen Todesschrecken bekommen. Was sollen wir jetzt in Gottes Namen mit Stijn anfangen?

90

Ich beschäftige mich zu viel mit Kremierungen und Beerdigungen. Immer wieder kommen mir neue Ideen. Man könnte nach der Beerdigung Tassen, Käppis und T-Shirts mit dem Porträt des Verstorbenen verkaufen, um ein bisschen von den Kosten reinzuholen. Und Stofftaschentücher. Aber die müsste man wohl erst einmal waschen, denn sonst saugen sie ja die Tränen nicht auf.

Noch lukrativer: Die Menschen könnten ein klein wenig von der Asche des Toten käuflich erwerben. Meine Asche trägt wahrscheinlich nicht viel ein, aber wie viel Geld wohl ein paar Tausend Portionen Asche von Michael Jackson mit Echtheitszertifikat eingebracht hätten?

Zwei Kilo Asche von Schlagersänger André Hazes sind mit zehn Feuerwerksraketen in die Luft geschossen worden. Die zehn »Oooohs« hätte man mal lieber ersetzen sollen durch zweitausend Fingerhütchen mit jeweils einem Gramm André-Asche à zweihundert Euro. Das macht dann nämlich direkt vierhunderttausend. Immer schön schauen, wo man den größten Gewinn machen kann, liebe Hazes-Nachkommen.

Eine andere Vorstellung, die mich nicht loslässt, ist die, dass die Stimme des Verstorbenen aus dem Sarg erklingt. Mit einer vorher aufgenommenen Botschaft.

»Lasst mich raus!«, ist natürlich naheliegend, aber ein schön gesungenes »*Now it's time to say goodbye*« würde das Publikum auch begeistern.

Dann hab ich noch die Idee, Fotos auf die Saalwand zu projizieren, die den Verstorbenen mit seinen vielen Eigenschaften zeigen. So was lässt doch fast jeden Gast »O ja« murmeln. Und zwischen die ganzen braven Schnappschüsse … blitzschnell ein geiles Pornofoto von einem wildfremden Paar einbauen.

Eine Reihe von Menschen runzelt die Stirn. Haben sie da gerade eine Frau beim Blasen gesehen, zwischen dem Bild von Frans in der Tanzstunde und Frans, der auf seinem Campingstuhl eingebrochen ist? Sie schauen nach rechts und links, aber die Nachbarin hat offenbar nichts bemerkt. Nur ein Stück weiter hinten in der Stuhlreihe flüstert jemand seinem Nebenmann etwas ins Ohr. Es dauert eine geraume Weile, bis die durchgelaufene Diaserie wieder von vorne beginnt. Jetzt aber richtig gut aufpassen. Einige Gäste hören kaum mehr der rührenden Rede eines kleinen Kindes zu, sie schauen nur noch gespannt auf die Bilder. Da ist sie.

Verflixt! Eine Frau beim Blasen. Sie stoßen ihren Sitznachbarn an. Zu spät. Schon wieder weg. War das jetzt der von Frans …? Den die Frau da bläst? Kenn ich die Frau irgendwoher?

Noch einmal die ganze Bilderserie anschauen, bis man wieder zum Foto von Frans im Tanzkurs kommt. Inzwischen sind beinahe alle aufgefordert worden, an dieser Stelle aufzupassen. Nur die Kinder nicht. Warten ... warten ... ja, da ist der Tanzkurs.

Und genau an dieser Stelle wird die Diaserie dann angehalten.

Gerne hätte ich ein paar von diesen chaotischen Ideen auf meiner eigenen Beerdigung verwendet. Noch über den Tod hinaus ein bisschen Verwirrung stiften. Aber da ich nicht persönlich im Sarg liegen werde, fällt das wohl aus. Die trauernden Gäste werden sowieso schon alle betrogen. Da gehört es sich nicht, sie noch einmal durch den Kakao zu ziehen.

Als ich nach Piets Beisetzung vom Trauersaal wegfuhr, sah ich etwas Neues. Statt mehrerer Pkws fuhr ein Bus mit Trauergästen hinter einem Leichenwagen auf den Parkplatz. Das ist sicher billiger und ziemlich lustig mit so einer Truppe. Dann können sich die Passagiere ja zum Scherz unter die Sitze setzen, wenn sie beim Trauersaal ankommen.

91

Ich hatte Joost und Wouter anlässlich meines Telefonats mit Stijns Frau Thea gebeten, ins Café zu kommen.

»Verdammt, Stijn ist vielleicht ein Arsch«, schimpfte Joost. »Der hätte doch auch mal was sagen können.«

»Ja, klar, dann hättest du ihm sicher noch einen kleinen Schubs gegeben auf der Brücke, hm?«, kommentierte Wouter grinsend.

Meine Freunde nahmen das Ganze eindeutig zu lustig.

»Könnten wir vielleicht ein Mal ernst bleiben? Ich mach mir wirklich Gedanken. Ich weiß nicht, er ist doch immerhin ein Freund, der nicht mehr viel Lust aufs Leben hat.«

»Das Leben ist aber auch eine einzige große Wurzelbehandlung«, entgegnete Joost.

»Was soll das denn jetzt wieder heißen?«

»Nichts. Es klingt einfach gut.«

Am Ende wurden Joost und Wouter doch noch ernst. Das wollen sie wirklich nicht gerne auf dem Gewissen haben, dass sich Stijn in einem Anfall von Verzweiflung vor den Zug wirft. Sie haben feierlich versprochen, ab jetzt netter zu ihm zu sein an unseren Golffreitagen. Auch wenn ich in naher Zukunft in Italien wohnen werde. Sie werden Stijn von jetzt an freundlicher tolerieren.

Ich habe den Auftrag, noch einmal allein mit Stijn zu reden, um herauszufinden, was genau los ist. Das wird kein einfaches Gespräch. Und Wouter hat zu Recht festgestellt, dass mein unerwarteter Tod Stijn auch nicht unbedingt fröhlicher machen wird.

Vielleicht muss ich ihn doch auf die eine oder andere Art einweihen, und sei es auch nur teilweise. Obwohl ich keine Ahnung habe, wie ich das anstellen soll.

»Wusstet ihr, dass jemand, der sich vor den Zug wirft, die niederländische Bahn ungefähr fünfundzwanzigtausend Euro kostet?«, fragte Joost, um das Gespräch wieder ein bisschen aufzulockern.

»So viel?«, fragte Wouter ungläubig. »Das muss doch auch billiger gehen.«

»Ja, teurer Witz, so'n Selbstmörder, oder? Im Zug

sagen sie dann aber nicht durch, dass es eine Verspätung wegen einem Selbstmord gibt, sondern wegen einem ›Zusammenstoß mit einer Person‹. Als könnte es auch ein verirrter Spaziergänger sein.«

»Wisst ihr«, sagte Joost, »wenn man die Menschen im Voraus für die Kosten ihres Selbstmords zur Kasse bitten würde, dann würden sie sich das wohl aus dem Kopf schlagen.«

»Jetzt gehen wir mal ein bisschen vom Gas, meine Herren. Es ist doch ein Freund von uns, hm?«, protestierte ich der Form halber.

92

Das schöne süße Nichtstun, *Dolce far niente*, besteht unter anderem darin, den Giro d'Italia zu verfolgen. In den letzten Jahren habe ich eher der Tour de France den Vorzug gegeben, aber seit ich beschlossen habe, in die Toskana zu ziehen, ist das italienische Rennen mein Favorit.

Drei Wochen lang schaltete ich nachmittags Eurosport an, gratulierte mir selbst dazu, dass ich unverschuldet arbeitslos geworden war, und machte es mir auf dem Sofa gemütlich. Stundenlang schaute ich zähen Männern dabei zu, wie sie ganz schnell Fahrrad fuhren. Im Hintergrund zog die prächtige italienische Landschaft vorbei, hier eine Kirche, da ein Schloss. Die Stunden plätscherten dahin, die Kommentatoren redeten und redeten.

Zwischendrin konnte ich mir in aller Ruhe einen Schinken-Käse-Toast in den Ofen schieben oder einen

Apfel schälen. Dabei schielte ich zum Fernseher und lauschte den belgischen Kommentatoren. Lieber hörte ich süffiges Flämisch als kantiges Holländisch.

Bei Radrennen ist es so, dass jeden Augenblick etwas passieren kann, auch wenn gerade überhaupt nichts passiert. Ein unerwarteter Ausbruch, ein Platten, ein Massensturz. Ein Fahrer, der gerade noch arglos dahinfährt, muss vielleicht in ein paar Minuten verzweifelt versuchen, das Peloton wieder einzuholen, während sich der Tourenarzt aus dem Auto lehnt, um ihm die schmerzhaften Schürfwunden zu versorgen.

Ich habe ja eine Schwäche für die Fahrer, die Letzte werden. Bei den großen Rennen läuft immer ein heimlicher Kampf um den letzten Platz. Der bringt nämlich später Geld bei den Kriterien, den kleinen lokalen Wettkämpfen. Die Veranstalter sagen gerne mit Stolz die Nummer 1 und die letzte Nummer durch. Der Vorletzte ist dagegen völlig uninteressant. Ich habe gelesen, dass bei der ersten Tour de France, 1903, der Letzte gut vierundsechzig Stunden nach dem Sieger über die Ziellinie fuhr. Da war das Publikum vermutlich schon zu Hause.

In den letzten Jahren lief es immer gerade eben nicht so gut für die niederländischen Fahrer, aber diesmal lief es gerade eben gut. »Unser« Tom hat den Giro gewonnen. Ich bin durchs Wohnzimmer getanzt.

Und Afra schaute mich an, als hätte ich die Beulenpest.

»Radrennfahren ist die sinnloseste Beschäftigung, die ich kenne. Nur Radrennen anzuschauen ist noch sinnloser.«

Ich habe versucht, ihr zu erklären, dass der Charme in genau dieser Nutzlosigkeit liegt, aber das war vergebliche Liebesmüh.

Ihr Widerwille gegen Radrennen ist noch um einiges

größer geworden, seit vor ein paar Jahren ein kleines weißes Hündchen auf die Straße lief, direkt vor ein mit vollem Tempo sprintendes Peloton. Der gewaltige Massensturz ließ sie kalt, aber der Tod des Hündchens hat sie tief getroffen.

Glücklicherweise gab es damals noch keine Ultra-Zeitlupenbilder, auf denen man hätte verfolgen können, welche Räder über den kleinen Hund hinwegrollten.

Seither kann Afra keine Radrennen mehr anschauen, ohne Angst zu haben, dass wieder ein Hund auf die Straße läuft. »Das macht es doch erst richtig spannend«, witzelte ich einmal. Da erlebte ich Verachtung in ihrer reinsten Form.

93

Als die Beerdigung ihres Vaters gut zwei Wochen zurücklag, schien mir die Zeit reif, Afra auch meinen zweiten Golfurlaub anzukündigen. Ich war tagelang ganz nervös und ließ ein paar gute Gelegenheiten verstreichen, weil ich in einem günstigen Moment zu lange zögerte. »Wenn du das jetzt noch weiter aufschiebst, machst du es gar nicht mehr, Ophof. Komm, mit einem Ruck abziehen, das Pflaster«, sprach ich mir selbst Mut zu.

Wir saßen am Tisch. Gebackene Scholle, Kartoffeln, Erbsen und Karotten und Apfelmus. »Du, Afra, um noch mal auf meine Golfurlaube zurückzukommen …«

»Urlaube? Letztes Mal war bloß von einem Urlaub die Rede.«

»Es sind jetzt aber zwei geworden.«

»Na, nur zu. Und wovon willst du das bezahlen?«

»Das bezahlen Wouter und Joost, weil ich ihnen ein paarmal aus einer Notlage geholfen habe.«

»Oh, prima, unser freiwilliger Feuerwehrmann. Meistens kannst du dich ja besser in Notlagen bringen als jemandem raushelfen.«

Es kostete mich einige Mühe, aber ich ignorierte ihren Sarkasmus. Eine Weile aßen wir schweigend weiter. Unsere Gabeln und Messer klirrten leise auf den Tellern. Das Apfelmus wurde von der einen Tellerseite auf die andere geschoben.

Nach einer ganzen Weile fragte sie, ohne von ihrem Essen aufzublicken: »Wann finden die Reisen statt?«

Ich jubelte innerlich. Diese Frage war ein großer Schritt in die richtige Richtung.

»Anfang Juni und Ende Juli. Du kannst ja in den Wochen auch eine schöne kleine Reise buchen mit deinen Freundinnen.« Als ich das sagte, schoss mir die Frage durch den Kopf, ob es wohl praktisch sei, wenn Afra im Moment meines tödlichen Herzanfalls ebenfalls im Urlaub wäre. War ich jetzt versehentlich ganz schlau oder ganz dumm gewesen? Wahrscheinlich spielte es keine große Rolle, denn viel weiter weg als bis Drenthe würde sie ja sowieso nicht fahren.

Afra schaute mich irritiert an.

»Das bestimme ich wohl noch selbst, ob ich in den Urlaub fahre. Vielleicht will ich ja einfach eine ruhige Woche zu Hause verbringen, allein mit mir. Da spar ich dann auch noch ein bisschen Geld. Geld, das wir dringend brauchen werden.«

»Wie du willst«, beeilte ich mich zu sagen.

Sie schaute mich durchdringend an. »Ja. Wie ich will.«

Das schien besser zu laufen als erwartet. Keine Szene, kein Aufstand. Afra störte es offenbar nicht groß, dass ich gleich zwei Mal in den Urlaub fuhr, vielleicht vor allem deswegen, weil es nichts kosten würde.

Ich fragte sie, ob sie Joghurt oder Vanillepudding zu ihren Erdbeeren wolle.

94

Der Mitarbeiter des Krematorium Duin- en Bollenstreek entschuldigte sich, weil er keinen Anzug trug.

»Ich hoffe, Sie haben nichts dagegen, wenn ich den Rundgang mit Ihnen in Freizeitkleidung bestreite?«

»Nein, natürlich nicht.«

Ich war auf gut Glück nach Lisse gefahren, zum Krematorium von Harry Mens, aus purer Neugierde auf ein Fünf-Sterne-Krematorium. Es war auffallend still auf dem Parkplatz, kein Lebender und kein Toter weit und breit. Als ich durch das erstbeste Fenster nach innen linste, stellte sich heraus, dass ich die Auslage des Urnengeschäfts erwischt hatte. Die dazugehörige Dame begrüßte mich aufs Allerherzlichste. Ob ich vielleicht einen Rundgang machen wolle?

»Ach, wissen Sie, ich will nicht stören. Ich wollte mich nur mal ein bisschen umschauen«, stotterte ich. Sie aber hatte schon einen enthusiastischen Herrn herangewinkt, den mit der Freizeitkleidung. Der konnte es kaum erwarten. Eine Dreiviertelstunde später stand ich wieder draußen und hatte alles gesehen: von den Trauersälen bis zu den Öfen, von der Ascheentsorgung bis zur Personalkantine. Mein Führer glühte sichtlich vor Stolz, und ich muss sagen: Es sah wirklich alles aus wie geleckt. Alles war bis ins letzte i-Tüpfelchen organisiert.

Es ging mir allerdings wie mit einem Hotel mit vielen Sternen: Schick ist es schon, aber nicht gemütlich. Da lob ich mir meine Familienpension. Ich brauche keinen Schuhputzservice und keine Bar mit sieben Sorten unbezahlbarem Whisky. Dann lieber eine gemütliche italienische Mamma, die im Restaurant des kleinen Hotels in der Küche steht und lecker kocht. So etwas gilt auch ein bisschen für ein Krematorium. Ich weiß zwar, dass man da nicht aus Gründen der Geselligkeit hingeht, aber trotzdem, etwas weniger steif und förmlich und unpersönlich darf es schon sein. Harry Mens, der Chef des ganzen Unternehmens, hatte in der Zeitung zum Abschluss selbst gesagt: »Kremieren muss wieder schön werden.« Na, Harry, das sah wirklich alles toll aus bei dir, aber »schön«? Nein. Es war in erster Linie effizient. Eine afrikanische Beerdigung mit singenden und swingenden Trauergästen, die ist schön.

Übrigens bleibt noch zu klären, ob sein Krematorium Gewinn abwirft. In der Zeitung stand nämlich ein beunruhigender Bericht unter der Überschrift: »Marktführer der Bestattungsbranche stecken in finanziellen Problemen«. Der Trauerdienst Niederlande (Leichenwagen) und Bogra (Särge) haben Zahlungsaufschub beantragt. Es gehen Gerüchte um, dass schon Särge gehamstert werden.

Ich hoffe nicht, dass der Rest der Branche mit in diese Flaute gerissen wird. Denn wenn man aus Harrys tollem Krematorium jetzt wieder ein Lagerhaus für Blumenzwiebeln machen sollte …

Auf dem Rückweg habe ich noch mal einen Abstecher zum Beerdigungsmuseum am neuen Ostfriedhof in Amsterdam gemacht. Ich hatte nämlich gelesen, dass sie dort eine neue Ausstellung haben. Die mich dann aber ein bisschen enttäuscht hat. Gedichte für Tote, die einsam und allein begraben werden. Ich hab nicht so viel für Poesie übrig. Zu oft frage ich mich: Was will uns der Dichter damit sagen?

XV

Vielleicht hätte ich Arthur ein bisschen schwitzen lassen sollen, als er mit dem Vorhaben ankam, mit seinen Freunden in zwei einwöchige Urlaube zu fahren. Aber es war die Mühe nicht wert. Ich glaube, er hat erwartet, dass ich es ganz furchtbar finden und heftig protestieren würde, dabei dachte ich mir sofort: Oh, schön, dann hab ich das Reich für mich allein. Wenn auch ein etwas armseliges Reich.

Arthur drängte mich aus einer Art Schuldgefühl heraus, ich solle doch auch mit meinen Freundinnen Urlaub machen. Zum Beispiel eine Fahrradtour in Drenthe. Das war reiner Eigennutz, dann braucht er selbst nämlich nicht mitzukommen. Er versucht bei unseren Fahrradurlauben immer, unbemerkt so weit hinter mir zurückzufallen, dass es so aussieht, als würde er nicht zu mir gehören. Total kindisch. Einmal habe ich aus Spaß vorgeschlagen, dass wir uns im Partnerlook kleiden sollten, da protestierte er ganz ernsthaft. Es passiert immer öfter, dass er es nicht kapiert, wenn ich einen Witz mache.

Die Zeit hat ganz schön große Löcher in den Mantel unserer Liebe gefressen. Wir ignorieren einander im Allgemeinen, bis irgendwann die Grenze der Gereiztheit überschritten ist. Dann werden wir sarkastisch. Meistens fängt Arthur damit an, äußert sich geringschätzig über meinen Job, meine Hobbys oder meine Freundinnen – was gerade am besten passt.

Ich wollte zum Beispiel gerne mit ein paar Freundinnen in den Ouwehand-Zoo gehen und die Pandas anschauen. Sein herablassender Kommentar: »Toll. In einer Riesenmenschenmenge stehen, um einen Blick darauf zu erhaschen, wie Ping und Pong auf einem Stück Bambus rumkauen.«

»Und wenn mir das eben gefällt?«, fragte ich. »Im Übrigen heißen sie Wu Wen und Xing Ya.«

Der Niedergang hat meiner Meinung nach schon vor langer Zeit begonnen, als Arthur so taktlos über meinen unerfüllten Kinderwunsch sprach. Er sagte ein bisschen zu oft: »Keine Kinder zu haben hat auch seine Vorteile« oder etwas in der Richtung. Und hat mir damit ganz unnötig in der Seele wehgetan.

95

»Nimm es nicht persönlich, Stijn.« Etwas Besseres als dieser Klischeespruch fiel mir nicht ein. »Wir haben dich immer gerne dabei.«

»Daran hab ich in der letzten Zeit doch ziemliche Zweifel«, antwortete Stijn und schaute dabei nicht allzu glücklich drein.

»Natürlich haben wir dich gerne dabei, wir sind doch ein Quartett.«

»Ein Quartett mit drei plus einem.«

Wir saßen im Café Bunte Kuh. Ich hatte Stijn zu einem Mittagessen und einem guten Gespräch eingeladen. Und nun beteuerte ich, dass er für uns ganz wertvoll sei, dass er etwas zu unserer Gruppe beitrage, dass er das Ganze völlig in den falschen Hals gekriegt habe und noch ein paar mehr Halbwahrheiten dieser Art.

»Nur bei den Urlauben passt es halt nicht. Wir wollen dich nicht kompromittieren mit unseren Seitensprüngen. Da müsstest du dann ja deine Frau anlügen. Und das wollen wir nicht.«

»Urlaube? Ich dachte, es wäre nur ein Urlaub?«

»Ääh, ja, also, erst war es eine etwas längere Reise, und aus der haben wir jetzt zwei kleinere gemacht.« Ich fühlte mich immer mieser mit meinen ganzen Lügen, während ich daran dachte, wie er zur höchsten Brücke von Amsterdam spaziert war und – glaubt man seiner Frau – in Erwägung gezogen hatte zu springen.

Also schlug ich vor, in den Herbstferien auch noch ein paar Tage zum Golfspielen wegzufahren. Diesmal ohne die angeblichen Freundinnen.

»Was halten Joost und Wouter davon?«, fragte Stijn.

»Das weiß ich nicht, ich hab noch nicht mit ihnen darüber gesprochen. Ich dachte, ich rede erst mal mit dir. Und wenn sie nicht können, dann fahren wir eben zu zweit.«

Sein Gesicht hellte sich etwas auf. »Na, das könnte vielleicht eine Idee sein. Ich muss mich natürlich kurz mit Thea abstimmen.«

»Ja, klar.«

»Oder vielleicht könnten wir ja zu viert was unternehmen?«

Ich kapierte es im ersten Moment gar nicht. »Zu viert?«

»Ja. Du und ich, plus Thea und Afra.«

Mich überfiel eine wahnsinnige Hitzewallung, wie sie sonst wohl nur Frauen in den Wechseljahren kriegen. Ich wollte schon abwehren, aber dann wurde mir gerade noch rechtzeitig klar, dass ich im Herbst schon längst tot und begraben sein würde.

»Also, der Vorschlag gefällt mir auch! Ich muss dich nur warnen, dass Afra nicht gern weiter wegfährt und dass es dann wohl Drenthe wird oder Südlimburg.«

Das fand Stijn nicht schlimm. »Drenthe ist doch wunderschön. Thea sagt immer: ›Warum weit reisen, wenn es gleich um die Ecke auch noch so viel Schönes zu bestaunen gibt?‹«

»Ganz meine Rede!«, pflichtete ich Stijn bei. »Und … äh … Stijn, noch eines … du sagst niemandem was von den … sagen wir … den geheimen Gästen auf unseren Golfreisen?«

Mein neuer Reisegefährte gab mir feierlich die Hand.

»Natürlich nicht, mein Freund. Du kannst mir doch vertrauen.«

Den restlichen Tag, beziehungsweise eigentlich die ganze restliche Woche, widerte ich mich selbst an, wenn ich daran dachte, wie ich im Gespräch mit Stijn dünne Ausreden gesucht und ihm was vorgespielt hatte. Mir fiel aber auch nicht ein, wie ich es hätte umgehen können.

Joost und Wouter mussten schon sehr kichern, als ich ihnen von meinem Gespräch mit Stijn Bericht erstattete. Joost schlug vor, meinen Tod zugunsten des Urlaubs mit Thea und Afra doch noch um ein Jahr aufzuschieben.

»Drenthe ist so schön, Mann, da kannst du wunderbar Fahrrad fahren!« Er musste schrecklich über seinen eigenen Witz lachen. »Und was hältst du von Tandemfahren? Oder Gruppensex?«

96

Ich betrachtete meine Warze. Sie war von einer echten nicht zu unterscheiden. Nach einigem Üben konnte ich sie ziemlich leicht aufkleben und wieder abziehen. Es sah wirklich unappetitlich aus, aber Toon drohte, jede weitere Mitarbeit an meinem Projekt sofort einzustellen, wenn ich mich weigerte, die Warze zu tragen.

»Das ist ein Komplettpaket, Arthur, du kannst dir hier nicht einfach willkürlich einzelne Teile rauspicken.«

Aus dem Spiegel lächelte mich ein vitaler Mann um die sechzig an, mit graubraunem Haar, grau meliertem Bart und Schnäuzer, einer ziemlich schweren dunklen

Brille und einer auffälligen Warze auf dem Kinn. Er kam mir entfernt bekannt vor.

»Jetzt noch was anderes zum Anziehen und dann raus auf die Straße«, befahl Toon. Ich hatte eine Garnitur neue Kleidung mitgebracht und wollte mich gerade umziehen.

»Arthur, mein Junge, ich hab gesagt, dass du *andere* Sachen mitbringen sollst – keine *neuen* Sachen. Jetzt fällst du auf, weil da überall noch das Preisschild dranhängt, sozusagen. ›Hey, schau mal, ein Mann, der grade von C&A kommt.‹ Du darfst einfach nicht auffallen. Nur deine Warze und deine Brille dürfen das. Die sollen für Ablenkung sorgen, weil sie nicht zum alten Arthur gehören.«

Ich versprach, meine neuen Sachen ein paarmal zu waschen und zwischendurch immer schön knittern zu lassen. Das musste ich dann wohl im Waschsalon machen, sonst würde es Afra auffallen. Denn ich wusch nie. Ich war tatsächlich schon zweimal bei C&A gewesen, um mir neue Sachen zu kaufen, und Toon hatte recht, ich sah auffallend unzerknittert aus. Deswegen beschloss ich, mir demnächst auch noch ein paar abgetragene Pullis und Hosen aus dem Secondhandladen zu besorgen.

Eigentlich hatte ich überhaupt keine Lust, nach draußen zu gehen.

»Wo soll ich denn dann hin?«, versuchte ich es.

»Hol einfach einen halben Laib vorgeschnittenes Brot, und ich brauch Aspirin, ich krieg nämlich ein bisschen Kopfweh von dir. Probier mal ein paar verschiedene Arten zu gehen aus. Aber bitte unauffällig, also nicht innerhalb von dreißig Metern dreimal dein Bewegungsmuster ändern.«

»Ja, Chef.«

Ich lief zum Bäcker, kaufte einen halben Laib Brot und schaute dann in der Apotheke vorbei, um eine Schachtel

Paracetamol zu besorgen. In beiden Geschäften überschlug sich meine Stimme ein bisschen, als ich etwas sagen wollte. Ich war schrecklich nervös und hatte eine Todesangst, Bekannten zu begegnen, obwohl die Wahrscheinlichkeit in Leiden, wo Toon sein Atelier hatte, sehr gering ist. Nach einer Viertelstunde ging es bereits etwas besser, und nach einer halben Stunde traute ich mich schon, mich ganz frei umzuschauen.

Ich versuchte zunächst einen energischen Gang, aber das sah in den Schaufenstern sehr unnatürlich aus. Energisch stand mir einfach nicht, musste ich zu meinem Bedauern feststellen. Schade, denn man strahlt so was Fröhliches aus, wenn man energisch daherkommt. Als Nächstes probierte ich einen trägen, etwas schleppenden Gang. Um mich gut im Apothekenfenster sehen zu können, musste ich zweimal hin- und zurücklaufen. Es wirkte eigentlich ziemlich normal. Als ich aufschaute, musste ich feststellen, dass mich ein betagtes Ehepaar anstarrte. Offensichtlich war mein Verhalten ein bisschen eigenartig. Ich machte also kehrt und spazierte noch eine halbe Stunde durch die Straßen von Leiden, bis ich fand, dass ich genug geübt hatte. Und ich muss sagen, ich gewöhne mich schnell an mein neues Ich. Der Rückweg zu Toon fühlte sich fast schon an wie gewohnt, auch wenn ich das Gefühl nicht loswurde, dass mir ein paar Menschen verdutzt nachschauten.

»Was hast du denn jetzt gemacht?«, fragte Toon, als ich in sein Haus trat.

»Wieso?«

»Na, schau einfach mal in den Spiegel.«

Ich schaute in den Spiegel, und da baumelte meine Warze an einem Häutchen herunter. Jetzt wusste ich, warum man mich auf der Straße so verdutzt angeguckt hatte.

Toon musste zugeben, dass er daran auch nicht ganz unschuldig war: Er hatte sie nicht ordentlich aufgeklebt. Er reparierte also meine Warze, und danach gingen wir zusammen in ein Restaurant, wo wir auf der Außenterrasse zu Mittag aßen, damit ich auch das mit meinem neuen Vollbart und Schnäuzer üben konnte. Das ging prima, es blieb fast kein Essen darin hängen. Nur der Schaum vom Cappuccino zierte meinen Schnäuzer, darauf würde ich in Italien achten müssen.

Toon war sehr zufrieden mit seinem Werk. Und mit mir übrigens auch.

Später, als wir wieder im Atelier waren, gesellte sich Joost zu uns, um Fotos für meinen neuen Pass und den Führerschein zu machen.

»Kompliment, Arthur, du bist ein adretter, fast schon gut aussehender älterer Herr. Nur schade, dass du da so einen Pickel auf dem Kinn hast.«

97

Afra und ich haben nach sechsundzwanzig Jahren Ehe ein gemeinsames Hobby gefunden: Tennis schauen.

Afra spielt Tennis und meint, dass sie deswegen was davon versteht. Sie hat immer gern geschaut, und seit ich arbeitslos bin, habe ich Unmengen von Zeit, um vor dem Fernseher zu hocken und die French Open zu verfolgen. Schade, dass Afra immer die Kommentatorin kommentieren muss, denn das geht mir ziemlich auf die Nerven.

»Stell doch einfach den Ton ab, wenn du den Unsinn von Marcella Mesker nicht hören willst. Dann müssen wir uns auch das Gestöhne dieser Damen nicht mehr anhören.« Das sagte ich etwas zu spitz.

»Die Männer stöhnen genauso laut. Ich halt gern den Mund, aber nur, wenn du dasselbe bei Nadal und Djokovic tust.«

Da ist was dran. Ich kann die Rituale der beiden Herren schon nicht mehr mit anschauen, so gut sie auch Tennis spielen.

Nadal:

1. Grundlinie mit dem Fuß sauber fegen.
2. Schuhe mit dem Schläger abklopfen.
3. Hose aus der Poritze ziehen. (Hat er vielleicht absichtlich eine Hose ausgesucht, die ihm immer wieder im Handumdrehen reinrutscht?)
4. Shirt von der rechten Schulter wegzupfen.
5. Shirt von der linken Schulter wegzupfen.
6. Haar hinters rechte Ohr.
7. Nase reiben.
8. Haar hinters linke Ohr.
9. Wiederholung von 6, 7 und 8.

   Außerdem: bei jeder Pause zwei Flaschen an ein und dieselbe Stelle stellen, auf den Millimeter genau.

Djokovic:

Vor dem Aufschlag unendlich lang den Ball prellen. Sein Rekord liegt bei achtzehn Mal. Afra hat mir verboten, weiter mitzuzählen.

Beide:

Vor jedem Aufschlag um drei, vier oder sogar fünf Bälle bitten und einen, zwei oder drei davon wieder zurückwerfen.

»Dieser ganze zeitraubende Quatsch sollte sofort verboten werden.«

»Lass sie doch, das gehört zu ihrem Spiel«, sagte Afra dann immer.

»Damit verschwenden sie die Zeit von Millionen von Zuschauern. Zusammengerechnet schauen die Leute wahrscheinlich eine gute halbe Million Stunden diesem Gefummel und Geprelle zu«, antwortete ich mürrisch.

Irgendwann haben wir uns dann beraten und beschlossen, dass wir nur noch positive Kommentare abgeben, was zur Folge hat, dass wir jetzt stundenlang schweigend Fernsehen schauen.

Ab und zu wird das Schweigen von Afra gebrochen, wenn sie fragt, ob ich einen Tee will. Für einen Außenstehenden muss es ziemlich seltsam aussehen, aber wir haben in diesem pragmatischen Schweigen unseren Frieden gefunden.

98

Es ist fast so weit. In zwei Wochen fahren wir nach Italien. Offiziell nach Südfrankreich, als Ablenkungsmanöver. Ich habe mich schon einmal verplappert, als ich zu Afra sagte, dass ich mich auf die herrlich frische Pasta freue.

»Pasta?«, fragte sie verblüfft. »Seit wann essen sie in Frankreich denn Pasta?«

»Ach so, nein... die Frau, die die Fremdenzimmer vermietet, kommt aus Italien. Angeblich kann sie ganz wunderbar kochen.«

»Sieh auf jeden Fall zu, dass du mir die Adresse und die Telefonnummer von den Leuten gibst. Damit ich dich erreichen kann, wenn was passiert.«

»Was sollte denn passieren?«

»Keine Ahnung. Könnte ja sein, dass ich unter die Trambahn komme.«

»Dann könntest du doch gar nicht mehr anrufen.«

»Gott, was bist du wieder witzig. Sieh einfach zu, dass du die Adresse und die Telefonnummer kriegst.«

»Die hab ich nicht, da muss ich Wouter fragen. Du kannst mich doch auf dem Handy anrufen.«

»Das hast du doch die Hälfte der Zeit aus.«

Also versprach ich, es sogar auf dem Golfplatz anzulassen. Das klang wohl ziemlich überzeugend.

Ich habe jetzt regelmäßig das Gefühl, in einem Film mitzuspielen. In den letzten zwei Wochen habe ich heimlich einen Karton mit Sachen in Joosts Garage gepackt. Kleidung, Bücher und ein paar persönliche Gegenstände. Natürlich nicht zu viel und nicht zu auffällig, Afra darf ja nichts mitkriegen. Keine leeren Fächer in meinem Kleiderschrank, keine Lücken im Bücherregal. Nur ein paar Sachen, an denen ich sehr hänge. Ein Pulli, den noch meine Mutter gestrickt hat, ein paar signierte Bücher, Fotos aus meiner Jugend. Sogar ein Foto von Afra mit meiner Schwiegermutter. Man braucht seine Vergangenheit ja nicht ganz auszulöschen, wenn man ein neues Leben anfängt. Ein paar greifbare Andenken an früher sind schon erlaubt.

Als ich erfuhr, dass mein Ferienhaus im Paradies größtenteils leer übergeben wird, habe ich auch ein paar Secondhandmöbel gekauft, Bettzeug und Handtücher. Joost hat selbst eigentlich gar keine Vorstellung davon, was ihn dort erwartet.

»Ich hab nur ein Foto von außen, der Rest ist eine

Überraschung. Aber man hat mir versichert, dass es die Mühe wert ist. Und es gibt vier Betten dort, einen Tisch und vier Stühle.«

»Dann nehm ich Erdnussbutter und Lakritze mit. Kann ja nichts mehr schiefgehen«, meinte ich lebhaft.

In Wirklichkeit war ich unglaublich nervös und hatte gleichzeitig so schrecklich viel Lust darauf. Ich kann mich nicht entsinnen, in meinem Leben jemals so aufgeregt gewesen zu sein.

XVI

Oh, er ist sooo schön. So ein goldiges Ding. Noch nie hab ich mich so über etwas gefreut.

Ich bin Arthur um den Hals gefallen. Ein Leben lang hab ich mir einen Labrador gewünscht, und jetzt hab ich einen! Einen molligen, tapsigen süßen Welpen.

Arthur kam gestern mit einem großen Karton an und stellte ihn mitten auf den Wohnzimmertisch. Ich fragte ihn, ob das wirklich sein müsse.

»Ja, das muss absolut sein«, sagte er mit einem durchtriebenen Lächeln.

»Ist das wieder einer von deinen ach so lustigen Witzen?«

»Mein bester Witz seit Jahren. Wetten, dass er dir auch gefällt?«

Ich war kurz davor, in die Küche zu laufen, als auf einmal ein Geräusch aus dem Karton kam. Ein hohes Fiepen. Noch drang es nicht zu mir durch.

»Ich mach mir einen Tee, willst du auch einen?«

»Pscht, hör doch mal, Aaf. Ich hör was krabbeln.«

Da fiel der Groschen: ein Tier, vielleicht sogar ein Hund. Das Herz schlug mir bis zum Hals, als ich nervös den Karton aufmachte. Ich wagte beinahe nicht hineinzuschauen ...

Zwei wunderschöne, ein bisschen traurige braune Augen sahen mich an. Ich musste gleichzeitig lachen und weinen, als ich ihn zum ersten Mal hochhob. Stundenlang hab ich ihn nicht aus den Augen gelassen, mit ihm gespielt, ihn auf dem Schoß gehabt. Ich fand es sogar süß, als er mir auf meinen neuen Rock pinkelte. Dann bin ich fünfmal mit ihm spazieren gegangen und hab ihn jedem gezeigt, der uns begegnete. Die Nachbarn fanden ihn auch goldig und boten sofort an, auf ihn aufzupassen, wenn wir mal nicht da sind.

Er hat bloß noch keinen Namen. Arthur möchte ihn Aristoteles nennen, aber das finde ich überhaupt nicht gut.

»Arie als Rufname, das ist doch hübsch, oder?«, sagte er.

Ich werde meinem Hund keinen so dummen Namen geben. Aber um nach einem so lieben Geschenk nicht gleich wieder Streit anzuzetteln, schlug ich vor, noch einen Tag darüber nachzudenken. Arthur beschloss, ihn bis morgen »Hund« zu nennen.

Außerdem hat mein Schatz von einem Mann an alles gedacht: ein Körbchen mit Decke darin, Futter- und Wassernapf, eine hübsche kleine Leine, spezielles Welpenfutter und sogar einen Knochen, auch speziell für Welpen.

Ich kann mich nicht entsinnen, jemals so aufgeregt gewesen zu sein. Fast hätte ich deswegen nicht schlafen können. Dreimal bin ich heute Nacht aufgestanden, um nachzuschauen, ob mit dem Hund alles in Ordnung ist.

Heute Morgen habe ich überlegt, was denn nun eigentlich aus Arthurs Hundeallergie geworden ist. Als ich danach fragte, sagte er, er sei ein bisschen weniger allergisch als früher. Außerdem gebe es ja heutzutage Tabletten gegen so was. Ich bezweifle auf einmal, dass er jemals wirklich allergisch auf Hunde gewesen ist.

99

Ich habe Afra noch nie so strahlen sehen wie gestern, als ich ihr das Hündchen geschenkt habe. Sie musste heulen vor Glück, als sie Aristoteles aus seinem Karton hob. Nur von dem Namen war sie nicht begeistert, aber das hatte ich nicht anders erwartet. Sie wollte einen Tag Bedenkzeit, um sich einen besseren zu überlegen, aber ich werde nicht nachgeben: Aristoteles soll er heißen!

Den Welpen hatte ich mit Carla bei einem Züchter in der Nähe von Alkmaar abgeholt. Und bar bezahlt, ohne Quittung: 800 Euro, zuzüglich 82 Euro für Wurmkur und Impfungen gegen Tollwut und noch so einiges mehr.

Etwas später saß Carla mit Aristoteles im Schoß auf dem Rücksitz und hüpfte auf und ab vor Begeisterung. Ich glaube, dass sie um die zehn Mal gesagt hat: »Mein Gott, ist der süß.«

Und wie aus dem Nichts fragte sie: »Mögen Sie eigentlich Hunde?«

Vielleicht musste ich ein bisschen zu lange nachdenken.

»Na ja, bestimmt nicht so sehr wie du, aber das kann man ja auch schlecht überbieten, oder?«

»Haben Sie zum Beispiel daran gedacht, ein paar Sachen für ihn zu kaufen?«

»Was für Sachen?«

»Na, was Sie eben so für einen Hund brauchen, ist doch klar. Eine Leine, einen Fressnapf, solche Sachen.«

Nicht eine Sekunde war es mir in den Sinn gekommen, dass man für einen Hund ja auch sorgen muss. Das hatte ich von vornherein gleich alles Afra zugewiesen. Gott sei Dank gab es in Purmerend noch ein Zoofachgeschäft. Carla bestand darauf, mit hineinzukommen, weigerte sich aber, Arie allein im Auto zu lassen. Zum Glück hatte ich noch ein Abschleppseil im Kofferraum, das wir statt einer Leine verwenden konnten. Es sah zwar ein bisschen seltsam aus, so ein kleiner Hund mit so einem Riesentau um den Hals, aber es war ja nur provisorisch. Übrigens musste Arie ein paarmal mit Gewalt mitgezerrt werden, denn er wollte immer in eine andere Richtung als ich.

Im Geschäft angekommen, hatte ich wenig zu sagen. Carla und die Inhaberin stellten ein Paket zusammen, das nicht verhandelbar war: Futter, Leine, Napf, Knochen, Ball, Korb, Decken. Die Abc-Schützen-Ausstattung für Hunde. Ich konnte nicht verhindern, dass sie auch eine Jacke für Arie dazulegten. Für alles zusammen durfte ich 126 Euro hinblättern. Ich hatte seit einer Dreiviertelstunde einen Hund, und schon war ich um 1008 Euro ärmer. Aber es diente ja alles einem guten Zweck: Afra glücklich zu machen und ihr eine Beschäftigung zu geben.

Ich fuhr Carla nach Hause.

»Danke für deine Hilfe. Ich ruf dich vielleicht noch an für ein Ausführabo.«

»O ja, toll, dann seh ich Arie wieder. Ich fand es so schön, dich wiederzutreffen. Grüße an deine Frau, ja?«

»Jetzt hast du mich zweimal geduzt.«

»Oh, wirklich? Tut mir leid. Also dann, ciao.«

Ich band den Hund mit der Leine an seinem Körbchen

fest, um zu verhindern, dass er in die Nähe des Gaspedals tapste, und fuhr pfeifend nach Hause. Dort holte ich einen Karton aus der Garage und setzte Arie hinein. Er winselte leise, als ich ihn vor Afras Augen mitten auf den Tisch stellte.

100

Es wäre so schön, wenn bei einer wissenschaftlichen Untersuchung herauskommen würde, dass man länger und gesünder lebt, wenn man viel Bacardi Cola trinkt, dass man sich mit Kräutertee hingegen sehr zurückhalten sollte, dass Brokkoli mehr zerstört, als einem lieb ist, und dass viel Bewegung tödlich sein kann.

Leider sind leckere Sachen nie gesund, und gesunde Sachen finde ich nie lecker.

Infolgedessen bin ich zu dick und schlecht in Form. Und das Problem wird sich wohl kaum lösen, wenn ich demnächst in Italien viel Pasta und Pizza esse. Also werde ich mich in den Restaurants in Selbstbeherrschung üben und darf das süße Nichtstun nicht übertreiben. Ich habe ein schönes gebrauchtes Rennrad ergattert und hoffe jetzt, dass die Hügel rund um das Ferienhäuschen nicht zu steil sind. Dann fahr ich mit dem Fahrrad zum Bäcker und in die Pizzeria.

Was mir jetzt noch fehlt, ist eine Rudermaschine. Denn mir gefällt der Gedanke, die in den Garten zu stellen und jeden Tag ein halbe Stunde durch die prächtige toskanische Landschaft zu rudern. Am liebsten natürlich mit einer Flasche Wein in Reichweite, aber das würde das Ergebnis der Ruderei ja sofort wieder zunichtemachen. Eine andere Möglichkeit wäre, dass ich lange Wanderungen unternehme. Die muss ich dann aber erst mal schön finden. Ich kämpfe immer noch mit dem Sonntagnachmittagswandertrauma meiner Jugend. An ungeraden Sonntagnachmittagen mussten wir nämlich immer wandern, an geraden fuhren wir zu Oma und Opa.

Am Ende stehen in Wouters Garage auch noch eine Staffelei und ein großer Koffer mit Pinseln und Farbtuben. Was soll ich sagen, ich entwickle langsam einiges Geschick beim Malen. Afra spottet immer noch darüber: Vincent Appel nennt sie mich. Ich sollte mir das nicht zu Herzen nehmen, aber es schlägt mir doch ein wenig auf die Laune. Was zum Teil daran liegt, dass ich ihr nicht sagen kann, wie viel Spaß ich demnächst in Italien mit meiner neuen Leidenschaft haben werde.

101

Im ersten Moment habe ich ihre Stimme gar nicht erkannt.

»Mit wem spreche ich bitte?«

»Mit Marieke.«

Ich musste kurz nachdenken, so sehr hatte ich Hertog Sanitärzubehör schon aus meinem Leben verbannt.

Marieke muss mein Zögern bemerkt haben. Sie klang ein bisschen peinlich berührt.

»Marieke, von der Arbeit.«

»Ach so, klar, Marieke! Mensch, Mädel, ist ja fabelhaft, deine Stimme mal wieder zu hören! Wie geht es dir?« Dosierung ist nicht meine Stärke.

Das sah Marieke wahrscheinlich ähnlich, denn sie antwortete sehr knapp: »Es geht mir sehr gut.«

»Das ist schön.«

»Na ja, sehr gut jetzt auch wieder nicht. Es läuft ganz okay«, korrigierte sie sich. »Und wie geht's dir so?«

»Eigentlich prima. Ich kann nicht klagen.«

»Oh.«

Dieses »Oh« klang enttäuscht, und mir wurde klar, dass das vielleicht nicht das war, was sie hören wollte. Also sagte ich: »Na ja, lass es mich anders formulieren: Ich vermisse die Arbeit nicht besonders, aber meine Kollegen schon.«

Es war kurz still, so als überlegte sie, ob sie mir glauben solle. Dann antwortete sie leise: »Ich vermisse dich auch. Ohne dich ist es furchtbar langweilig hier.«

»Echt?«

»Ja.«

Wieder wurde es still. Mir wurde ein bisschen beklommen zumute. Es hörte sich an, als würde sie mich wirklich vermissen. Ich dagegen hatte keine Sekunde mehr an Marieke gedacht, seit ich die Firma verlassen hatte.

»Soll ich demnächst mal auf einen Kaffee in Breukelen vorbeikommen?«, hörte ich mich selbst sagen.

Ja, die Idee fand sie richtig gut, und sie schlug auch sofort ein Datum vor.

Ich tat, als müsste ich in meinen Terminkalender schauen, und sagte, an dem Tag hätte ich leider keine Zeit. Drei Alternativvorschläge später konnte ich nicht mehr so tun, als hätte ich dermaßen viel um die Ohren.

Also muss ich in zwei Wochen noch einmal ins malerische Gewerbegebiet von Breukelen fahren.

»Ich hab schrecklich große Lust, dich wiederzusehen, Arthur.«

»Ja, ich freu mich auch schon, gemütlich mit meinen Ex-Kollegen zusammenzusitzen und zu plaudern.«

102

Gier, Eitelkeit, Müßiggang – das alles ist des Teufels in der niederländischen Reformierten Kirche.

In Italien theoretisch auch, praktisch gesehen aber kaum, denn für all die kleinen und großen Fehler, die der Mensch so begehen kann, haben die Katholiken ja die Beichte erfunden. Die macht es möglich, in aller Ruhe zu sündigen und es anschließend mit einem einfachen Mea culpa im Beichtstuhl wiedergutzumachen. So hält sich der Italiener die Hölle vom Hals. Davon können andere Konfessionen noch was lernen. Ein weiterer Grund, warum ich Italien so mag.

Ich selbst hänge übrigens keiner Religion an. Ich glaube, dass der Mensch Gott geschaffen hat, nicht umgekehrt. Das verändert die Verhältnisse doch ziemlich. Schließlich habe ich keinen Gott, der mir alle möglichen Ernährungs- und Modevorschriften auferlegt. Ich brauche keine Kippa aufzusetzen, darf alle Tiere essen, egal wie sie geschlachtet worden sind, darf ein Bier trinken und verliere keine Zeit mit Gebeten und Pilgerfahrten. Diese ganzen untereinander konkurrierenden einzig wahren Götter können mir gestohlen bleiben.

Allerdings besuche ich durchaus mal ihre Häuser, sie wohnen ja meistens – und besonders in Italien – nicht schlecht. Da ist es still und kühl, und es riecht nach Weihrauch. Manchmal stecke ich als kleine Entschuldigung eine Kerze für meine verstorbene Mutter an, die früher viel für mich gebetet hat. Meine Faulheit war ihr ein Dorn im Auge, aber ihre Gebete haben nicht viel genützt.

103

Gestern rief mich Stijn zu Hause an. Für seine Verhältnisse klang er äußerst lebhaft.

»Du, Arthur, ich hab mit Thea unsere Idee von neulich besprochen, dass wir mal zu viert in den Urlaub fahren könnten. Sie war ganz begeistert. Was sagt Afra denn dazu?«

Du liebe Güte. Ich hatte nicht erwartet, dass Stijn sofort aktiv werden würde, und daher auch noch kein Wort mit Afra darüber geredet. Außerdem würde ich ja sowieso nie mit diesem ungleichen Trio losziehen.

»Ja, ich hab es schon mal erwähnt.«

Afra schaute von ihrem Buch auf.

»Und?«, fragte Stijn.

»Na ja … positiv.«

»Ich hab da nämlich ein paar Ideen. Was würdet ihr davon halten, wenn wir eine Woche zum Wandern in den Schwarzwald fahren?«

»Fantastischer Plan«, sagte ich.

Wieso benutzte ich auf einmal ein Wort wie »fantastisch«?

Vom Sofa aus starrte Afra mich mit gerunzelter Stirn an. Ich beschloss, kurz in den Garten zu gehen. Und spürte ihr Misstrauen in meinem Rücken.

»Ja, nein, echt Stijn, wirklich eine ganz tolle Idee. Ich werd es Afra gleich mal vorschlagen. Sie ist zwar nicht der abenteuerlustigste Mensch, aber ich werd mich bemühen. Allerdings fährt sie am liebsten Fahrrad, das muss ich schon sagen.«

Radfahren könne man da auch sehr gut, beruhigte mich Stijn. Auf elektrischen Fahrrädern allerdings, der Schwarzwald sei ja doch recht hügelig.

Er habe beim Touristenbund schon eine Wanderkarte gekauft und auch ein schönes Familienhotel im Auge, »gemütlich, aber nicht teuer«, und mit Schnitzeln, die über den Tellerrand hinausragten. Am Ende gestand er mir, dass Thea und er sich im Geschäft des Touristenbunds auch dieselbe Windjacke gekauft hatten.

»Thea wollte so gerne. Ich weiß, dass du das blöd findest, aber ich dachte mir, ich warne dich schon mal vor, dann kannst du mit einem guten Stück Abstand hinter uns herlaufen.« Er lachte über seinen eigenen Witz.

Ich beendete das Gespräch rasch, ging hinein und fiel gleich mit der Tür ins Haus.

»Stijn hat eine schöne Idee, Aaf. Er hat vorgeschlagen, dass wir zu viert eine Woche zum Wandern in den Schwarzwald fahren.«

Damit hatte ich sie ziemlich überrumpelt. Afra tat, was die meisten Menschen in so einem Moment tun, nämlich die Frage wiederholen.

»Wandern? Im Schwarzwald?«

»Ja, wandern im Schwarzwald. Aber wir können auch ein paar Tage Radfahren.«

»Und was hält Thea davon?«

»Die ist absolut begeistert, sagt Stijn.«

»Und wann soll das passieren?«

»Im September.«

Meine Frau überlegte in aller Ruhe. »Ich sag jetzt nicht gleich Nein.«

Etwas später kam ihr plötzlich ein Gedanke.

»Für Storm wäre das natürlich toll, der kann stundenlang im Wald toben.«

Ein bekräftigendes Nicken vom Sofa. Die Entscheidung war gefallen. Ich konnte Stijn also demnächst verkünden, dass wir mitkämen. Der würde überglücklich sein. Wenn auch nur mittelfristig.

104

Hoffentlich verwirrt es den Hund nicht zu sehr, dass ich ihn konsequent Arie nenne und meine nicht weniger sture Frau ihn mit Storm anredet. Ich gebe zu, dass Arie ein bisschen ungebräuchlich ist für einen Hund, aber Storm … so ein moderner Scheißname. Und viel zu ehrgeizig. Stoffel würde ein bisschen besser zu Arie passen. Oder Doofi.

Wir haben uns wirklich einen tollpatschigen Hund ins Haus geholt. Die ganze Einrichtung in Wohnzimmer und Küche ist inzwischen an Arie angepasst worden, nachdem er die ersten paar Tage alles umgeschmissen hat, was er auf seiner Höhe nur umschmeißen konnte.

Afra hatte am Sonntagmorgen sein Körbchen auf einen Stuhl an den Tisch gestellt. »Dann kann er schön mit uns frühstücken, sozusagen«, meinte sie. Nur darf man danach natürlich nicht in die Küche gehen, um Tee aufzusetzen. Innerhalb von zehn Sekunden hatte Arie völliges Chaos angerichtet: den Orangensaft umgeworfen, überall Schokostreusel, das Erdnussbutterglas in Scherben auf dem Boden und er selbst mitten auf dem Tisch mit einem Zwieback im Maul.

»Stormchen«, rief Afra, als sie hereingelaufen kam,

um nachzuschauen, was der Krach zu bedeuten hatte. Und zu mir: »Herrgott noch mal, Arthur, kannst du denn nicht mal kurz aufpassen?«

»Ich hab Zeitung gelesen«, verteidigte ich mich.

»Du immer mit deiner blöden Zeitung.«

Ich stellte fest, dass unser Hund seinem modischen Namen wohl gerade alle Ehre gemacht hatte, aber selbst das hob die Stimmung nicht.

»Wollen wir ihn vielleicht Chaos taufen?«, schlug ich vor.

Den Rest des Tages würdigte mich Afra keines Blickes. Arie hingegen konnte sich über mangelndes Interesse nicht beklagen.

Die gemeine Bemerkung, dass sie jetzt endlich ein Kind hatte, konnte ich gerade noch rechtzeitig runterschlucken.

In Thailand hat Kronprinz Maha Vajiralongkorn Bodindradebayavarangkun seinen Pudel zum Flugsicherheitsbegleiter befördert. Ich glaube, Aristoteles würde einen prima Abrissfirmeninhaber abgeben.

105

Joosts Kleinbus steht reisefertig in der Garage. Er ist schon ziemlich vollgepackt mit Sachen für mein neues Haus in Italien, das seit gestern Villa Fluchtpunkt heißt – ein Ergebnis gründlicher Überlegungen mit Wouter und Joost bei ein paar Flaschen Wein. Ebenfalls vorgeschlagen: Haus Hurra, Villa Ar-Wou-Joo, Hotel Himmelreich und Aus Purkelen. Letzteres solle sicherstellen, dass ich meine Herkunft nicht verleugnete, fand Wouter. Purkelen sei, wie er erklärte, eine Verschmelzung von Purmerend und Breukelen. Aus Breukerend hätte man auch machen können.

Meine Freunde haben so richtig Lust auf die Sache. Sie haben mir ein schönes italienisches Kochbuch geschenkt: *In cucina con amore. Rezepte für die italienische Seele* mit Sophia Loren und einem riesigen altmodischen Nudelholz auf dem Cover.

»Sophia selbst sieht von allen Gerichten am leckersten aus«, kommentierte Joost. »Aber das ist ja ein relativ altes Buch, ich glaube, mittlerweile ist der Geschmack da auch schon ein bisschen raus. Lebt die eigentlich noch?«

»Joost, Joost, was bist du wieder frauenfeindlich«, seufzte Wouter. »Im Übrigen musst du dir immer das Bild von früher bewahren, du darfst die Abtakelung in deinen Gedanken nicht zulassen. Was Schöneres als die junge Sophia in *Spiel mir das Lied vom Tod* gibt es gar nicht.«

»Nur zu dumm, dass das Claudia Cardinale war«, wandte ich ein.

Wouter musste kurz grübeln. »Du hast recht. Aber Sophia und Claudia sind wohl ungefähr gleich schön. Ich hätte mich jedenfalls nicht entscheiden können, wenn sie damals beide an meine Schlafzimmertür geklopft hätten.«

»Eine hypothetische Frage, meine Herren«, sagte Joost. »Hättet ihr euer Leben gegeben für eine Nacht mit Sophia und Claudia zusammen?«

In dieser Frage wurden wir uns nicht einig.

Sie sind nicht tot. Sophia Loren ist heute zweiundachtzig, Claudia Cardinale neunundsiebzig. Ich hab nachgeschaut.

Afra meinte neulich, dass ältere Frauen auch noch sehr schön sein können.

»Und erspar mir deine Witze zu dem Thema«, fügte sie spitz hinzu.

»Warum bist du denn jetzt wieder so negativ, Aaf? Natürlich können ältere Frauen auch noch sehr schön sein. Von innen und von außen.«

Sie schaute mich argwöhnisch an.

In der fünften und sechsten Klasse saß ich neben Suzanne de Graaf. Zwei Jahre lang war ich in sie verliebt. Zwei Jahre lang hat sie mich keines Blickes gewürdigt, kein überflüssiges Wort mit mir gewechselt. Sie hatte einen ganz bezaubernden Indianerzopf und konnte sehr gut singen. In meiner Erinnerung ist sie seither immer nur schöner geworden. Es wäre grässlich, wenn ich sie jetzt im Kaufhaus wiederträfe und mit ansehen müsste, wie sie gerade auf einem Tisch mit Socken wühlt.

»Hey, bist du nicht Arthur? Arthur, äh… Ophof? Kennst du mich nicht mehr? Wir waren in der Schule Banknachbarn. Ich bin's, Suzanne de Graaf.«

Das Bild von ihr, das ich in mir bewahrt habe, wäre sofort und für immer zerstört. Zu dick, hässliche Leggins, blond gefärbte, rausgewachsene Haare, Doppelkinn und auf der Wade ein unidentifizierbares Tattoo, als wäre sie mit dem Bein gegen die Fahrradkette gekommen.

Und so habe ich noch ein paar Erinnerungen, die in Ruhe gelassen werden müssen. Ester ist die einzige Ausnahme, an die ich mich herantraue. Aber sie traut sich nicht mehr an mich heran.

106

Die Vorbereitungen für meine Beerdigung gehen prima voran.

Ich habe, wie gesagt, eine Namens- und Adressliste aufgestellt, um Afra den Versand der Trauerkarten samt Einladung zur Beerdigung zu erleichtern.

Ich kam nicht über dreiundsechzig Karten hinaus. Das hat mich ein bisschen enttäuscht, denn vorher hatte ich geschätzt, dass mindestens hundert rausgehen würden. Dabei bin ich bestimmt großzügig gewesen, was die Einladungspolitik angeht. Studienfreunde, die ich schon seit Jahren nicht mehr gesehen habe, Fußballkumpels von anno dazumal, ein paar Freundinnen von Afra, Nachbarn, Geschäftsfreunde, Ex-Kollegen, jeder darf kommen. Und dann sind es doch gerade mal dreiundsechzig Karten. Wenn ich nur halb so grandios und mitreißend gelebt hätte, wie ich es mir immer vorgenommen habe, hätte ich die hundert lässig geschafft.

Schade, aber da kann man nichts mehr machen. Ich kann ja schlecht wildfremden Menschen eine Trauerkarte schicken, nur um die Zahl vollzukriegen. Dann müsste ich ihnen auch eine Vergütung für ihre Anwesenheit in Aussicht stellen.

Den Plan, die Traueranzeige in der *Trouw* und dem *Noordhollands Dagblad* selbst zu schalten, habe ich aufgegeben. Das würde vielleicht doch zu viele Fragen aufwerfen.

Ich habe meiner Liste mit den letzten Wünschen hinzugefügt, dass mein selbst geschriebenes Gedicht nicht nur auf die Karte gedruckt werden soll, sondern auch in die Traueranzeigen.

Hör mich im Wehen des Windes
Hör mich im Rauschen der See
Hör mich im Lachen des Kindes
Und dann lache fröhlich mit

Wenn das mal kein Gedicht ist, bei dem man im ersten Moment denkt: Mein Gott, ist das schön. Bis man es noch ein-, zweimal liest und sich fragt: Was will uns der Dichter damit sagen?

In meiner Liste mit den letzten Wünschen steht außerdem, dass ich einen Findling auf meinem Grab haben will, dass bei meiner Beerdigung unbegrenzt Wein und Bier auszuschenken und dabei ständig Fleischkroketten herumzureichen sind, dass ich aus diesen Gründen nicht morgens beerdigt werden will, denn Fleischkroketten als Frühstück oder zum Kaffee sind keine gute Idee, und zu guter Letzt, dass ich keine Blumen will, sondern nur Bodendeckerpflanzen, die den großen Stein säumen. Ich werde Joost und Wouter sozusagen posthum bitten, für die Bepflanzung zu sorgen. Beiden ist Gartenarbeit zutiefst zuwider, aber sie müssen dann der Form halber doch mit Spaten und Harke anrücken. Ich hör sie jetzt schon fluchen.

Bei der Wahl der Musik zögere ich noch. Erst ein bisschen Bach, danach zum Beispiel Leonard Cohen mit etwas Schwermütigem und dann knallhart André van Duin mit seinem Karnevalsknaller »Da steht ein Pferd auf'm Flur«.

Ob ich mich das traue? Ich habe auch schon an der Rede geschrieben, die Wouter vorlesen muss, bin aber noch nicht über den ersten Satz hinausgekommen: »Arthur war ein echter Menschenfreund.«

Vielleicht sollte ich es einfach dabei bewenden lassen. Kurz und knackig. Und ganz schön peinlich. Oder doch noch ein zweiter Satz: »Er hinterlässt eine ungeheure Leere.«

Die Versuchung ist groß, ein übermütiges Kasperletheater daraus zu machen, aber ich darf ihr nicht allzu sehr nachgeben. Schließlich muss ich schon ein bisschen Respekt für die Gäste zeigen.

107

Mit einem Apfelstreuselkuchen aus dem Supermarkt auf dem Rücksitz fuhr ich – zum ersten Mal seit vier Monaten – gegen zehn Uhr staufrei von Purmerend nach Breukelen. Ich war diesen Weg ungefähr viertausend Mal hin- und viertausend Mal zurückgefahren. Um die zehntausend Stunden, mehr als ein ganzes Jahr meines Lebens, hatte ich auf Asphalt, Gewerbegebiete und Lärmschutzwände geschaut und mich über Drängler und notorische Linksfahrer geärgert. Diesmal aber sah ich das alles mit anderen Augen und einem heiteren Gemüt. Das war also, was ich nicht vermissen würde, keinen Tag, keine Stunde, keine Minute.

»Hallo zusammen, da wäre ich. Ich bin mal kurz vorbeigekommen, um zu kontrollieren, wie es mit eurem Umsatz steht.«

Berend und Herr Hertog, Letzterer natürlich hinter seinem Wurzelholzschreibtisch, blickten völlig verdattert auf. Marieke wurde rot bis über beide Ohren.

»Arthur, das ist ja eine Überraschung«, sagte Hertog, wobei nicht ganz klar war, ob die Überraschung nun eine angenehme war oder nicht.

Berend gab mir die Hand und klopfte mir wohlwollend auf die Schulter, verfehlte sein Ziel aber halb, weil er so etwas normalerweise nie machte.

»Schön, dich zu sehen, alter Junge«, sagte er, um sich dann schnell wieder hinter seinen sicheren Schreibtisch zurückzuziehen. Aus dem Lager kam Dirk, begrüßte mich ebenfalls per Handschlag und beäugte gierig den Apfelstreuselkuchen.

»Du kannst gerne öfter kommen, Arthur, wenn du jedes Mal Kuchen mitbringst.«

Währenddessen war Marieke die ganze Zeit unschlüssig von einem Fuß auf den anderen getreten. Ich ging zu ihr und gab ihr drei Küsschen. Sie unternahm einen halb garen Versuch, mich zu umarmen, und bohrte mir dabei versehentlich einen Finger ins Ohr.

»Oh, entschuldige, jetzt tu ich dir auch noch weh. Dabei freu ich mich doch so, dich zu sehen.«

»Macht nichts, meine Liebe. Ich hab ja zwei Ohren.« Etwas Originelleres wollte mir nicht einfallen.

Das Anschneiden des Kuchens rettete uns aus der verlegenen Situation. Marieke holte Untertassen und Kuchengabeln und schenkte uns Kaffee ein.

Dann redeten wir noch ungefähr fünf Minuten über Gott und die Welt, bis Berend mit einem scheelen Blick zu Hertog meinte, er habe noch einen Berg Arbeit vor sich, an seinen Schreibtisch ging und demonstrativ in einem Papierstapel blätterte.

Hertog trommelte mit den Fingern aufs Wurzelholz.

Dirk mampfte sich schweigend durch sein drittes Stück Kuchen.

Und Marieke wusste nicht, wo sie hinschauen sollte.

»Na … dann will ich euch mal nicht länger von der Arbeit abhalten. Ich hab auch noch einiges zu tun, zum Beispiel auf dem Sofa liegen. Ich geh besser wieder.«

»Ja, bis die Tage«, sagte Berend, ohne aufzublicken.

Dirk gab mir die Hand, an der noch Schlagsahne klebte.

»Wo ist eigentlich Hammed?«, fragte ich.

»Entlassen.«

»Das ist ja schlimm für ihn.«

»Tja, hat er echt Pech gehabt, aber ich war schon vor ihm hier, und ... des einen Not ist des anderen Torte«, sagte er mit einem schiefen Grinsen. Das war für Dirks Verhältnisse ein äußerst komplizierter Witz.

Marieke umarmte mich zum Abschied ganz fest.

XVII

Arthur ist vor zehn Jahren, in der Phase, in der er mit ziemlicher Sicherheit eine Geliebte hatte, einmal der klassische Ausrutscher passiert: Er stöhnte, als er mit mir schlief, den verkehrten Namen. Ich verstand nicht ganz, was er sagte, aber es war ganz bestimmt nicht »Afra«. Es war irgendwas mit »E«.

»Was hast du grade gesagt?«, fragte ich.

»Ach, nichts«, wehrte er ab. »Ich hab nur ein Geräusch gemacht. Ein glückliches Geräusch.«

Jaja.

Die Wahrscheinlichkeit, dass das noch einmal passiert, ist nicht besonders groß. Erstens, weil es mich überraschen sollte, wenn er jetzt eine Freundin hätte, und zweitens, weil wir überhaupt keine geschlechtliche Beziehung mehr pflegen.

Höchstens im Schlaf könnte er sich erneut verplappern.

Arthur hat etwas Naives. Er denkt anscheinend, dass er mich problemlos hinters Licht führen kann, dabei durchschaue ich es immer sofort, wenn er anfängt zu flunkern. Er ist einer der schlechtesten Lügner, die ich kenne, es ist schon beinahe rührend. Vor Jahren schon habe ich beschlossen, mich auch ein bisschen naiver zu stellen, als ich bin. In den meisten Fällen tue ich so, als würde ich ihm glauben, wenn er mir wieder mal eine Lüge auftischt.

Ich weiß, dass da irgendwas im Busch ist mit diesen Golfurlauben, aber ich weiß nicht, was. Und es kann mir ja

Gott sei Dank auch egal sein. Ich bin längst froh, wenn er ab und zu mal eine Woche weg ist. Vor allem seit Storm hier ist, hab ich so viel Ablenkung, dass ich Arthurs selbstgefälliges Gesicht so dringend brauche wie einen Kropf. Allerdings muss ich auch sagen, dass er sich in letzter Zeit durchaus Mühe gibt, mir nicht zu sehr auf die Nerven zu fallen. Einzige Ausnahme ist seine Sturheit, was Storms Namen anbelangt. Er nennt ihn weiterhin Aristoteles oder Arie. Das ist natürlich sehr verwirrend für den Kleinen. Arthur tut, als wäre ihm Storm nicht so wichtig, aber mittlerweile spielt er regelmäßig mit ihm und bietet immer an, mit ihm Gassi zu gehen – angeblich, um mich zu entlasten, dabei tue ich nichts lieber, als mit Storm Gassi zu gehen.

Ich werde es Arthur nie sagen, aber seit ich Storm habe, fühlt es sich ein bisschen so an, als hätte ich doch noch ein Kind gekriegt.

108

Morgen früh um fünf fahren wir los. Wouter kommt mich mit seinem Volvo abholen, dann fahren wir zu Joost und tauschen den Volvo gegen den Ford Transit, in den ich jetzt schon ein Bücherregal, Gartenmöbel und ein Rennrad geladen habe, eine Rudermaschine, eine Staffelei, Bettdecken, Besteck, Teller, Gläser, Töpfe, Küchengeräte, Gartengeräte, drei Kartons holländische Lebensmittel, einen gemütlichen Sessel, Putzzubehör, einen Fernseher, eine Stereoanlage, einen großen Karton mit Büchern und drei Golfsets. Das meiste habe ich günstig secondhand im Internet bestellt, aber nicht alles.

Die Haushaltswaren habe ich zum Beispiel im Kaufhaus in Purmerend erstanden. Blöder ging es kaum. Ich steh mit einem Set Töpfe an der Kasse, da tippt mir eine Tennisfreundin von Afra auf die Schulter.

»Hey, Arthur, schön, dich zu sehen. Dich hätte ich hier ja ganz bestimmt nicht erwartet. Kaufst du gerade neue Töpfe für Afra?«

»Äh, nein, die sind für einen Freund von mir. Der lässt sich gerade scheiden.«

Wieder blöd. Ich hab überhaupt keinen Freund, der sich scheiden lässt.

»Das sind echt gute Töpfe. Meine Mutter hat dieselben. Die halten ein Leben lang.«

»Ja, bei Töpfen sollte man nicht sparen«, hörte ich mich selbst sagen.

Nach dieser Panne bin ich immer nach Zaandam rübergefahren, wenn ich etwas für meine Ausstattung kaufen wollte. Dort kennt mich niemand, glaube ich. Was die Töpfe betrifft, bin ich überzeugt, dass die Freundin Afra bis ins letzte Detail von unserer Begegnung berichtet hat, inklusive der Marke der Töpfe und dem Freund, der neuerdings in Scheidung lebt. Doch Afra hat mich nie darauf angesprochen, und das will mir gar nicht gefallen. Normalerweise hätte sie garantiert gleich nachgefragt, wer sich denn da scheiden lasse und warum sich dieser Freund seine Töpfe nicht selber kaufe. Nichts. Sehr seltsam. Aber ich kann Afra ja schlecht fragen, warum sie nicht nach meinem Topffreund fragt. Inzwischen liegt die Sache auch schon wieder zwei Wochen zurück. Dass Afra es vergessen hat, ist jedoch ganz und gar ausgeschlossen. Sie hat das Gedächtnis eines Elefanten.

Ich bin ein bisschen kaputt, nachdem ich monatelang nur warten und fast nichts tun konnte. Außer ständig aufzupassen, dass ich mich nicht verplappere und ja nichts mache, womit ich mich verraten könnte. Morgen beginnt endlich das echte Abenteuer.

109

Um vier Uhr war ich hellwach. Und hörte neben mir ein diskretes Schnarchen. Sollte ich sie anstupsen?

»Afra, dreh dich auf die Seite. Du schnarchst.«

Sie drehte sich brav auf die Seite. Afra ist noch immer schön, wenn sie schläft, aber ihre Schönheit ist nicht mehr für mich bestimmt. Als wir noch Sex hatten, konnte ich sie manchmal eine Stunde lang anschauen und war von meinem Glück ganz überwältigt, während sie schlafend neben mir lag. Das Glück aber hat ein Verfallsdatum, das man vorher nicht kennt. Auf einem Menschen steht nie drauf, bis wann man verliebt bleibt oder zumindest zufrieden. Bei uns ist es vorbei. Wir stehen einander nur noch im Weg.

»Wie spät ist es?«

Sie war wach geworden.

»Vier. Ich geh gleich raus. Bleib du ruhig liegen.«

»Warum sollte ich aufstehen?«

»Um mir zum Abschied zu winken.«

Sie schob die Hand unter der Decke hervor und winkte.

»So, das hätten wir. Viel Spaß dann auch.«

Um fünf nach fünf fuhr Wouter vor. Er hatte seine Morgenlaune, das heißt, ich durfte nicht gleich mit ihm reden. Eine Viertelstunde später, als Joost zustieg, änderte sich die Stimmung schlagartig, denn Joost ist grundsätzlich eine Plaudertasche.

»Was für ein wunderbarer Morgen, meine Herren!«, lachte er, während der Regen nur so herunterprasselte. »Was das Wetter angeht, hätten wir es nicht besser treffen können – so kriegen wir garantiert kein Heimweh. Südfrankreich: sonnig, 27 Grad, und Toskana: sonnig, 29 Grad.«

Wouter knurrte. Ich verstand nur so was wie »Schnauze«.

»Kann ich vielleicht schon mal jemandem ein Gläschen Wein einschenken?«, fragte Joost und zog eine Flasche Weißwein aus der Kühltasche.

»Verdammt, es ist fünf Uhr morgens, du Idiot«, sagte Wouter.

Joost fand, es sei eher fünf Uhr nachts und somit Zeit für die letzte Runde. Er tat so, als hätte er die ganze Nacht durchgemacht, aber das war ein Witz. Eine Viertelstunde später saß er am Steuer, und Wouter lag hinten im Laderaum zwischen den ganzen Sachen auf einer Matratze und schlief. Ich schenkte uns Kaffee aus einer Thermoskanne ein und summte »Go Your Own Way« mit. Denn als Spotify-DJ vom Dienst fand ich das genau den richtigen Song zum Einstieg.

Kurz vor Luxemburg wurde Wouter wach. Er schaute sich erst verdattert um, murmelte dann aber zufrieden, dass wir ja schon hübsch weit gekommen seien. Danach rotierten wir: von der Matratze auf den Beifahrersitz, vom Beifahrersitz auf den Fahrersitz und vom Fahrersitz auf den zweiten Beifahrersitz, denn Joost war noch nicht müde.

»Kann ich vielleicht jetzt jemandem ein Gläschen Wein einschenken?«, bot er an.

»Ich muss mir bloß kurz den Schlaf aus den Augen reiben, Joost. Aber dann bin ich dabei«, antwortete Wouter.

Auf der Höhe von Nantes wurde die erste Flasche entkorkt, und wir hielten ein Picknick auf einem der gemütlichen Rastplätze an der Route du Soleil: zwischen den Lkw, den Wohnwagen und dem herumliegenden Müll, inmitten von Benzin und Urin. Aber das störte uns nicht im Geringsten. Der Wein war kalt, es gab Lachs auf Toast dazu, und die Sonne schien uns auf die blasse Haut.

»Großartiger Start, meine lieben Freunde. Dank euch sitzen wir hier. Ohne eure mentale Unterstützung hätte ich den Sprung in die Freiheit niemals gewagt. Euer Enthusiasmus macht mich fast schon misstrauisch. Wollen meine beiden besten Freunde mich so gerne loswerden? Oder ist es die Belohnung in Form von zwei wunderschönen Golfwochen in Italien, die sie motiviert? Nein, ihnen liegt wahrhaftig mein Glück am Herzen! Dafür danke und prost.«

Meine Freunde applaudierten laut. Ein älteres Ehepaar, das auf Klappstühlen neben seinem Wohnwagen saß, schaute verstört auf. Verdrossen und schweigend saßen sie da und verzehrten ihre Käsebrote.

»Ihr Stuhl steht mitten in einem Hundehaufen«, sagte Joost zu der Frau. Keine Reaktion.

»*Votre chaise est dans la merde de chien*«, versuchte sich Wouter. Keine Reaktion.

Fünf Sekunden später schaute die Frau so unauffällig wie möglich nach unten. Tatsächlich – ihr Stuhl stand in der Kacke.

»Jetzt sieh dir bloß an, was du getan hast«, zischte sie ihrem Mann ein bisschen zu laut zu.

Als wir kurz danach wegfuhren, machte sich der Mann gerade mit angewiderter Miene und einer Rolle Küchenkrepp ans Werk.

Um sieben Uhr abends saßen wir schließlich im Garten unserer Pension. Es roch nach Lavendel, wir tranken Champagner, und in der Küche brutzelte die Ente *à l'orange*.

Unterwegs hatten wir ein Selfie gemacht, mit der halben Brücke von Avignon im Hintergrund, und es an unsere Frauen geschickt, um ihnen zu zeigen, dass wir tatsächlich in Südfrankreich waren. Besser hätte man ihrem Misstrauen gar nicht vorbeugen können.

XVIII

Ich habe ein Foto von den Herren aus Avignon bekommen. Es war das erste Foto, das Arthur mir jemals von seinem Smartphone geschickt hat. Übrigens auch sein erstes Selfie. Vielleicht soll es mich neidisch machen, ein anderer Grund will mir fürs Erste nicht einfallen. Ich beneide ihn aber nicht. Ich bin zufrieden hier in Purmerend mit Storm. Es hört sich vielleicht komisch an, aber ich habe den Eindruck, dass Storm ein bisschen weniger nervös ist, seitdem ihn niemand mehr den ganzen Tag Arie ruft.

Jetzt kann ich ganz ungestört mit meinem Hündchen sprechen. Arthur muss es ja ständig kommentieren, wenn ich etwas zu Storm sage.

»Es hat keinen Sinn, den ganzen Tag mit so komisch hoher Stimme auf Arie einzureden. Der versteht nur die Hundesprache«, meinte er einmal sarkastisch.

Ich glaube ja, dass ein Hund viel mehr versteht, als wir uns vorstellen können. Arthur hat allerdings recht, ich benutze wirklich eine etwas andere Stimme, sobald ich mit Storm spreche. Mehr so, wie wenn Mütter mit ihren Babys sprechen.

Als er heute Nachmittag bellte, hörte ich mich sagen: »Ja, kannst du so fein bellen, hm? Hat mein kleiner Storm Lust auf sein Happihappi? Oder wollen wir erst raus und schön Gassi gehen?«

Es ist ein bisschen infantil, so mit einem Hund zu sprechen, aber es passiert ganz von selbst. Die meisten anderen Hundebesitzer in der Nachbarschaft reden auch mit ihren Schützlingen. Eine ältere Dame weiß zum Beispiel immer ganz genau, was ihrer gerade denkt und fühlt. Als ich den dicken Kläffer gestern streicheln wollte, sagte sie: »Lassen Sie sie mal in Ruhe im Moment, sie ist ein bisschen sauer, weil sie heute Morgen beim Frühstück nur einen Keks bekommen hat statt zwei. Sie ist auf Diät, der Arzt findet, dass sie zu dick ist. Ich selbst darf auch keine Kekse essen, denn ich hab Zucker. Schon fast zehn Jahre, aber irgendwie gewöhnt man sich nie dran. Ich bin so eine Naschkatze. Und Nancy auch.«

Eigentlich sollte ich ein bisschen Abstand zu anderen Hundebesitzern halten, aber das ist gar nicht so leicht. Menschen mit Hund fangen auf der Straße einfach automatisch an, miteinander zu reden. Komisch. Fahrradbesitzer bleiben doch auch nicht gleich stehen, sobald sie einem anderen Radfahrer begegnen, nur um eine Plauderei über Fahrräder zu beginnen, oder?

110

Joost zeigte schräg nach oben. »Das weiße Häuschen da oben – ich glaube, das ist es. Steig aufs Gas, Wout, ich wittere das Paradies!«

Und tatsächlich, oben auf dem Hügel glänzte sie in der Sonne: die Villa Fluchtpunkt. Es fühlte sich genauso an wie früher auf dem Schulausflug, wenn der Bus sich dem Freizeitpark Efteling näherte.

Im Gegensatz zu Joost fährt Wouter meistens ordentlich und gesittet, aber diesmal machte er eine Ausnahme und gab Gas. Die Straße hatte ungefähr fünf ziemlich scharfe Kurven, und fast in jeder dieser Kurven fiel hinten im Laderaum etwas um. Der Krach wurde mit Jubel quittiert. Hier erreichten gerade drei sehr spät Pubertierende ihren Ferienort. Direkt nach einer Kurve endete die Straße vor einem großen, rostigen Zaun. Wouter musste kräftig auf die Bremse steigen, sodass meine Sachen mit einem Riesenlärm gegen die Zwischenwand prallten. Joost stieß Indianergeheul aus, Wouter grinste von einem Ohr zum anderen, und ich machte eine Kuh nach. Dann stiegen wir aus. Als wir merkten, dass das Tor abgeschlossen war, zog Joost triumphierend einen alten Schlüssel aus der Tasche und schob ihn feierlich ins Schloss.

»Der passt nicht«, musste er nach zweiminütigem Rütteln missmutig feststellen. Das versetzte unserer Hochstimmung erst mal einen Dämpfer. Wouter versuchte noch kurz, über den Zaun zu klettern, ließ es, als er in die Nähe der rostigen Spitzen kam, aber doch lieber bleiben.

»Was jetzt, Joost?«, fragte ich.

»Joost weiß immer Rat, liebe Freunde«, sagte er und zückte sein Handy. Er suchte eine Nummer, rief sie an und radebrechte mit der Person am anderen Ende der Leitung ein paar Minuten Italienisch.

Er endete mit einem »ciao«, seinem ersten italienischen Wort ohne Amsterdamer Akzent.

»Und?«

»Er kommt.«

»Er« war Antonio, der Mann, der im Auftrag des Vorbesitzers ein Auge auf das Haus hatte.

Nachdem wir den Schaden im Laderaum inspiziert und irgendwo unter dem ganzen Haufen die Kühlbox gefunden hatten, setzten wir uns an den Zaun und schenkten uns ein Gläschen Wein ein.

Zwanzig Minuten später kam ein alter Mann auf einem Moped um die Ecke geknattert. Wir hatten ihn schon von der Ferne kommen hören, denn sein Gefährt machte mehr Lärm als Geschwindigkeit. Kaum war er abgestiegen, feuerte er eine italienische Salve auf uns ab. Und da wir offenkundig überhaupt nichts verstanden, wiederholte er das Ganze, nur ein bisschen lauter. Half auch nichts.

Seufzend verdrehte er die Augen himmelwärts, bedeutete uns dann aber mit einer Geste, dass wir jetzt gut aufpassen sollten. Er trat kräftig gegen die untere Kante des Zauntors, stemmte seine Schulter dagegen, und tatsächlich öffnete sich das Ding langsam und quietschend. Ein Schlüssel war überhaupt nicht nötig gewesen.

Antonio grinste breit und klopfte mir auf die Schulter. Ich klopfte vorsichtig zurück, und nachdem wir uns reihum auf die Schultern geklopft hatten, stiegen wir in unseren Kleinbus und fuhren die Auffahrt hinauf. Antonio wies uns mit seinem Moped den Weg.

»Wow, Arthur, du hast ja eine Auffahrt von mindestens hundert Metern«, staunte Wout.

Wir hielten vor der Tür eines charmanten weißen Häuschens mit blauen Fensterläden, Weinranken auf der Pergola, einem leicht verwilderten Garten und einem Schwimmbecken ohne Wasser.

Unser alter Führer sagte etwas zu Joost. Der schien es zu verstehen, nahm sogleich den Schlüssel, mit dem er sich vorher am Zaun ausprobiert hatte, und sperrte damit die Haustür auf.

»*Benvenuto, amici.*«

Das Italienisch, das ich in meinem Kurs gelernt habe, ist ein ganz anderes Italienisch als das, das sie beim Bäcker von Mazzolla sprechen. Nach ein paar Tagen konnte ich dennoch schon fehlerlos ein Brot kaufen. Vielleicht wurde ich deswegen ein bisschen übermütig und beschloss, der Frau des Bäckers zu erzählen, dass ich demnächst in ihr Dorf ziehen würde. Ich hatte nicht den Eindruck, dass sie mich verstand, und das war im Nachhinein auch gut so, denn als ich die Bäckerei verlassen hatte, wurde mir klar, dass ich wieder einmal eine Mordstrottelei begangen hatte: Nicht Arthur Ophof würde hierherziehen, sondern Luigi Molima. Und der sieht ja ganz anders aus.

Am nächsten Tag erklärte ich der Bäckersfrau, dass nicht ich ins Dorf ziehen würde, sondern ein guter Freund von mir. Ihrer Miene entnahm ich, dass ihre Verwirrung nun komplett war.

Mazzolla ist ein schönes altes italienisches Dorf, in dem die Zeit langsamer vergeht und die Menschen freundlich sind. Nach drei Tagen grüßte uns jeder aus dem Dorf, und auch im örtlichen Café konnten wir uns über mangelndes Interesse nicht beklagen. Alle alten Opas und Omas kamen vorbei, um sich die Fremden anzuschauen. Manchmal sagten sie etwas Unverständliches zu uns. Dass wir uns keinen Reim darauf machen konnten, schienen sie nicht schlimm zu finden, denn dann lachten sie herzlich über unsere verzweifelten Gesichter. Und wir konnten sehen, dass sie in ihrem Leben nicht allzu oft beim Zahnarzt gewesen waren.

So verbrachten wir eine selige Woche. Wir aßen und tranken köstlich, spielten Golf, lasen und faulenzten, und weit und breit keine Gattin, die uns das Leben sauer machte, indem sie sich einmischte oder uns Arbeit zuwies. Aus den Niederlanden signalisierten uns unsere Frauen, dass sie es umgekehrt auch nicht viel anders sahen, denn sowohl Afra als auch Joosts Frau schrieben uns über WhatsApp, wir dürften ruhig noch ein paar Tage länger in Südfrankreich bleiben, wenn es sich so ergebe.

»Ich meine, darin eine Win-win-Situation zu erkennen«, stellte Joost fröhlich fest.

Wir richteten das Haus mit den Sachen ein, die wir aus den Niederlanden mitgebracht hatten – sofern sie nicht unterwegs kaputtgegangen waren. Jetzt sind Haus und Garten hervorragend gerüstet für das süße Nichtstun. Antonio hat das Gras gemäht, das Schwimmbecken sauber gemacht und mit Wasser volllaufen lassen. Letzteres per Gartenschlauch, was ein paar Tage gedauert hat. Aber in der Zwischenzeit sind wir alle schon einmal geschwommen. Nach einem Abend mit viel Alkohol führte Wouter uns im Mondlicht die Pflichtfiguren beim Kunstschwimmen vor. Joost wäre vor Lachen fast ertrunken.

Aus alldem folgere ich: Die Villa Fluchtpunkt ist, wie erwartet, der Himmel auf Erden. Die Zweifel, die insgeheim an mir genagt hatten – ob es wirklich so ein kluger Schachzug sei, ein neues Leben in der Toskana zu beginnen –, sind plötzlich wie weggeblasen. Und vielleicht täuschte ich mich, aber ich meinte, etwas Neid zu bemerken bei Wouter und Joost, als ich mich bei der Abfahrt noch einmal umdrehte und sagte, dass ich es kaum erwarten könne, hier zu wohnen.

Auf dem Dachboden des Ferienhäuschens habe ich hinter einem Stapel Reservedachziegeln eine Plastiktüte versteckt. Mit gut in Plastikfolie verpackten Geldbündeln, alles Zehner und Zwanziger. Insgesamt sind das zehntausend Euro, die Hälfte von meinem Teil unserer Ersparnisse. Nächstes Mal nehme ich die zweite Hälfte mit, wieder in kleinen Scheinen. Denn wenn man hier auf dem Dorf einen Wein trinken geht und mit einem Fünfziger bezahlen will, haben sie immer kein Wechselgeld.

111

Wenn man mich fragt, ob ich zu Hause herzlich empfangen wurde, lautet die Antwort Nein. Jedenfalls nicht von Afra. Arie hingegen sprang an mir hoch und wedelte ununterbrochen mit dem Schwanz. Afra gab mir einen flüchtigen Kuss und fragte, ob ich wohl meinen Koffer gleich auspacken könne, sie würde gern eine Trommel Wäsche waschen.

»Darf ich mich vielleicht erst mal kurz hinsetzen?«

Ja, das durfte ich. Kurz.

Es schien ihr nicht zu gefallen, dass Arie mich so enthusiastisch begrüßt hatte.

»Na, jetzt ist es langsam mal wieder genug, Stormchen. Ab ins Körbchen mit dir.«

Als Arie weiter tollpatschig an mir hochsprang, brachte Afra ihn in sein Körbchen in der Küche und machte die Tür hinter ihm zu.

»Du bist doch bloß eifersüchtig«, sagte ich.

»Wie kommst du denn darauf?« Sie schluckte.

Gern hätte ich gesagt: »So ein Hund scheint doch über eine enorme Menschenkenntnis zu verfügen«, aber das hätte sie nur unnötig gekränkt.

Arie war inzwischen dabei, die Farbe von der Küchentür zu kratzen, und Afra beschloss, mit ihm Gassi zu gehen. Eine gute Stunde später war sie wieder da. Und Arie sprang mir sofort auf den Schoß.

112

»Verdammt noch mal, Hummel, ich hab jetzt langsam genug von deinem ständigen Gejammer, dass du mehr Geld brauchst«, giftete Joost. Joost kann ganz hervorragend so tun, als wäre er schrecklich wütend, bis in die Details. Beim Sprechen verspritzt er dann zum Beispiel kleine Speicheltröpfchen. Hummel erschrak zu Tode. Sein Kopf wackelte auf seinem dünnen Hals in alle Richtungen, und er schwitzte plötzlich wie verrückt.

»Nein, nein, ich hatte wirklich nicht vor, dir was vorzujammern, Joost, aber weißt du, es hat doch noch ein paar unvorhergesehene Kosten gegeben«, lispelte Hummel.

»Zum Beispiel?«

»Na ja, äh…« Man merkte Hummel an, dass er verzweifelt überlegte. »Das Benzin zum Beispiel, und den Totenschein vom Arzt.«

»Aha, du bist zu Anfang also davon ausgegangen, dass dein Auto mit Luft fährt, und jetzt stellt sich heraus, dass du da Benzin reinfüllen musst«, spottete Joost. »Übrigens, noch was…« Er legte eine kurze Kunstpause ein. »Ich hab zufällig gehört, dass du für den gefälschten Totenschein zweihundert Euro bezahlt hast, fünfzig weniger als kalkuliert. Ich kenne den Fälscher nämlich, Hummel. Willst du mich also verarschen, oder was wird das hier?«

Hummel wurde feuerrot, schluckte ein paarmal und schüttelte heftig den Kopf.

Während unseres restlichen Gesprächs im Bahnhofsrestaurant 1e Klas war er dann sehr entgegenkommend. Der Bericht von der Leichenschau lag schon vor, der Bericht der örtlichen Polizei ebenfalls, zusammen mit dem Passierschein für die Leiche. Sogar der spezielle Bleisarg stand bereit. Hummel musste der Gemeinde nur noch melden, wo ich begraben werden sollte, um die Genehmigung und eine Sterbeurkunde zu bekommen. Die konnte er schlecht beantragen, solange ich noch nicht gestorben war.

»Ich werde euch die Sterbeurkunde mit weniger in Rechnung stellen«, quiekte Hummel heuchlerisch.

»Danke, das ist zu freundlich von dir«, sagte Joost, der jetzt wieder zuckersüß war. Und er fuhr fort: »Noch einmal in aller Deutlichkeit: Die Daten stehen jetzt definitiv fest. Donnerstag, den 24. August, der Herzanfall, und Sonntag, den 27. August, Überführung des Sargs in die Niederlande. Das machen wir extra für dich, Hummel, damit du genügend Zeit hast für die Fahrt.«

»Wunderbar, wunderbar. Also organisier ich die Beerdigung für Donnerstag, den 31. August, oder Freitag, den 1. September.«

»Dann sind wir uns einig, mein Freund.«

Hummel rang sich ein Lachen ab.

»Na, was hab ich gesagt?«, fragte Joost kurz danach. »Hummel wird immer versuchen, noch ein bisschen mehr Geld rauszupressen.«

Das stimmte. Joost hatte es kommen sehen und angekündigt, dass er unseren Totengräber, sowie er die Sprache wieder aufs Geld brachte, schön zurechtstutzen werde.

113

Jetzt, da wir den 24. August als meinen Todestag festgesetzt hatten, war mein Abschied von den Niederlanden auf einmal beängstigend nah.

In Italien war ich mir meiner Sache noch so sicher gewesen, nun aber werde ich wieder regelmäßig von Zweifeln und Angst heimgesucht. Mann, Ophof, glaubst du wirklich, dass du damit ungestraft davonkommen wirst?

Gestern habe ich geträumt, dass die Träger den Sarg auf der Treppe fallen lassen. Der Sarg zerbricht, und heraus quellen die Sandsäcke statt einer Leiche. Alle stinkwütend. Jemand erkennt mich hinten im Trauersaal, und die Gäste zerren mir Perücke, Schnäuzer und Brille vom Kopf.

Einmal aufgewacht, sprach ich mir selbst Mut zu: »Nein, Arthur, es wird alles gut gehen.« Und der letzte

Teil meines Lebens soll trotzdem ein bisschen grandios und mitreißend aussehen, auch wenn das außer Wouter und Joost niemand mehr erfahren wird.

Zumindest … noch nicht. Denn ich hab mir Folgendes gedacht: Wenn ich wirklich sterbe, in zehn, zwanzig oder dreißig Jahren, werde ich dafür sorgen, dass alle dreiundsechzig Menschen, denen ich jetzt eine Trauerkarte schicken lasse, erneut eine bekommen.

Höchste Überraschung: »Häh? Der ist doch schon längst tot?«

Nein, liebe Freunde und Bekannte, der lebte noch lange und glücklich in der Toskana. Jetzt bittet er um Entschuldigung für den Betrug. Und er hat vollstes Verständnis dafür, wenn ihr diesmal nicht auf seine Beerdigung kommt.

Das müsste dann wohl auch einen kleinen Zeitungsartikel geben.

Wahrscheinlich ist eine ganze Reihe der dreiundsechzig Empfänger selbst schon verstorben, bevor sie die zweite Trauerkarte erhalten, doch das lässt sich nicht ändern. Ich habe nicht vor, von Italien aus das Sterben in den Niederlanden zu verfolgen.

Vielleicht wird es danach ja auch die neue Mode: dass man seinen Tod inszeniert, in Wirklichkeit aber irgendwo anders munter und vergnügt weiterlebt. Und vielleicht wird mein Name dann damit in Verbindung gebracht: »Er hat einen Ophof hingelegt.«

XIX

Es ist kindisch von mir, aber ich kann es gar nicht vertragen, dass Storm so verrückt nach Arthur ist. Ich bin einfach eifersüchtig, wenn er manchmal bei ihm auf den Schoß springt und nicht bei mir.

Möglicherweise war ich auch deswegen so entspannt und glücklich, als Arthur mit seinen Freunden eine Woche in den Urlaub gefahren ist. Herrlich, wenn man ihn nicht jedes Mal beim Heimkommen zusammengesunken auf dem Sofa antrifft, von wo aus er ständig alles mit seinen kritischen Kommentaren überziehen muss. So konnte ich die Dinge eine Woche lang ganz ungestört auf meine Art machen.

An den Tagen, an denen ich arbeitete, rissen sich meine Freundinnen geradezu darum, mit Storm spazieren gehen zu dürfen. Dazu brauche ich Arthur also auch nicht.

114

Das ist echt Pech: Vor Kurzem hat Berlusconi sein Comeback in der italienischen Politik angekündigt. Er ist mittlerweile achtzig, dieser verlogene Lustmolch, und darf nach seinem Steuerbetrug keine politische Funktion mehr bekleiden, aber er hat letzten Monat sechsundvierzig Fernsehinterviews gegeben, um für seine Partei Forza Italia zu werben. Eine »Injektion von Vertrauen« nannte es dieser alte Betrüger. Demnächst würden wieder Millionen Menschen indirekt für ihn stimmen. Hiermit nehme ich mir vor: Ich werde mich auf dem Dorfplatz von Mazzolla nicht zu politischen Diskussionen verleiten lassen.

Wo wir gerade von Berlusconi sprechen: Ich habe einen Satellitenempfänger gekauft, um in der Toskana niederländische Fernsehprogramme empfangen zu können, denn was Berlusconis Sender alle so über das arme italienische Volk ausgießen, ist einfach zu deprimierend. Dann kann ich in aller Ruhe eine meiner Lieblingssendungen schauen, die Auswanderer-Serie.

Ich habe mir auch vorgenommen, in Italien Hühner zu halten und einen Gemüsegarten anzulegen. Durch das Pendeln zwischen Purmerend und Breukelen war meine Liebe für das einfache Bauernleben völlig verschrumpelt. Jetzt aber ist mein Interesse an Flora und Fauna zurückgekehrt. Zumindest solange es nicht zu viel Mühe kostet. Hühner scheinen sich ihre Nahrung ja ganz wunderbar selbst zusammensuchen zu können, und unter der italienischen Sonne wachsen die Tomaten bestimmt von selbst in den Himmel, wenn man ab und zu mal mit der Gießkanne vorbeigeht.

Aber mein wichtigster Beschluss ist, dass ich mir einen Hund anschaffe, den ich Arie Secundo nennen werde. Ich habe Arie innerhalb kürzester Zeit so ins Herz geschlossen, dass ich mich sofort bei der Ankunft in meinem Dorf auf die Suche nach einem Welpen machen werde, um jeglichem Heimweh nach Purmerend zuvorzukommen. Wenn ich keine Lust habe, mit ihm Gassi zu gehen, kann er ja einfach in den Garten kacken. Danach wird kein Hahn krähen, denn da ich so gerne ausschlafe, werde ich mir ausschließlich Hennen halten.

Was für eine Art Hund es werden wird, ist mir egal, er muss nur menschenbezogen sein.

115

Im Museum Kranenburgh in Bergen wird momentan eine Ausstellung über »Das süße Nichtstun« gezeigt. Da sollte ich vor meinem endgültigen Umzug nach Italien noch hinfahren. Das Nichtstun scheint ja nicht so einfach zu sein, wenn ich einem Zeitungsartikel über die Ausstellung Glauben schenken darf. Dazu muss man wahrscheinlich schon einigermaßen veranlagt sein und außerdem viel üben, um es zu perfektionieren. Mir wird es gelingen, davon bin ich überzeugt. Schon als Teenager konnte ich stundenlang auf dem Rücken im Gras liegen, ohne mich auch nur eine Sekunde zu langweilen. In unserer Ehe war mein Talent fürs Nichtstun einer der größten Dornen in Afras Auge. Sie konnte es absolut nicht ertragen, wenn ich mich mit einer Zeitung auf dem Sofa ausstreckte. Manchmal las ich sie, manchmal lag sie einfach auf meinem Kopf. Es konnte auch ein Werbeprospekt vom Supermarkt sein, das störte mich nicht.

»Musst du nicht mal wieder den Rasen mähen?«, fragte sie manchmal gereizt, wobei Rasenmähen durch eine beliebige andere nützliche Tätigkeit ersetzt werden kann.

»Tja, Aaf, wenn es dir nichts ausmacht, möchte ich gerade lieber nichts tun.«

Es machte ihr sehr wohl etwas aus. Und es gab immer wichtige Gründe, warum unwichtige Dinge genau in diesem Augenblick erledigt werden mussten. Manchmal ließ ich Afra schmoren, manchmal machte ich mich seufzend an irgendeine Arbeit.

»Und wär schön, wenn du dabei nicht die ganze Zeit stöhnen würdest«, rief sie mir dann nach.

Das Leben ist eine sehr kurze Zeitspanne von etwas zwischen zwei unendlich langen Zeitspannen von nichts, und es ist das Klügste, sich diese kurze Zeitspanne so angenehm wie möglich zu gestalten. Diese Empfehlung habe ich mal irgendwo gelesen und sie mir gut gemerkt.

Afra vertritt eher die Auffassung, dass alles nützlich sein muss. Die Diskussion über den Nutzen von kurzem Gras war aber zum Beispiel nicht nützlich. Die rief nur wieder beiderseitige Gereiztheit hervor, und davon hatten wir auch so schon genug.

Im österreichischen Dorf Eberhardschlag wurde einmal ein Experiment namens »*Ein Dorf tut nichts*« durchgeführt. Sieben Familien durften sieben Tage lang nichts tun. Ihre ganze Arbeit wurde von anderen erledigt, und die Kinder brauchten nicht in die Schule zu gehen. Anfangs fiel den Menschen das Nichtstun schwer, aber als sie eine Weile geübt hatten, ging es ihnen schon leichter von der Hand.

Überhaupt nichts zu tun ist genau genommen unmöglich. Immer wird man ein ganz kleines bisschen nachdenken oder vor sich hin starren. Man muss es wohl mehr so verstehen, dass man keine Dinge macht, auf die man keine Lust hat oder die einen Energie kosten.

116

Meinen ersten echten Testlauf habe ich gut bestanden. Ich habe nämlich als Luigi Molima einen gebrauchten Fiat Panda 4x4 gekauft, der auf einer Internetseite für Gebrauchtwagen angeboten wurde. Dass es den Panda mit Allradantrieb gibt, hatte ich gar nicht gewusst, aber als ich einen zum Verkauf angeboten sah, dachte ich mir, dass mir der Wagen auf den kleinen, steilen, unbefestigten Straßen in der Toskana schon gut zupasskäme. Ein italienisches Auto würde in Italien außerdem am wenigsten auffallen, und obendrein wäre es sicher nicht schwierig, in der Nähe meines Häuschens eine Fiat-Werkstatt zu finden.

Letzten Donnerstag bin ich also morgens bei Toon gewesen, wo ich das mittlerweile dritte totale Makeover über mich ergehen ließ.

»Verdammt, jetzt entspann dich doch mal ein bisschen, Luigi«, musste Toon mich mehrmals ermahnen, weil ich starr wie eine Leiche auf seinem Stuhl saß.

»Sonst wird es nichts mit deinem neuen Ich. Du musst da schon auch ein bisschen dran glauben.«

Nach einer Viertelstunde durfte ich in den Spiegel schauen, und ich muss ehrlich zugeben, dass Herr Molima wieder vollkommen echt aussah. Unter Toons strengem Blick lief ich ein paarmal auf und ab.

»Du bewegst dich noch zu sehr wie Arthur«, sagte er. »Versuch, ein bisschen wie eine Ente zu gehen, mit den Fußspitzen nach außen.«

Ich dachte, er will mich veräppeln, aber er meinte es ernst.

»Wenn du die Füße nach außen drehst, veränderst du deine ganze Bewegung und Haltung. Und es ist überhaupt nicht schwer, das kann jeder.«

Ich lief also ein Stück wie Donald Duck. Es fühlte sich lächerlich an, aber Toon war total begeistert.

»Daran darfst du nichts mehr verändern! Das war gleich beim ersten Versuch perfekt.«

Da kam Joost mit meinem neuen Führerschein und Pass herein. Er würde mit mir nach Alphen aan den Rijn fahren, um meinen Fiat abzuholen.

Der Mann mit dem Auto erklärte, ohne mit der Wimper zu zucken, dass es seiner alten Mutter gehört und immer in der Garage gestanden habe.

»Aber wenn sie mal gefahren ist, hat sie den *Fourwheel drive* schon ordentlich rangenommen, oder?«, witzelte Joost.

Der Verkäufer schaute verblüfft. »Nein, sie ist immer ganz gemächlich gefahren.«

Am Ende bekam ich noch einen Preisnachlass von vierhundert Euro und war damit stolzer Besitzer eines Panda 4x4. Schade, dass Afra, meine Panda-Freundin, niemals darin sitzen wird.

Luigi Molima ließ sich schließlich die Papiere in der

Post von Alphen umschreiben und fuhr wenig später pfeifend mit seinem neuen Auto zurück zu Toon.

»Du hast deinen Entengang vergessen, Luigi«, ermahnte mich Toon, schenkte uns danach aber doch ein Bier ein, damit wir auf das gute Gelingen anstoßen konnten.

»Meinst du, du schaffst es das nächste Mal allein, dich in *Signore Molima* zu verwandeln?«

Ich versicherte Toon, dass ich das hinkriegen werde.

Eine Stunde später fuhr ich in meinem alten Auto zurück nach Purmerend, während der Panda bei Toon vor der Tür auf mich wartete, bis ich begraben war.

Ich glaube, in Italien wird der Entengang nicht unbedingt nötig sein.

117

Liebe Ester

Die ersten zwei Worte waren nicht allzu schwer. Mit dem Rest des Briefs habe ich mich dann aber drei Tage abgemüht. Einmal platzte Afra herein, während ich gerade daran schrieb.

»Hey, du bist hier? War heute kein Yoga?«

»Nein, die Lehrerin ist krank. Hab vergessen, meine Mails zu lesen.«

Sie schaute auf die zusammengeknüllten Blätter und sagte: »Na, willst du ein Buch schreiben? Liest du mir mal was vor?«

Ich merkte, wie ich rot wurde. Schnell legte ich meine

Hände auf den Block, um die ersten zwei Worte zu verdecken.

»Ich hab tatsächlich angefangen, ein Buch zu schreiben. Bis jetzt besteht es allerdings nur aus durchgestrichenen Sätzen, ich kann dir also noch nichts vorlesen. Sonst hätte ich es natürlich gern getan«, brachte ich halb stotternd heraus.

»Jaja.«

Gott sei Dank bohrte sie nicht weiter. Das mit den Durchstreichungen war nicht gelogen, wahrscheinlich hat Afra sie aus der Distanz sehen können. Trotzdem war ich zu Tode erschrocken.

Nach tagelangem Plagen hatte ich endlich eine Rohversion, die ich einigermaßen in Ordnung fand. Letztlich stand nicht mehr drin, als dass ich nicht wirklich tot war, sondern anderswo ein neues Leben anfangen würde. Ich musste zwischendrin zweimal mit einer Plastiktüte voll zusammengeknüllter Briefbögen zum nächsten Papiercontainer gehen, um das Beweismaterial zu vernichten.

Gestern habe ich dann den endgültigen Brief geschrieben. Mit Füller. Auf Briefpapier, das ich von Hertog Sanitär- und Reinigungszubehör zum zehnjährigen Jubiläum bekommen und nie benutzt habe.

Jetzt habe ich nur noch ein Problem: Es gibt zwei Versionen des Briefes, eine mit meiner neuen Adresse in Italien, eine ohne. Ich kann und kann mich einfach nicht entscheiden, welche ich abschicken soll. Beide Umschläge habe ich zugeklebt, um der Versuchung zu widerstehen, erneut über jedem Wort zu brüten. In der Ecke des einen Umschlags steht ein kleines »m«, für »mit Adresse«.

Kurz bevor ich in mein neues Leben abreise, werde ich einen der beiden Briefe in den Postkasten werfen.

118

To do nothing at all is the most difficult thing in the world, the most difficult and the most intellectual.

Danke, Oscar Wilde!

Denn übers Nichtstun äußern sich viele Leute zu Unrecht sehr geringschätzig, allen voran meine Frau.

Ich bin in der Ausstellung über das süße Nichtstun im Museum Kranenburgh in Bergen gewesen und habe dort diese weisen Worte des Herrn Wilde gelesen. Und ich erfuhr, dass das Nichtstun bei den alten Griechen hoch angesehen war. Neben Kunst und Sport schätzten sie auch Besinnung und Kontemplation. Arbeit und Aktivitäten standen dem Nichtstun laut Aristoteles nur im Weg. (Sie denken doch nicht etwa, dass der Storm geheißen hat?) Erst als die Christen in Europa das Sagen hatten, wurde Müßigkeit auf einmal aller Laster Anfang. Gebet und Arbeit empfahlen sie den Menschen an, die in den Himmel kommen wollten. Ich setze lieber auf den Himmel auf Erden, das Nichtstun, denn da schätze ich meine Erfolgschance doch etwas höher ein. Außerdem weiß ich dann immerhin, dass der Himmel auf Erden ein Ende nimmt. Diese himmlische Ewigkeit nach dem Tod dauert für meinen Geschmack nämlich beängstigend lang.

119

Morgen ist mein letzter Abend mit Afra. Nichts ahnend wird sie auf dem Sofa sitzen und Fernsehen schauen. Erst das Magazin *Hart van Nederland,* danach die Nachrichten. Eine Tasse Kaffee dazu. Eine letzte gemeinsame Runde mit Arie drehen. Dann irgendeinen Krimi im Fernsehen schauen, danach das Kirschkernkissen in der Mikrowelle anwärmen und mit dem Kirschkernkissen zwischen ihren ewig kalten Füßen im Bett noch ein bisschen lesen.

»Gute Nacht, Arthur. Bleib nicht mehr allzu lang auf, hm?«

»M-hm. Nacht.«

Ich greife nach der Fernbedienung und suche irgendwas mit Sport. Zwei Stunden später schlüpfe ich mit ein bisschen Wehmut neben ihr ins Bett und kann wahrscheinlich vor Aufregung nicht einschlafen.

»Kannst du deine kalte Hand bitte bei dir behalten?«, murmelt sie, als ich versuche, meine Hand unter ihren Pyjama zu schieben und ihren Rücken zu streicheln.

Um mich aufzumuntern, hat Joost mir neulich Folgendes erzählt: Studien belegen, dass viele Frauen es weniger schlimm finden, wenn ihr Mann stirbt, als wenn ihr Mann sie verlässt. Andersrum ist es übrigens genauso. Und Joost stellte gelassen fest, dass seine eigene Frau wahrscheinlich keine Ausnahme bildet.

»Tot bring ich ihr viel mehr.«

Wouter nickte. »Das kann ich schon verstehen. Nach einer Scheidung läuft die Leiche ja noch quicklebendig herum«, war sein subtiler Beitrag.

120

Es fühlte sich seltsam an, als Joost, Wouter und ich gestern Morgen um sieben Uhr aus Purmerend herausfuhren und Kurs auf Südfrankreich nahmen. Nur noch einmal werde ich zurückkommen, als Luigi Molima, um mich von Arthur Ophof zu verabschieden. Wenn ich ehrlich sein soll, graust es mir ganz schön davor. Ich würde am liebsten in einem Rutsch in die Toskana durchfahren, ohne mich umzudrehen, aber ich würde es ganz bestimmt bereuen, nicht bei meiner eigenen Beerdigung zuzuschauen.

»So eine Chance hast du nicht alle Tage, Arthürchen«, säuselte Joost.

Meine beiden Freunde freuen sich schon seit einer ganzen Weile wahnsinnig auf mein Begräbnis. Das taten sie jetzt auch im Auto lautstark kund. Dennoch spürte ich bei ihnen ebenfalls eine leichte Nervosität.

»Wo stehst du, wenn ich meine Rede halte, Arthur?«, fragte Wouter.

»Wir wollen dir natürlich ab und zu schön zuzwinkern«, erklärte Joost.

Ich erzählte, dass Hummel mir versprochen hatte, einen guten Platz für mich zu reservieren. Von dem aus würde ich den ganzen Saal überblicken können, ohne selbst gesehen zu werden. Es ist das kleine Abteil für die Technik im ersten Stock, mit einem Fenster aus Spiegelglas. Eine Assistentin von Hummel wird dort Ton und Musik steuern.

»Ich werde bei meiner Rede so unauffällig wie möglich ein paarmal den Daumen hochrecken«, versprach Wouter.

»Wenn mir nicht passt, was du sagst, dreh ich dir das

Mikro ab«, drohte ich. »Dann stehst du da oben und bewegst nur noch stumm den Mund, wie ein Goldfisch.«

Abends, in unserem angestammten Pensionszimmer, lachten wir zu laut und tranken zu viel. Letzteres kam den Leistungen auf dem Golfplatz am nächsten Tag nicht zugute. Erst spät am Nachmittag, beim Aperitif, fanden wir wieder zu unserer alten Draufgängerform zurück.

Als wir am Tisch saßen, klingelte Joosts Handy.

»Hey, Hummel, ich hab schon auf deinen Anruf gewartet. Wo zum Teufel steckst du denn?«

Er lauschte kurz.

»Verd… Du bist viel zu früh dran! Du solltest die Leiche doch erst in drei Tagen abholen … Wo hast du denn jetzt den Leichenwagen geparkt? … Beim Karnevalsverein? Großartig, Hummel, gratuliere … Ja, dann bis Mittwochmorgen um zehn Uhr, in Mazan, wie wir es verabredet haben.«

Joost drückte das Gespräch weg und stieß einen tiefen Seufzer aus.

»Hummel ist hier. Er hatte Angst, wegen einer Kremierung angerufen zu werden, die er einer Familie schon vor einiger Zeit zugesagt hat. Der Kranke ist gerade gestorben, viel früher als gedacht. Da hat Hummel sein Handy ausgeschaltet und ist abgehauen. Jetzt logiert er in einem Dorf nicht weit von hier, und der Leichenwagen steht in der Scheune des Karnevalsvereins. Er meinte, es sei alles ganz diskret abgelaufen. Nur dass dieser Trottel eben die Niederlande verlassen hat, um eine Leiche abzuholen, bevor es überhaupt eine Leiche gibt. Na, das lässt sich jetzt nicht mehr ändern. Hoffen wir, dass man ihn bei der Abfahrt nicht beobachtet hat. Am liebsten hätte ich ihn gerade unangespitzt in den Boden gerammt, aber dann wäre er bloß noch nervöser geworden. Ich konnte seinen Angstschweiß schon durchs Telefon riechen. Werd ich ihn eben unangespitzt in den Boden rammen, wenn alles gut über die Bühne gegangen ist.«

Vor meiner Abfahrt aus Purmerend habe ich den Brief an Ester in den Briefkasten geworfen. Mit Adresse.

XX

Am Abend vor seiner Abreise nach Frankreich benahm sich Arthur ganz eigenartig. Normalerweise verschanzt er sich hinter einem Buch oder der Zeitung, wenn ich meinen Lieblingskrimi im Fernsehen anschaue. Diesmal erwischte ich ihn ein paarmal dabei, wie er mich von der Seite anstarrte. Er hat sich sogar neben mich aufs Sofa gesetzt. Und im Bett seine eiskalte Hand auf meinen Rücken gelegt.

Jetzt ist er in Südfrankreich, sodass ich das Reich in Purmerend wieder für mich allein habe. Eine Woche lang muss ich mich nicht ärgern, und eine Woche lang gehört Storm mir ganz allein. Herrlich.

121

Ich hab noch nie so richtig darüber nachgedacht, aber seien wir mal ehrlich: Es gibt nicht viel Grund zum Optimismus – oder zur Sorge, wie man's nimmt. Denn wie viele Menschen werden mich wirklich vermissen, wenn ich für sie demnächst tot bin? Und nicht nur in den ersten paar Wochen nach der Beerdigung, sondern auch noch ein Jahr oder fünf Jahre später? Das werden so viele nicht sein, vermute ich. Abgesehen von Wouter und Joost, die mich hoffentlich regelmäßig in Italien besuchen werden, glaube ich, dass in fünf Jahren nur noch Afra einmal im Monat an mich denkt, sobald nämlich die Witwenrente auf ihr Konto überwiesen wird. Ob dann wohl ein Foto von mir auf der Kommode steht? Das muss ich Joost und Wouter bei Gelegenheit einmal fragen.

Ich erwarte nicht, dass ich bei Freunden und Bekannten eine große Leere hinterlasse. Wenn man tot ist, ist es ja kein Problem, nicht vermisst zu werden. Wenn man jedoch noch lebt, ist es schon ein bisschen traurig, feststellen zu müssen, dass man den Leuten bestenfalls nicht viel bedeutet hat und sie sich schlimmstenfalls sogar freuen, einen los zu sein. Ich habe mich in den letzten Jahren aber auch nicht wirklich ins Zeug gelegt, um mich beliebt zu machen.

Überlege ich, wen ich vermissen werde, ist die Liste nicht viel länger. Ester. Afra, ab und zu. Joost und Wouter. Stijn ein bisschen, aus Schuldgefühlen. Und Arie natürlich, der Neuzugang in den Top Ten mit starkem Drall zu den oberen Plätzen. Das war's dann aber auch schon.

Ich habe in den Niederlanden ein ziemlich armseliges Leben geführt, da lässt sich jetzt nicht mehr viel machen. Vielleicht werde ich ja demnächst doch noch angenehm überrascht, wenn ich den Trauersaal des Beerdigungszentrums in Purmerend sehe.

122

Heute hab ich zum letzten Mal als Arthur Ophof Golf gespielt. Das war ein einziges nervöses Gelächter. Wir spielten ganz erbärmlich, aber niemand scherte sich groß darum. Wo doch sonst auf jeden misslungenen Schlag ein deftiger Fluch folgt.

Der Nachmittag schleppte sich schrecklich zäh dahin. Die großspurige Attitüde, die unser Trio bis vor ein paar Stunden noch umgeben hatte, war verschwunden. Wouter verkündete, er habe jetzt langsam, aber sicher doch einen Stein im Magen. Denn auf ihn kam gleich die unangenehmste Pflicht zu: der Anruf bei Afra. Nach unserem Zeitplan sollte der gegen sechs Uhr erfolgen.

Wir saßen auf der so gut wie ausgestorbenen Terrasse des Golfplatzrestaurants. Außer uns waren da nur noch vier ältere französische Herren und der Ober. Niemand konnte uns hören.

Als es sechs Uhr war, sagte Wouter: »Noch ein Gläschen Wein, dann ruf ich sie an. Gott, bin ich nervös. Eigentlich ein total lächerlicher Plan.«

Und etwas später: »Wieso muss *ich* überhaupt anrufen?«

»Weil es nicht glaubwürdig ist, wenn Arthur selbst anruft«, erwiderte Joost.

»Ja, aber warum rufst *du* nicht an, Joost?«

»Ich hab keine schöne Telefonstimme. Das höre ich immer wieder.«

»Na, es ist ja auch keine schöne Nachricht. Würde also gut zusammenpassen.«

Schließlich nahm Wouter doch seinen ganzen Mut zusammen und rief an.

Besetzt.

Kurzfristige Erleichterung, aber gleich danach die Erkenntnis, dass uns mit dem Aufschub ja nicht geholfen war.

Zweiter Anruf. Wieder besetzt.

Beim dritten Mal nahm Afra ab. Wouter hatte uns gefragt, ob er das Telefon laut stellen solle, aber dazu war ich zu feige.

»Afra? Ich hab ... ja, ich bin's, Wouter ...« Er sprach mit hoher, heiserer Stimme. »Ich habe eine ganz schlimme Nachricht für dich ...«

Wie es mir in dem Moment leidtat, das Ganze jemals angefangen zu haben.

»Arthur hatte einen Herzanfall.«

Ich meinte, einen Schrei zu hören.

»Nein, das wissen wir noch nicht. Der Arzt versucht gerade, ihn wiederzubeleben. Es sieht schlecht aus, sie sind schon eine ganze Weile dran ... In Frankreich. Auf dem Rückweg vom Golfplatz ... Nein, es gab überhaupt keine Anzeichen. Ihm war auf einmal so beklommen ... Du, ich ruf dich gleich zurück. Da kommt der Arzt.«

Wouter legte auf. Der Schweiß stand ihm auf der Stirn.

»Nachher musst du anrufen, Joost. Das schaff ich nicht noch mal.«

»Wie hat sie es aufgenommen?«, fragte ich.

»Sehr erschrocken, aber gleichzeitig auch ziemlich nüchtern.«

»Sie hat auch geschrien, oder?«

»Nein, da hat bloß der Hund gebellt.«

Nach einer Viertelstunde war dann Joost an der Reihe. Der blieb auch unter diesen ungewöhnlichen Umständen absolut cool. Er erzählte, ich hätte im Auto auf dem Rücksitz einen Herzanfall bekommen und wäre sofort tot gewesen. Die Wiederbelebungsversuche seien fehlgeschlagen. Gerade leite der französische Doktor in die Wege, dass die Leiche irgendwohin transportiert werde.

»Nein, er hat nicht gelitten. Er war einfach so weg. Hat es selbst gar nicht mitgekriegt.«

Am Ende riet Joost Afra davon ab, nach Frankreich zu kommen, versprach ihr, am Abend mit dem neuesten Stand der Dinge noch einmal anzurufen, und legte auf.

»So, jetzt aber Champagner, meine Herren. Schließlich haben wir, was wir wollten, oder? Das müssen wir ausgiebig feiern.«

Wouter war es lieber, vor dem Champagner auch noch das zweitschwierigste Telefonat vom Tisch zu haben, nämlich das mit seiner Frau.

»Danach kann ich besser trinken«, erklärte er.

Wouter und Joost stimmten ihre Geschichte aufeinander ab, übten einmal und riefen danach – gleichzeitig und nicht allzu weit voneinander entfernt – ihre Frauen an, damit die im Hintergrund dieselbe Geschichte hörten.

Joost fällt es leichter, zu lügen als die Wahrheit zu sagen, aber Wouter kann das nicht so gut. Ich war im Übrigen auch nicht mehr ganz frisch. Fast gleichzeitig legten sie ein paar Minuten später ihr Handy aus der Hand. Wouter mit einem Seufzer, Joost mit einem Lächeln.

Eine Flasche Champagner und zwei Flaschen Weißwein später war das Schlimmste überstanden, und wir konnten wieder entspannt plaudern.

»Für einen Toten kannst du aber noch ordentlich was schlucken, Thuurchen.«

Bevor wir wirklich betrunken wurden, gingen wir unserer Wege. Ich verkleidete mich auf dem Rücksitz notdürftig als Luigi Molima und ließ mich ein Dorf weiter vor einem Hotel absetzen. Wouter und Joost fuhren zu unserer Pension, um den Inhabern die traurige Nachricht meines Todes zu überbringen.

Da saß ich nun, mit angeklebtem Schnurrbart und Fensterglasbrille in einem Hotelzimmer in Südfrankreich. Die Warze hatte ich noch nicht aufgeklebt. Ich will jetzt nicht angeben, aber ich musste an ein Zitat von Turgenjew denken, das ich einmal auswendig gelernt hatte, um mich vor meinen Freunden wichtigzumachen:

Willst du friedlich leben? Verkehre mit den Menschen, lebe aber allein, unternimm nichts und bedauere gar nichts.

Das entsprach ungefähr dem, was ich in den letzten fünfundzwanzig Jahren getan hatte. Und um es – in verbesserter Form – noch weitere fünfundzwanzig Jahre tun zu können, hatte ich zum ersten Mal in meinem Leben etwas Einschneidendes unternommen. Ich kann nicht sagen, dass ich hundertprozentig auf das Gelingen vertraute. Am Nichtstun erkennt man ja oft auch die Zweifler.

123

Am nächsten Morgen um halb neun stand jemand vor meinem Zimmer und hämmerte gegen die Tür.

»Aufstehen, Herr Molima, ich hab Neuigkeiten, von denen wirst du gleich hellwach. Und es sind keine guten.«

Mit verkatertem Schädel und dem Geschmack von toten Mäusen im Mund öffnete ich die Tür.

Wouter und Joost schauten mich missbilligend an. Etwas hinter ihnen stand ein erschrockener Hotelbesitzer.

»Ein sauberes T-Shirt ist wohl das Mindeste, um keinen allzu schlechten Eindruck zu machen. Dein aufgeklebter Schnurrbart hängt auch auf halb fünf.« Das kam von Wouter.

»Was ist denn los?«, fragte ich heiser.

»Um gleich mit der Tür ins Haus zu fallen: Dieser Volltrottel von Hummel ist mit seinem Leichenwagen in einen Traktor gefahren. Vor lauter Nervosität wahrscheinlich.«

»In einen Traktor?«

»Ja, in einen Traktor. Er hat den Wagen aus der Scheune gefahren, weil irgendeine Dreschmaschine reinmusste, und dabei einen Traktor gerammt, der gerade um die Ecke kam.«

»Und was jetzt?«

»Jetzt gehen wir den Schaden besichtigen. Aber bitte nicht in diesem T-Shirt.«

Zehn Minuten später saßen wir im Auto und machten uns auf den Weg zu einem verbeulten Leichenwagen.

Im Auto bekam Wouter einen Anruf. Kaum hatte er das Gespräch angenommen, drehte er sich zu mir um, um mir die Hand vor den Mund zu halten. Es war Afra. Sie wollte doch nach Frankreich kommen.

»Äh ... ja, meine Liebe, ich kann schon verstehen, dass du das möchtest. Aber es ist schon ein Bestattungsunternehmer aus den Niederlanden unterwegs hierher. Der muss noch einiges regeln, damit sie Arthur freigeben. Alle möglichen Prozeduren und Papiere. Ich weiß nicht genau, wann das passiert und wo. Bis dahin ist es besser, wenn du zu Hause wartest. Ich ruf dich dann an, sobald ich weiß, wohin du kommen kannst. Wie geht es dir überhaupt?«

Zwei Minuten später beendete er das Gespräch und stieß einen Seufzer der Erleichterung aus.

»Mann, Leute, wir sind hier wirklich in einem schrägen Film gelandet.«

Joost grinste nur blöd. »Ja, toll, oder?«

Eine Viertelstunde später trafen wir auf ein Häufchen Elend namens Etienne Hummel.

»Ich konnte wirklich, wirklich nichts machen. Der war in meinem toten Winkel, und der Leichenwagen ist ja auch noch so lang!«

»Hör auf mit dem Gejammer, Hummel. Natürlich hättest du was machen können. Aufpassen zum Beispiel. Du fährst doch nicht zum ersten Mal mit dem Ding, und der Traktor passt überhaupt nicht in deinen toten Winkel«, höhnte Joost.

Hummel stotterte noch irgendetwas Unverständliches, und wieder einmal wackelte sein Kopf auf seinem schweißbedeckten Hals hin und her.

Der schwarz glänzende Wagen hatte eine Riesendelle. Der Bleisarg aber, den Hummel eigens für den internationalen Leichentransport besorgt hatte, war bis auf ein paar kleine Kratzer nicht beschädigt. Gott sei Dank.

Wouter fragte, wo denn der Traktor geblieben sei.

»Der ist weg, der hatte nichts. Na ja, eine ganz kleine Delle, aber er war sowieso schon völlig verbeult, da macht eine mehr oder weniger auch nichts mehr. Ich hab dem Bauern hundert Euro gegeben, damit die Sache aus der Welt ist.«

»Sehr gut, Etienne, so erkenn ich dich wieder«, sagte Joost. »Und weißt du was? Die hundert Euro bekommst du später von uns zurück. Zumindest, wenn du jetzt keine Dummheiten mehr machst.«

Wouter stellte fest, dass der Sarg trotz Delle noch locker in den Leichenwagen passte und wir somit an unserem ursprünglichen Plan festhalten konnten: übermorgen im Konvoi zurück in die Niederlande, mit einem versiegelten Bleisarg hinten drin. Afra würden wir zu spät anrufen, sodass sie nicht mehr nach Frankreich kommen konnte, und sobald wir in den Niederlanden waren, musste Hummel ihr klarmachen, dass der versiegelte Sarg leider nicht mehr geöffnet werden dürfe. Und dass das auch besser sei, denn besonders frisch sehe ich nicht mehr aus. Ganz lila und aufgequollen.

»Na, du denkst dir dann schon was aus, Etienne. Hast du alle nötigen Papiere?«

Ja, die hatte er.

Der französische Bauer, dem die Scheune gehörte, hatte die ganze Zeit verständnislos neben uns gestanden und fragte jetzt: »*Que se passe-t-il?*«

»*Rien de rien*«, antwortete Joost und schob ihm einen Fünfziger in die Hand. »*Pour le* … äh …« Er drehte sich zu Wouter um. »Was heißt ›Schreck‹ auf Französisch?«

»*Pour le trouble?*«

XXI

Kann man zugleich todtraurig und erleichtert sein? Ich bin auf jeden Fall furchtbar durcheinander. Manchmal weiß man nicht mehr genau, was man für jemanden fühlt, bis derjenige auf einmal nicht mehr da ist.

Liebt man jemanden noch, und sei es auch nur ein bisschen, oder hat man sich einfach nur allzu sehr an ihn gewöhnt? Der Unterschied ist manchmal schwer auszumachen.

Ich habe noch nicht geweint, obwohl ich finde, dass ich eigentlich weinen müsste. Als ich das meiner besten Freundin Joke erzählt habe, sagte sie, dass die Tränen schon noch kommen würden. Ich glaube, das sollte mich trösten.

»Du brauchst Zeit, um deiner Trauer einen Platz in deinem Leben zu geben.«

Das hört sich schön an, aber insgeheim habe ich mir mein Leben ohne Arthur schon neu eingerichtet. Ich brauche nicht mal allzu tief in mein Herz zu blicken, um zu wissen, dass ich es schlimmer gefunden hätte, wenn Storm unter ein Auto gekommen wäre.

Dem habe ich es auch erzählt.

»Das Herrchen ist tot, Storm. Das Herrchen, das dich immer Arie gerufen hat.«

Er schaute mich traurig an. Er schaut immer traurig.

Nach langem Zögern beschloss ich dann, nach Frankreich zu fahren, um den Sarg abzuholen. Wouter ruft mich an, sobald er weiß, wie das genau abläuft, wenn jemand im Ausland stirbt.

Sie waren schockiert. Wouter mehr als Joost, der bleibt ja unter allen Umständen nüchtern. Wirklich ein unzertrennliches Trio, die drei. Manchmal ganz widerlich unzertrennlich.

Von Joost habe ich die Nummer des Bestattungsunternehmers bekommen, den sie beauftragt haben, Arthurs Leiche abzuholen. Ein Bekannter von Joost. Das weckt nicht unbedingt Vertrauen. Ich habe versucht, ihn anzurufen, aber seltsamerweise war sein Handy ausgeschaltet. Dann habe ich Wouter angerufen, das finde ich bei näherer Betrachtung sowieso angenehmer. Den mag ich nämlich.

124

Nach langem Zweifeln sieht der Text jetzt folgendermaßen aus:

Ja, liebe Afra (beziehungsweise sehr geehrter ehrlicher Finder), in der Tat: keine Knochen, sondern Sandsäcke. Das schreit nach einer Erklärung.
Ich, Arthur Ophof, der eigentlich Bewohner dieses Sarges sein sollte, bin heimlich abgehauen. Begraben wurde nur der Sarg.
Ich entschuldige mich aufrichtig für eventuell erlittenen Kummer, aber nicht für die Tatsache, dass ich anderswo ein neues Leben begonnen habe. Das war eine bewusste Entscheidung. Ich hatte die Nase voll von Purmerend, war unglücklich dort. Du nicht, Afra, deswegen dachte ich mir, es sei besser, wenn du dort bleibst. Mit Storm als Gefährte würdest du glücklicher sein als mit Arthur, der immer nur auf dem Sofa liegt. Natürlich galt es anfangs einiges durchzustehen, aber danach wäre es ganz bestimmt eine tolle Win-win-Situation. Schade, dass nun offensichtlich alles aufgeflogen ist.
Ich übernehme die volle Verantwortung und stelle mich den Konsequenzen.
Ein wunderbares und langes Leben
wünscht
Arthur

Diesen Brief habe ich laminieren lassen und in einen großen Umschlag gesteckt, damit er lange lesbar bleibt. Obwohl ich natürlich hoffe, dass er niemals gelesen wird. Ich werde ihn Hummel noch in Frankreich übergeben. Der soll ihn dann in den Sarg legen.

125

Hummel scheint mir der größte Risikofaktor. Er gerät sofort in Panik und ist ein schlechter Schauspieler. Wenn die Sache doch noch in die Binsen gehen sollte, ist höchstwahrscheinlich er daran schuld.

Es gibt genügend Bestattungsunternehmen in den Niederlanden. Der Markt boomt. In den letzten zehn Jahren ist ihre Zahl um achtzig Prozent gestiegen, jetzt sind es an die zweitausend. Man muss nicht einmal ein Diplom haben: Wenn man einen ordentlichen Anzug besitzt oder ein biederes Kostüm, kann man sofort loslegen. Wir aber brauchten unbedingt einen zwielichtigen Bestatter, und die sind dünn gesät. Zumindest hängen die meisten diese Eigenschaft nicht an die große Glocke. Uns bleibt also nur Hummel.

Er fährt übermorgen mit seinem Leichenwagen zurück in die Niederlande. Gott sei Dank haben wir offene Grenzen in Europa, sonst würde der Zoll ihn, schon allein wegen der Riesendelle, garantiert anhalten. Die bräuchten keine allzu große Menschenkenntnis, um zu dem Schluss zu kommen, dass sie dem schwitzenden und stotternden Hummel mit seinem wackelnden Kopf und seinem schlecht sitzenden Anzug mal ein bisschen auf den Zahn fühlen sollten.

»Na, Sie sind also mit einem Traktor zusammengestoßen? Dürfen wir wohl mal kurz in den Sarg schauen?« Seit Calais sehen die Franzosen überall nur Schlepper.

Käme es so weit, würden sie nur einen Haufen Sandsäcke finden und meinen Brief an Afra, in dem ich mich entschuldige für den Fall, dass der Betrug jemals aufgedeckt werden sollte. Ich glaube nicht, dass Hummel ein knallhartes Verhör übersteht.

Doch zum Glück stellen sich die Behörden in ganz Europa weniger an, wenn etwas aus ihrem Land herausgeschmuggelt wird, als wenn man es hineinschmuggeln will. Und so konnten wir mit 100 Stundenkilometern über die französisch-belgische Grenze brettern.

Vielleicht wäre so ein Sarg auch eine gute Idee für Drogenschmuggler? Oder hat man das schon probiert?

126

Ich hatte meinen falschen Bart angeklebt, meine Perücke und die große Brille mit dem dunkelbraunen Gestell aufgesetzt. Auch an die Warze hatte ich diesmal gedacht. In der Tasche meines knittrigen Sakkos steckten mein neuer Pass und der neue Führerschein. Außerdem hatte mir Toon aufgetragen, eine braune Cordhose anzuziehen.

Kaum war ich eingestiegen, lobte mich Joost: »Du siehst ein bisschen aus wie Gaddafi, als sie ihn aus dem Kanalrohr gezogen haben.«

»Danke, aber ich fühle mich nicht so. Ich fühle mich eher wie der Phönix Luigi, der aus der Asche des Arthur Ophof gestiegen ist.«

»Gut gebrüllt, Luigi«, fand Wouter.

Meine Freunde hatten mich von meinem französischen Dorfhotel abgeholt, drei Tage nach meinem Herzanfall, und fuhren jetzt zu der Scheune, in der Hummel seinen Leichenwagen geparkt hatte. Wir sahen schon aus der Ferne, wie er davor auf und ab lief.

Als wir neben ihm ausstiegen, begrüßte er jeden von uns mit einem schlaffen Händedruck.

»Guten Morgen, meine Herren. Ich bin bereit.« Er gab sich alle Mühe, zumindest irgendein Selbstbewusstsein auszustrahlen.

»Sehr gut, Etienne. Alles startklar?«, fragte Joost.

»Klaro, Joost. Du kennst mich doch mittlerweile, ich bin die Akkuratesse in Person.«

»Mit einem akkurat verbeulten Leichenwagen«, kommentierte Wout.

Ich gab Hummel den Entschuldigungsbrief. Zunächst schaute er überrascht, dann erschrocken und schließlich gequält.

»Was ist denn?«, fragte ich. »Ich hatte doch gesagt, dass noch ein Brief in den Sarg muss.«

»Ja … nein … der Sarg ist schon zu.«

»Na, dann machst du ihn eben wieder auf, Etienne …?«, kam mir Joost zu Hilfe.

»Das geht nicht.«

»Wieso geht das nicht? Mein Vater würde sagen: ›Wenn wir zum Mond fliegen können, können wir ja wohl auch einen Sarg aufmachen.‹«

»Ja, aber er ist versiegelt«, wandte Hummel mit hoher, dünner Stimme ein.

»Das ist dein Problem. Bohrst du eben ein Loch rein, würde ich sagen, rollst den Brief zusammen und schiebst ihn hindurch. Am Ende machst du das Loch wieder sauber zu, und fertig ist der Lack. Oder?« Die letzten Sätze hatte Joost beängstigend freundlich gesagt. »Aber nicht *zu* sauber, denn ich möchte gerne sehen können, dass du das wirklich erledigt hast«, fügte er hinzu.

»Ja, natürlich, natürlich«, beeilte sich Hummel zu versichern. »Ich werde dich doch nicht betrügen. Das mit dem Loch ist wirklich eine gute Idee.«

Bevor wir uns auf den Weg machten, verlangte Joost, dass Hummel Afra anrief und ihr mitteilte, er sei schon unterwegs. Wenn sie jetzt noch nach Frankreich käme, wäre das völlig umsonst.

»Muss das sein? Können wir nicht einfach losfahren? Sie wird doch selbst sehen, dass wir im Anmarsch sind«, versuchte sich Hummel zu drücken.

»Etienne Hummel, jetzt hör mir mal gut zu. Bis jetzt hast du so ungefähr alles vergeigt, was man nur vergeigen konnte. Ab jetzt machst du einfach, was ich dir sage, kapiert?«

Ja, das hatte er kapiert. Also übte er noch einmal brav, was er am Telefon sagen würde. Ich gab ihm Afras Nummer, und er wählte sie mit zitternden Händen.

»Ist da Frau Ophof? Hier ist der Herr Hummel, der Bestattungsunternehmer. Zuerst möchte ich Ihnen mein aufrichtiges Beileid aussprechen zum überraschenden Tod Ihres Mannes.« Hier bewegte sich Hummel auf vertrautem Terrain. »Die Freunde Ihres Mannes haben mich gebeten, die Überführung und die Beerdigung zu übernehmen. Sind Sie damit einverstanden?«

Er lauschte und nickte ein paarmal.

»Nein, das geht leider nicht. Das heißt, es geht schon, aber der Sarg ist bereits versiegelt. Gemäß den europäischen Vorschriften. Nein, das hat keinen Sinn mehr, tut mir leid.«

Er nickte wieder.

»Nein, wir sind bereits unterwegs. Auf Wunsch von Herrn Ophof.«

Wouter schlug ihm mit der Faust auf den Arm.

»Ach, was red ich denn, entschuldigen Sie vielmals, ich meinte natürlich von Herrn Hofmeijer. Ich reiche Sie mal kurz an ihn weiter.«

Er reichte das Telefon schnell an Wouter weiter, der es sofort Joost gab.

»Afra? Hier Joost. Nein, wir müssen hier wegfahren, das hat gesetzliche Gründe. Sie haben irgendwas gesagt von einem fest vorgeschriebenen Termin. Die Franzosen sind total pingelig. Es bringt also wirklich nichts, wenn du herkommst … Nach Purmerend, wir fahren in einem Ritt durch bis Purmerend. Dort hat der Herr Hummel schon eine Leichenhalle organisiert. Sobald wir da sind, rufe ich dich an. Ich wünsch dir ganz viel Kraft, ja?«

Er legte auf.

»Sag mal, hast du das jetzt mit Absicht gemacht, Hummel?«

Ich glaube, Hummel hätte sich am liebsten in Luft aufgelöst.

»Ich habe die Namen verwechselt. Es ist alles sehr verwirrend.«

»Noch so eine Verwechslung, und ich bring dich um. Oder werd dich zumindest schwer verletzen.«

127

Aus dem Fenster meiner kleinen Wohnung in Den Haag blickte ich auf eine trostlose Straße: eine TÜV-Werkstatt, eine Snackbar, ein zugenagelter Coffeeshop und ein türkischer Supermarkt. Das war doch was anderes als toskanische Hügel mit Weingärten, Zypressen und kleinen Dörfern mit Terrakottadächern.

»Zähne zusammenbeißen, Arthur, es ist ja nur vorübergehend.« Das musste ich mir dreimal täglich vorsagen, um den Mut nicht zu verlieren.

Übermorgen ist die Beerdigung, und danach fahre ich mit meinem Fiat Panda 4x4 in mein irdisches Paradies. Noch ungefähr vierundzwanzig Stunden Blut und Wasser schwitzen, noch ungefähr vierundzwanzig Stunden zum Zerreißen gespannte Nerven und ein Stein im Magen. Man muss schon was übrighaben für diese einmalige Erfahrung, das eigene Begräbnis mit anzusehen. Es gibt natürlich sehr wenige Menschen, denen das vergönnt ist – obwohl viele es gerne erleben würden, da bin ich ganz sicher.

Die Rückreise aus Frankreich war nicht völlig reibungslos verlaufen. Wir fuhren in Wouters Auto hinter Hummels Leichenwagen her. Der Bestattungsunternehmer hielt schon bei der erstbesten Tankstelle, jedoch nicht um zu tanken, sondern um zu kacken. Das wiederholte er dann bei acht weiteren Tankstellen.

»Ich kann nichts dafür, das schlägt mir alles auf den Darm«, jammerte er und schielte dabei ängstlich zu Joost hinüber, der ihm ja versprochen hatte, ihn beim nächsten Fehler umzubringen oder ihm zumindest schwere Verletzungen zuzufügen.

Davon musste Joost vorläufig absehen, weil wir keinen Ersatz-Bestattungsunternehmer zur Hand hatten. Er zwang ihn allerdings, ein paar Bananen zu essen, weil ihm seine Oma mal gesagt hatte, dass das stopfe.

»Bist du sicher, dass man sie dann nicht anders einsetzen muss?«, fragte Wouter.

»Ja, vielleicht sollten wir sie sicherheitshalber oben und unten reinschieben«, schlug Joost vor.

Hummel verschluckte sich prompt an einem Bananenstück. Fast wäre er uns erstickt.

»Das war doch nur ein Witz, Etienne«, beruhigte ich ihn.

Am Ende hatten wir mit allen Toilettenpausen und Staus gut achtzehn Stunden bis Den Haag gebraucht. Hummel war erledigt – und hätte beinahe noch einen Unfall mit einem Pizzakurier verursacht.

»Das hat uns gerade noch gefehlt«, kicherte Wouter. »Ein Foto in der Zeitung von einem verbeulten Leichenwagen, mit einem Marokkaner und seinem Scooter drunter und den ganzen Pizzas auf dem Kühler.«

Sie setzten mich bei Wouters Zweitwohnung ab und fuhren weiter nach Purmerend. Dort hatten sie sich mit Afra bei der Leichenhalle verabredet.

Wouter rief mich gestern spätabends an, um Bericht zu erstatten. Afra hatte nicht geweint. Sie hatte nicht weiter darauf gedrungen, mich ein letztes Mal zu sehen. Auch Hummel war überzeugend gewesen. Solange er seine Rolle als Bestattungsunternehmer spielen konnte, würde wohl nicht viel schiefgehen, obwohl man sich bei einem Nervenbündel wie ihm natürlich nie zu sicher sein sollte. Ich muss zugeben, dass ich ein bisschen enttäuscht bin, weil Afra so wenig Gefühle gezeigt hat.

Wouter hat die Rolle des Trösters auf sich genommen und Afra angeboten, die Versicherungspapiere und überhaupt alle finanziellen Angelegenheiten für sie zu regeln. Das hat sie dankbar angenommen.

Dabei wird er dann auch »zufällig« die Liste mit meinen letzten Wünschen finden. Noch ist Afra überzeugt, dass ich nie auch nur eine Sekunde darüber nachgedacht habe, was nach meinem Tod passieren soll.

»Dafür war er zu faul«, hat sie Wouter bitter erklärt. »Typisch Arthur, dass er das nach seinem Tod auch wieder anderen überlässt.«

XXII

Ganz allmählich dringt es zu mir durch, dass Arthur nicht mehr lebt. Ich bin traurig, aber eigentlich mehr für ihn als für mich. Er hatte nur so kurz Gelegenheit, seine Zeit zu genießen und sie nicht mehr mit Toilettenpapier und Staus zu verschwenden. Auch wenn er die Wochen nach seiner Entlassung hauptsächlich damit zugebracht hat, auf dem Wohnzimmersofa herumzuliegen.

»Grandios und mitreißend auf dem Sofa liegen, Afra«, spottete er über sich selbst, wenn ich ihn mal wieder dazu bewegen wollte, irgendetwas zu tun.

Als ich dann gestern in der Leichenhalle zum ersten Mal den Sarg sah, musste ich nicht weinen. Erst abends im Bett kamen die Tränen, sie strömten nur so aus mir heraus.

Wouter, Joost und der Bestattungsunternehmer haben mich vom Friedhof nach Hause begleitet, um mehrere Sachen mit mir zu besprechen. Der Bestatter ist ein gepflegter Mann. Allerdings macht es mich ganz kribbelig, dass er die ganze Zeit so mit dem Kopf wackelt.

Wouter hat mir angeboten, die ganzen Formalien für mich zu übernehmen. Diesen Vorschlag habe ich dankbar angenommen. Ich kenne Arthur schließlich, der hat garantiert überhaupt nichts geregelt, was seine Beerdigung angeht.

Eines ist mir allerdings aufgefallen: Es wirkte irgendwie, als seien Wouter und Joost, seine besten Freunde, gar nicht so furchtbar bekümmert. Ich kann nicht recht sagen, woran ich das festmache. Vielleicht lag es an der Art, wie sie sich ein paarmal angeschaut haben? Das war irgendwie befremdlich.

Stijn hingegen war völlig am Boden zerstört. Seine Frau und er kamen gestern Abend vorbei, um mir persönlich ihr Beileid auszusprechen, und dabei heulte Stijn in einem fort. Er hatte sich schon so auf unseren gemeinsamen Wanderurlaub gefreut.

128

Gestern bin ich kurz bei Toon vorbeigegangen, und der war sehr zufrieden mit mir.

»Du siehst schon ganz vernünftig aus. Nur an deinem Gang kannst du noch ein bisschen arbeiten. Und denk immer daran: Deine echten Barthaare werden nach ein paar Tagen unter dem falschen Bart rauswachsen. Pass da gut auf. Wenn die zu lang werden, musst du sie zurückschneiden, sonst rennst du mit einem doppelten Bart durch die Gegend, und das sieht komisch aus. Wenn du erst mal in Italien bist, wirfst du die Dinger zum Aufkleben einfach weg.«

Toon wies mich außerdem an, noch eine zweite Cordhose und ein Holzfällerhemd zu kaufen. Langsam stinke ich wohl ein bisschen.

Ich glaube, dass ich seinen Rat in den Wind schlagen und mir lieber schicke italienische Sachen kaufen werde, aber mein gesunder Menschenverstand sagt mir, dass ich ihm das besser verschweige. Den muss ich mir schön warmhalten.

Beim Abschied wurde Toon dann direkt ein wenig emotional. Er umarmte mich ausgiebig.

»Ich tu mich schwer, Abschied von meinen eigenen Geschöpfen zu nehmen«, entschuldigte er sich und wünschte mir ein schönes zweites Leben.

Als ich wieder in Wouters Wohnung war, fiel mir schon ein bisschen die Decke auf den Kopf. Zum Glück muss ich hier nur noch zwei Tage aushalten.

In Gedanken bin ich oft bei Afra. Sie tut mir leid. Also – vorausgesetzt, dass sie trauert.

Manchmal sind meine Gedanken aber auch bei mir selbst im Sarg, wenn man das so sagen kann. Ich fragte mich, ob man wohl einen letzten Wunsch äußern darf, wie man darin gebettet wird. Soweit ich weiß, liegen alle Toten auf dem Rücken zwischen den Tüchern, die Augen geschlossen, die Hände auf dem Bauch. Und machen dazu ein ernstes Gesicht. Nie auch nur ein freundliches Lächeln, Apfelbäckchen, eine hochgereckte Hand oder entspannt in Embryonalhaltung in einem quadratischen Sarg. Das würde auf die Hinterbliebenen einen etwas fröhlicheren letzten Eindruck machen, nicht ganz so leichenhaft.

Bei der Musik könnte man die Leute dann auffordern: »Es darf getanzt werden.« Würden die sich das trauen? Würde sich so eine tanzende Menge zusammenfinden? Mit einer fröhlichen Polonaise zum Schluss, zu der unvergesslichen Stimmungsnummer »Weißt du, was ich gerne wär? Eine geblümter Vorhang!« – und dabei wird der Sarg direkt mitgenommen.

In letzter Zeit geht meine Fantasie öfters mal mit mir durch. Aber das wäre schon eine Beerdigung, über die die Leute noch lange sprechen würden. Grandios und mitreißend.

XXIII

Wouter hat in den Unterlagen zu unseren finanziellen Angelegenheiten einen Brief von Arthur gefunden, in dem er auflistet, was er sich für seine Beerdigung wünscht, zusammen mit einer Liste von Adressen für den Versand von Trauerkarten und dem Text für die Trauerkarten selbst. Ich war völlig verblüfft – das hätte ich niemals von Arthur gedacht. Und irgendwie auch komisch, dass er das nie erwähnt hat. Nur weil Wouter sich sofort auf die Arbeit gestürzt hat mit den ganzen Bankangelegenheiten, Rentenunterlagen, der Auszahlung der Lebensversicherung, anderen Versicherungen und noch so einigem mehr, hat er den Brief so schnell gefunden. Sonst wäre der erst später aufgetaucht, und Arthur wäre längst unter der Erde gewesen. Das Einzige, was verschwunden ist und bleibt, ist Arthurs Handy. Ich habe überall gesucht und schon ein paarmal seine Nummer gewählt. Es kommt aber immer nur das Freizeichen.

Ich bin schrecklich froh, dass Wouter da ist, und auch Joost, denn sie organisieren alles für mich. Der Bestattungsunternehmer erledigt den Rest. So brauche ich Gott sei Dank nur wenig selbst zu machen. Arthurs Tod hat mich total aus dem Tritt gebracht. Glücklicherweise habe ich ja noch Storm, der sorgt für Ablenkung. Er will ständig spielen, er braucht zu fressen und zu trinken, und viermal am Tag muss ich mit ihm Gassi gehen.

Ich habe mir wirklich Mühe gegeben, ein halbwegs anständiges Foto von Arthur aufzutreiben, das man auf den Sarg stellen kann. Nicht gerade einfach, denn er hat immer sofort alberne Grimassen gezogen, sobald ein Fotoapparat auf ihn gerichtet wurde. Joost kam mit einem Bild von Arthur an, auf dem er Taucherbrille und Schnorchel trägt. Das fand er wohl witzig. Natürlich habe ich dem sofort einen Riegel vorgeschoben. Jetzt steht auf dem Sarg ein etwas verschwommenes altes Foto, auf dem Arthur verträumt in die Kamera blickt.

Gestern Abend bin ich in die Leichenhalle gegangen, in der er aufgebahrt ist, in einem letzten verzweifelten Versuch, sein Handy zu finden. Als ich seine Nummer wählte und ängstlich lauschte, ob vielleicht im Sarg ein Telefon zu klingeln anfange, schaute Arthur mich von seinem Foto aus so freundlich an. Mir wurde ganz blümerant zumute unter diesem Blick. Aus dem Sarg war kein Ton zu hören, was mich zugleich erleichterte und enttäuschte. Wouter vermutet, dass Arthur das Handy in dem Moment aus der Tasche gefallen ist, in dem der Herzanfall einsetzte.

Das finde ich auch merkwürdig: Arthur hatte überhaupt keine Probleme mit dem Herzen. Er hatte nie irgendwas, höchstens mal eine kleine Grippe. Und dann fällt er plötzlich tot um, einfach so.

Er hat übrigens ein bizarres Lied ausgesucht, das auf seiner Beerdigung gespielt werden soll. Sieht ihm echt ähnlich, dass er die Leute auch nach seinem Tod noch schockieren will. Ich weiß gar nicht, was ich machen soll. Er hat es so ausgesucht, aber ich schäme mich in Grund und Boden.

129

Hör mich im Wehen des Windes
Hör mich im Rauschen der See
Hör mich im Lachen des Kindes
Und dann lache fröhlich mit

Völlig unerwartet von uns gegangen ist mein lieber Mann

Arthur Gerardus Ophof

5. September 1966 – 24. August 2017

Ich werde ihn schrecklich vermissen.

Afra Ophof-Kuipers

Die Begräbnisfeier findet statt am Freitag, 1. September, um 15 Uhr auf dem Nieuwe Algemene Begraafplaats, Purmerweg 92, 1441 RC Purmerend.

Im Anschluss an die Trauerfeier werden Fleischkroketten und Wein serviert. Von Blumen und Kränzen möchten wir absehen und bitten stattdessen um Bodendeckerpflanzen für das Grab.

Postadresse:
W. Vermalen
Burgemeester Benjaminstraat 17
1055 HG Amsterdam

Wouter hat mir meine Trauerkarte zur Ansicht geschickt. Sieht richtig gut aus. Und Joost hat mir von Afras Vorschlag erzählt, Storm mit auf die Karte zu schreiben.

»Wer ist Storm?«, fragte Joost bei dieser Gelegenheit.

»Das ist unser Hund.«

»Wieso, der heißt doch Arie?«

»So hat Arthur ihn gerufen. Ab jetzt heißt er nur noch Storm.«

Am Ende konnte Hummel Afra davon überzeugen, dass es höchst ungebräuchlich ist, ein Haustier mit auf der Karte zu nennen, obwohl sie nur widerstrebend davon Abstand genommen hat. Ich verstehe das schon, sie wollte eben nicht allein auf der Karte genannt werden. Von mir aus hätte Arie gerne mit draufstehen dürfen.

Außerdem tat sich Afra ein bisschen schwer mit der Ankündigung von Fleischkroketten und Wein.

»Das sieht dann ja so aus, als würde es gar keinen Kaffee und Kuchen geben.«

»Gibt es ja auch nicht. Es steht ausdrücklich so in Arthurs Brief«, erklärte Wouter. »Kaffee und Kuchen verboten.«

Das musste Afra so schlucken.

Wouter hat mir auch die Traueranzeigen aus der *Trouw* und dem *Noordhollands Dagblad* geschickt. Endlich steh ich in der Zeitung! Mit Gedicht und allem Drum und Dran! Allerdings zucke ich doch jedes Mal zusammen, wenn ich mein selbst geschriebenes Gedicht lese. Es war als Scherz gemeint, aber ich bezweifle, dass viel darüber gelacht wird.

In *De Telegraaf* stand eine Anzeige von Hertog Sanitär- und Reinigungszubehör:

Arthur war ein angenehmer und engagierter Kollege.
Wir werden seinen Humor und seinen Einsatz
schmerzlich vermissen.

Dieser Hertog ist doch ein Arschgesicht. Entschuldigen Sie den Ausdruck. »Angenehm und engagiert«, das sind ja wohl die nichtssagendsten Eigenschaften, die es gibt. Wenn einem überhaupt nichts Positives zu einem Menschen einfallen will, hat man als letztes Mittel immer noch »angenehm und engagiert«. Nur mit dem Wort »schmerzlich« hat Hertog dem Text ein bisschen mehr Gewicht verliehen. Und dann tut er so, als hätte er mich nicht vor einem halben Jahr aus Gründen der Kostenersparnis auf den Müll geworfen. Ich ziehe in Erwägung, ihm einen gepfefferten Brief zu schreiben, dass man so nicht mit einem Toten umspringt.

130

Um beim Thema zu bleiben: Ich bin heute tausend Tode gestorben, habe es aber überlebt. Was für ein Tag, was für Emotionen!

Punkt elf Uhr brach Luigi Molima in seinem Fiat Panda in Den Haag auf. Ich wollte kein unnötiges Risiko eingehen und deswegen eine ganze Weile vor den ersten Trauergästen am Friedhof von Purmerend sein. Als ich kurz vor halb eins ankam, war weit und breit kein Mensch zu sehen. Ich klingelte, aber niemand machte auf. Das ging ja schon mal ganz unauffällig los: ein seltsamer Typ, der ein Bestattungszentrum umkreist und schaut, ob er nicht doch irgendwo reinkann.

Ich rief Hummel an.

»Hummel, hier ist Arthur.« Vor lauter Aufregung sagte ich meinen alten Namen.

»Den wollen wir heute Nachmittag beerdigen«, versuchte Hummel zu witzeln.

»Wo bleibt denn deine Assistentin, verdammt noch mal?«

»Ist sie nicht da?«

»Nein. Sonst würde ich dich ja nicht anrufen.«

»Sie müsste schon längst da sein. Ich ruf sie kurz an.«

»Ja, aber bitte mach schnell. Ich wirke nämlich ziemlich verdächtig, wenn ich hier so allein rumstehe.«

Eine Viertelstunde später sah ich eine dicke Frau auf einem Fahrrad auf mich zukommen. Sie fuhr ganz langsam und in Schlangenlinien. Ich drehte mich weg und studierte so unauffällig wie möglich den Lageplan des Friedhofs.

»Sind Sie der Herr, der bei mir oben stehen soll?«

Die dicke Frau war also Hummels Assistentin.

»Hallo, ich bin Jannie. Tut mir leid, dass ich so spät komme, aber ich hab einen Reifen, der Luft verliert, da kann ich nicht so schnell fahren. Ich mach heute Nachmittag die Musik.«

Sie sperrte uns auf und ging vor mir die Treppe hoch. Oben öffnete sie die Tür zu einer kleinen Kabine und zeigte auf einen der zwei alten Barhocker, die dort standen.

»Ich versteh nicht, warum Sie so früh hier sein müssen, aber Herr Hummel meinte, das geht in Ordnung. Setzen Sie sich ruhig hin, ich muss unten alles vorbereiten. Um halb drei bin ich wieder da.«

Es war ein Uhr.

»Wenn es für Sie okay ist, schließ ich die Tür wieder ab, dann kann niemand versehentlich hier reinplatzen.«

Das schien mir tatsächlich das Sicherste.

»Ich würde Ihnen auch raten, auf die Toilette zu gehen, bevor die ersten Trauergäste eintreffen«, sagte sie. Ein weiser Rat, den ich sofort befolgte.

Von dem panischen Auf-und-ab-Rennen vor der Tür war ich ganz nervös geworden. Jetzt würde ich also noch anderthalb Stunden auf einem Hocker in der Höhle des Löwen sitzen und warten müssen. Komischer Ausdruck eigentlich: Wenn ich mich nicht irre, hat ein Löwe überhaupt keine Höhle. Ein Kaninchen hat eine Höhle. Aber »in der Höhle des Kaninchens« klingt eben nicht besonders Furcht einflößend.

Ich konnte durch das Fenster von oben in den Saal schauen und sah, wie Hummels Assistentin mit aufreizender Langsamkeit den grauen Boden saugte. Unglaublich: Ließ er die Technik jetzt aus Gründen der Kostenersparnis von der Putzfrau besorgen? Als würde sie in Zeitlupe arbeiten, es war fast nicht auszuhalten. Danach stellte sie die Stühle ganz akkurat nebeneinander. Zweimal blickte sie nach oben und winkte mir zu. Hoffentlich würde sie sich solche Späße aus ihrem dicken Kopf schlagen, sobald Leute da waren.

Die Minuten krochen dahin. Um zwei Uhr hörte ich den Schlüssel im Schloss. Ich bekam es mit der Angst zu tun, denn Jannie war noch unten beschäftigt. Stattdessen trat Hummel ein.

»Mein Gott, Etienne, du hast mich zu Tode erschrocken.«

»Schlechtes Gewissen, Luigi? Ich bin's nur. Wie ich sehe, hast du es dir schon gemütlich gemacht.«

»Wenn du damit meinst, dass ich auf einem Hocker sitze, ja.«

»Jetzt musst du dich nur noch eine Stunde gedulden, und dann noch eine Stunde, und dann ist die Sache überstanden. Immerhin hast du einen wunderbaren Aussichtspunkt.«

Er beteuerte, mich würde wirklich niemand sehen können, weil das Fenster von der anderen Seite verspiegelt sei. Danach ging er, um den Sarg zu holen und anschließend Afra zu empfangen.

Zehn Minuten später trat Hummel durch die Schwingtüren in den Saal. Er zog meinen Sarg auf einem Karren hinter sich her. Besonders respektvoll sah das nicht aus. Er bugsierte ihn ungeschickt an die richtige Stelle und verschwand direkt wieder. Nach einer Minute kehrte er mit zwei Gartenpflanzen zurück und stellte sie auf den Sarg. Sie trugen Schleifen, aber ich konnte nicht lesen, was darauf stand. Es sah auf jeden Fall stümperhaft aus.

XXIV

Storm hat mir wirklich Kopfzerbrechen bereitet. Er ist noch zu jung, um allein zu Hause zu bleiben. Ich habe es schon einmal probiert, da hat er aufs Sofa gekackt und die Vorhänge heruntergerissen.

Ich habe Herrn Hummel angerufen, um mich zu erkundigen, ob ich Storm nicht mit in den Saal nehmen dürfe. Während der Trauerfeier darf er nicht hinein, aber davor und danach wird es kein Problem sein.

131

Mir grauste davor, Afra zu sehen. Nicht dass ich meine Entscheidung bereuen würde, aber ihre Trauer geht mir doch ans Herz. Hummel war gekommen und hatte mir mitgeteilt, dass sie in ungefähr zehn Minuten eintreffen würde. Ich saß nicht besonders ruhig auf meinem Hocker.

Etwas später brach unten an der Treppe ein lautes Kläffen und Heulen los, und ich hörte Afra sagen: »Nicht die Treppe hoch, Stormchen, jetzt führ dich doch nicht so auf! Komm her!«

Das Kläffen wurde nur noch lauter.

»Was ist denn jetzt, Storm? Was hast du denn? Willst du kurz da oben raufschauen?« Ich hörte, wie sie die ersten Stufen nahm, dann kam sofort die Stimme von Hummel, die sich vor Nervosität überschlug: »Nein, nein, nein, nicht da hoch. Da … äh … da liegen überall Glasscherben. Und Nägel. Und Gift … gegen die Mäuse.«

Wahrscheinlich riss Afra vor lauter Panik etwas zu fest an der Leine, denn ich hörte, wie etwas die Treppe hinunterpurzelte, gefolgt von einem schrillen Aufheulen und einer jammernden Afra: »Storm, Kindchen, hast du dich verletzt?«

Das war der erste Schock dieses Nachmittags.

132

Die Situation wurde immer unwirklicher. Eine Viertelstunde vor Beginn der Trauerfeier gingen die Türen auf, und die ersten Gäste kamen herein. Ich schaute nach unten und war auf seltsame Art furchtbar aufgeregt. Vielleicht war ich der erste Mensch auf der Welt, der quicklebendig seiner eigenen Beerdigung beiwohnte.

Die Nachbarn trafen als Erste ein, gefolgt von ein paar alten Fußballkumpels, Kollegen und Freundinnen von Afra mit ihren Ehemännern. Danach erschienen Joost, Wouter und Stijn, ebenfalls mit ihren Gattinnen. Joost konnte es sich nicht verkneifen: Er hatte die Hände auf den Rücken gelegt und reckte wie zufällig einen Daumen in die Höhe. Ich lachte in mich hinein.

Afra kam, flankiert von zwei ihrer besten Freundinnen, herein. Sie schaute sich um, ging dann in die erste Reihe und setzte sich. Zu meiner Erleichterung stellte ich fest, dass sie nicht allzu schwer gezeichnet aussah.

Nach und nach strömten immer mehr Menschen in den Saal, er füllte sich stetig. Eigentlich waren meine Erwartungen schon übertroffen.

Ich entdeckte Richard und Anna, die hatte ich seit Jahren nicht gesehen. Und ein Paar aus der Nachbarschaft, von denen ich immer gedacht hatte, dass sie mich auf den Tod nicht leiden konnten. Zwei Kollegen von meiner ersten Stelle im Fahrradgeschäft, vor gut fünfundzwanzig Jahren. Und ein paar vollkommen unbekannte Gesichter. Waren die vielleicht nur wegen der Fleischkroketten gekommen? Bei einem Begräbnis überprüft niemand, ob man wirklich dazugehört. Ich habe einmal eine Geschichte von einem Mann gelesen, dessen Hobby es war, uneingeladen auf Beerdigungen, Hochzeiten und

Empfänge zu gehen. Er war damit komplett ausgelastet. In fünf Jahren hatte man ihn erst zwei Mal von einer Feier weggeschickt.

»Das Einzige, was man braucht, ist ein ordentlicher Anzug, und man muss ab und zu freundlich nach links und rechts nicken«, hatte er erklärt. Und er war wählerisch: Wenn man irgendwo schlechten Kaffee ausschenkte oder trockenen Kuchen servierte, ging er nicht mehr hin. Außerdem gab er den Tipp, nicht allzu oft dieselben Veranstaltungsräume aufzusuchen, denn sonst erkenne einen das Personal irgendwann wieder.

Vielleicht wäre das eine gute Idee für ein Buch?

Der Strom an Menschen riss einfach nicht ab. Ich habe siebenundneunzig gezählt, viel mehr, als ich zu hoffen gewagt hatte. Dabei war es erst fünf vor drei, es bestand also eine echte Chance, dass ich die Hundert schaffen würde.

Und ja, tatsächlich: Da kam das komplette Personal von Hertog Sanitärzubehör. Offensichtlich hatte der Chef den Laden ganz zugesperrt. Was mich dann doch positiv überraschte. Marieke und Berend hatten jeder eine Gartenpflanze mitgebracht. Ich zählte noch mindestens zwanzig andere Pflanzen im Saal. Joost und Wouter würden also eine ganze Weile damit beschäftigt sein, die alle hübsch auf mein Grab zu pflanzen. In Italien hatte ich beiden einen schönen kleinen Spaten und ein Paar Gartenhandschuhe geschenkt. Joost hatte mich daraufhin mit den Gartenhandschuhen beworfen, und einer war in meinem Vitello tonnato gelandet.

Ich zermarterte mir den Kopf, wer noch fehlen könnte, aber es fiel mir niemand mehr ein. Eine kleine Ecke des Saals, den Teil direkt unter mir an der Wand, konnte ich nicht einsehen. Da standen oder saßen vielleicht auch noch Gäste.

Über hundert! Ich war fast ein bisschen stolz drauf.

Die meisten Stühle waren besetzt, nur in der ersten Reihe gab es ein paar letzte leere Plätze. Niemand geht gerne ganz nach vorn, es sei denn, man gehört zum engeren Familienkreis. Dann ist man mehr oder weniger gezwungen. Jetzt saßen auf der einen Seite des Gangs Afra und ihre beiden dicksten Freundinnen, umgeben von leeren Stühlen, und auf der anderen Seite, ebenfalls mit leeren Stühlen rechts und links, saßen Joost, Wouter und Stijn mit ihren Frauen.

Ganz links stand Hummel. Ab und zu holte er ein weißes Taschentuch hervor und tupfte sich vorsichtig die Stirn. Um zwei Minuten nach drei schritt er langsam zur Bühne. Er machte eine kleine Verbeugung vor dem Sarg, dann drehte er sich um und verbeugte sich auch kurz vor Afra. Anschließend ging er zum Rednerpult und räusperte sich gekünstelt.

»Sehr geehrte Damen und Herren, guten Tag. Ich darf Sie alle im Namen von Afra Ophof-Kuipers herzlich willkommen heißen zum Abschied von Arthur Ophof. Arthur ist letzte Woche Donnerstag im Urlaub in Frankreich völlig überraschend an den Folgen eines Herzanfalls gestorben. Sein Tod hat uns alle tief getroffen.« Er machte eine Pause und wischte sich den Schweiß von der Stirn. »Wir sind hier versammelt, um Arthur die letzte Ehre zu erweisen.«

Mannomann, Hummel sprach schon ganz schön langweilig und förmlich. Mir hätte es besser gefallen, wenn er zum Beispiel angefangen hätte mit einem: »Wir haben ja ein Riesenglück mit dem Wetter heute.« Und wenn Joost dann gesagt hätte: »Nur schade, dass es in den Niederlanden immer gleich so schwül ist.« Oder irgendwas anderes Lockeres, um das Eis ein wenig zu brechen.

Gott sei Dank hatte Hummel seinen Wackelkopf heute erstaunlich gut unter Kontrolle. Er fuhr fort: »Wir werden im Laufe dieser Trauerfeier Musik hören, die Arthur selbst ausgesucht hat, und ein paar Menschen zu Wort kommen lassen, die etwas über Arthur sagen oder von schönen Erinnerungen erzählen möchten. Anschließend werden wir Arthur zu seiner letzten Ruhestätte geleiten.«

Etienne machte einen Schritt zur Seite, nickte fast unmerklich nach oben und ging wieder auf seinen Platz.

Ich erschrak, denn ich dachte, dass er mir zunickte, doch das Zeichen galt natürlich Jannie, die jetzt vor der Soundanlage saß. Ihre gelben Putzhandschuhe lagen neben dem Panel mit den ganzen Reglern und Knöpfen, zusammen mit dem Musikprogramm, das gespielt werden sollte. Sie drückte auf den Startknopf, und die ersten Töne des »Ave Maria« von Gounod nach Bach tönten durch den Saal. Die Nummer 1 in der Hitliste der klassischen Beerdigungsmusik, das schien mir ganz geschickt zum Aufwärmen des Publikums.

»Dreh ruhig ordentlich auf«, flüsterte ich.

Sie schaute mich an, als hätte ich ihr vorgeschlagen, den Saal in Brand zu stecken. Dann aber machte sie die Musik doch ein klein wenig lauter.

Nach dem »Ave Maria« entstand eine unbehagliche Pause. Hummel ging quälend langsam wieder nach vorn.

»Darf ich Stijn Vorder hier ans Pult bitten, einen Freund von Arthur?«

Shit, damit hatte ich nicht gerechnet.

Stijn kam mit gesenktem Kopf auf die Bühne und stellte sich, ohne aufzublicken, hinter das Mikro.

»Lieber Arthur, uns verband über dreißig Jahre eine enge Freundschaft. Und über zehn Jahre waren die Freitagnachmittage auf dem Golfplatz für mich die schönsten Stunden der Woche.«

Man konnte ihn kaum verstehen, weil er zu weit vom

Mikrofon weg stand. Und jetzt versagte auch noch seine Stimme. Für ein paar Sekunden hörte man nichts als unbestimmte heisere Laute. Ich meinte, dem Gesagten entnehmen zu können, dass er von unserem Wanderurlaub im Schwarzwald sprach. Neben mir drehte Jannie nervös am Lautstärkeregler. Bis Hummel einen Schritt nach vorn machte und Stijn bedeutete, dass er etwas näher ans Mikro kommen müsse. Das tat er auch.

»ARTHUR WAR EIN PRACHTKERL!«, donnerte seine Stimme plötzlich durch den Saal. Alle fuhren zusammen. Stijn schaute sich verwirrt um, dann fügte er nur noch hinzu: »Du wirst mir fehlen, Arthur«, und ging, den Kopf weiterhin gesenkt, zu seinem Platz zurück.

Mir schossen die Tränen in die Augen.

Neben mir drückte Jannie wieder auf den Startknopf, und es erklang »Wenn ich eines Tages sterben muss« von Zjef Vanuytsel, ein wunderschönes flämisches Lied.

Es sah so aus, als würde Hummel mit Absicht nach jedem Musikstück warten, bevor er von Neuem das Wort ergriff. Wahrscheinlich der feierlichen Stimmung wegen. In Wirklichkeit brachte das aber nur unbehagliche Schweigepausen mit sich. Die Leute räusperten sich und scharrten mit den Füßen. Ich sah einen Nachbarn einnicken. Schade, dass ich ihn später nicht darauf ansprechen konnte: »Sagen Sie mal, sind Sie einfach eingeschlafen bei meiner Beerdigung?«

Schließlich bat Hummel die nächste Rednerin zum Pult: »Marieke, eine Kollegin von Arthur.«

Die hatte ich auch nicht als Rednerin erwartet. Marieke kam mit einem Taschentuch in der Hand nach vorn. Vor lauter Nervosität ließ sie ihren Zettel auf den Boden fallen, und als sie ihn aufgehoben hatte und sich wieder aufrichtete, stieß sie sich den Kopf am Rand des Rednerpults. Es wirkte alles wie ein Slapstick, ein ganz herzzerreißender Slapstick. Ihre Rede war kurz. Ich sei ein Superkollege gewesen, der beste, den sie sich hätte wünschen können.

Eine Träne lief ihr über die Wange.

Sie tupfte sich mit dem Taschentuch die Augen und ging zurück zu ihrem Stuhl. Ich schluckte. Jannie schaute mich überrascht an.

»Kannten Sie den Toten?«

»Sie müssen Musik anmachen.«

Kurz darauf erklang Maaike Ouboters »Dass ich dich vermisse«. Als ich das Lied zum ersten Mal gehört hatte, hatte ich weinen müssen. Und beim zweiten und dritten Mal auch. Zugegeben, es ist schon sehr beliebt auf Beerdigungen und Einäscherungen, hat sich klammheimlich in die Top Ten gemogelt und erfreut sich immer größerer Beliebtheit. Aber der Mensch wird ja in der Regel nur einmal begraben, und so sucht man eben aus, was man schön findet.

Wieder ließ Hummel nach der Musik eine feierliche Pause entstehen. Dann kündigte er Wouter an. Ich richtete mich auf und spitzte die Ohren.

»Arthur war ein echter Menschenfreund.«

Er sagte es tatsächlich!

»Er hinterlässt eine große Leere.«

Hummels Assistentin starrte mich an, weil ich jetzt übers ganze Gesicht strahlte. Wouter hielt eine besonders witzige Rede, die mit gemischten Gefühlen aufgenommen wurde, wie man den Hinterköpfen der Gäste ansehen konnte. Einige mussten richtig kichern, aber hie und da schüttelten auch welche den Kopf.

Am Ende ging mein Freund so richtig in die Vollen: »Arthur, mein bester Freund, wir sehen uns im Jenseits. Ich habe große Lust, dich dort wiederzutreffen und ein paar Bälle zu schlagen.« Er reckte den Daumen in die Höhe.

»Und um die Stimmung ein bisschen aufzulockern, hat Arthur zur Abwechslung mal ein ganz anderes Lied ausgesucht«, fügte er hinzu und nickte nach oben.

»Laut!«, sagte ich zu Jannie. Sie drehte brav am Lautstärkeregler.

»DA STEHT EIN PFERD AUF'M FLUR!«, schallte André van Duin in dröhnender Lautstärke durch den Saal. Erst völlige Überraschung. Dann mussten einige Leute doch ganz schön lachen. Andere schienen ganz und gar fassungslos. Nur eine Person drehte sich böse um und schaute nach oben. *Kill the DJ.*

Als die letzten Töne vom Pferd auf dem Flur verklungen waren, hörte man gedämpftes Murmeln. Hummel kündigte Afra an. Sie ging mit starrem Blick nach vorn.

»Typisch mein Arthur.« Afra schluckte und wischte sich eine Träne von der Wange. »Immer für eine Überraschung gut.« Sie machte eine weitere Pause und fuhr dann fort: »Ich möchte mich bei Ihnen dafür bedanken, dass Sie heute gekommen sind, und für die ganze Unterstützung, die ich in den letzten Tagen erfahren habe. Ich möchte auch alle gern einladen, gleich nach der Beerdigung noch ein paar schöne Erinnerungen auszutauschen und ein Glas Wein auf Arthur zu trinken.« Ganz kurz huschte ein Lächeln über ihre Lippen. »Arthur hat Kaffee und Kuchen verboten. Also gibt es auch keinen.« Jetzt kullerten ihr die Tränen über beide Wangen. »Du wirst mir fehlen.«

Da musste ich selbst auch kurz mein Taschentuch zücken. So eine Beerdigung lässt einen doch nicht kalt.

Afra war fertig. Hummel trat wieder vor und erklärte, in welcher Reihenfolge die Leute hinter dem Sarg hergehen sollten: immer eine Reihe nach der anderen, von vorne nach hinten. Dann gingen langsam die Türen auf. Sonnenlicht strömte herein. Sechs ältere Herren traten in den Saal, nahmen synchron ihre Zylinder ab und verbeugten sich vor dem Sarg. Sechs Freiwillige, die sich einen Euro dazuverdienten, indem sie mit versteinertem Gesicht fünf Minuten neben einem Karren herliefen, den Sarg herunterhoben und aufs Grab stellten. Träger konnte man sie im Grunde nicht nennen.

Zu den Klängen von Arvo Pärts »Spiegel im Spiegel« glitten Sarg und Karre in die Sommersonne hinaus. Hummel ging ganz langsam voraus. Hinter dem Wagen kamen erst Afra und ihre beiden Freundinnen, dann Joost, Wouter und Stijn, Arm in Arm oder Hand in Hand mit ihren Frauen. Beerdigungen sind nicht selten die letzten Gelegenheiten, bei denen Ehepaare Arm in Arm gehen. Joost drehte sich kurz um, und ich meinte zu sehen, dass er mir ganz leicht zunickte. Ich kenne ihn, er ist garantiert fast erstickt vor Lachen.

Danach folgten Freunde und Bekannte, mit oder ohne Gartenpflanze, in einer langen, langsamen Prozession.

Und dann der größte Schock. Als eine der Letzten ging sie fast direkt unterhalb von mir vorbei: Ester. Mit einer blauen Hortensie. Mein ganzer Körper verkrampfte sich. Wie war das möglich?

133

Sie ging als Letzte hinaus. Ich hätte sie unter Dutzenden von Menschen herauskennen können. Wunderschönes Kleid. Hochgesteckte blonde Locken. Ein Hals, den ich geküsst hatte. In ihrer Hand ein weißes Taschentuch. Ich hätte am liebsten gegen das Fenster gehämmert und ihren Namen geschrien, so wie in der »Reifeprüfung«. Dann hätte sie sich umgedreht und wäre, nach einem Moment des Zögerns, auf mich zugelaufen. Zusammen wären wir quer über den Friedhof Richtung Italien geflohen, und die Prozession der Trauergäste hätte uns nur noch bestürzt nachblicken können. Eine großartige Filmszene.

Aber ich saß da wie erstarrt und tat nichts. Alles Blut war aus meinem Körper gewichen. Jannie starrte mich an.

Durch die offenen Türen verschwand meine große Liebe Schritt für Schritt aus meinem Blickfeld. Die Prozession bog nach rechts ab.

134

Kaum waren die letzten Töne der Musik verklungen, schaltete Jannie die Anlage aus und stand auf.

»Ich hab jede Menge zu tun«, entschuldigte sie sich. »Sie bleiben noch kurz hier, wenn ich Herrn Hummel richtig verstanden habe. Also, bis dann.«

Ihre Miene verriet, dass sie mir lieber kein zweites Mal begegnen wollte.

Anderthalb Stunden später kam Hummel und befreite mich aus meiner Kabine. Er glühte vor Zufriedenheit.

»Wenn du mich fragst, ist es perfekt gelaufen, Arthur. Wirklich perfekt. Ehrlich gesagt, ich hatte vorher schon ganz schön Muffensausen.«

»Sind alle gegangen?«

Ja, alle waren nach Hause gegangen.

»Sie haben ordentlich getrunken, und die Fleischkroketten waren im Nullkommanichts weg.« Er kicherte.

»Wir werden uns nicht mehr sehen, Hummel. Danke, dass du dich so gut um alles gekümmert hast.«

»Na, das weiß man natürlich nie. Aber gern geschehen. Und ich … äh, ich nehme an, dass der zweite Teil der Bezahlung unterwegs ist?«

»So gut wie, Hummel.«

Mir war etwas unbehaglich zumute, als ich die Treppe hinunter- und zur Tür hinausging. Ich hatte Angst, Afra doch noch zu begegnen, Auge in Auge. Oder Ester. Aber es war niemand zu sehen, nur zwei Gärtner, die sich auf ihre Schaufel stützten und mir schweigend zunickten. Ich trat vor mein Grab. Der Sarg war noch nicht unter der Erde, und auf ihm standen ungefähr dreißig Töpfe mit Gartenpflanzen. Sie passten gerade eben drauf. Schade, dass ich meine Freunde nicht fluchend bei der Arbeit mit Schaufel und Erde sehen und das Endergebnis wahrscheinlich nie würde bewundern können.

Als ich mich abwandte, sah ich, dass mein Grab direkt neben dem Bereich für die tot geborenen Kinder lag.

135

Der Korken der zweiten Flasche Sekt knallte gegen die Decke von Wouters Haager Wohnung. Ich schenkte uns noch einmal die Gläser voll. Wouter und Joost waren ganz außer sich. Und sie waren sich rührend einig: »Die schönste Beerdigung aller Zeiten!«

Ich fragte sie, ob ihnen Afra und Stijn nicht leidgetan hatten, aber auch das wischten sie beide vom Tisch.

»Tut mir leid, mein Lieber, aber Afra wird ohne dich nur glücklicher werden. Das wird nicht mal Monate dauern. Für deine Frau bist du eigentlich nur ein langweiliges Ekel gewesen. In den letzten Tagen hat sie ein bisschen aus dem Nähkästchen geplaudert, und ich muss schon sagen ... Du kannst froh sein, dass wir überhaupt noch mit dir befreundet sein wollen«, sagte Joost mit todernster Miene.

»Was hat sie denn von mir erzählt?« Das wollte ich nun doch zu gerne wissen.

»Das ist ein Geheimnis. Ab jetzt gilt: Über die Toten soll man nur Gutes sagen.«

Was Stijn angeht, haben sie auf mein Drängen feierlich versprochen, in den nächsten Monaten besonders nett zu ihm zu sein.

»So unauffällig wie möglich, versteht sich«, sagte Wouter.

»Und innerhalb gewisser Grenzen. Zum Beispiel werde ich nicht mit ihm im Schwarzwald wandern gehen«, fügte Joost hinzu.

Es kostete mich Mühe, so zu tun, als wäre ich genauso fröhlich und ausgelassen wie meine Freunde. Immer wieder sah ich vor meinem inneren Auge, wie Ester sich entfernte. Joost und Wouter hatte ich nie von Ester erzählt.

»Na komm, Luigi, schenk uns noch einen ein und schmeiß eine Kleinigkeit ins Frittierfett. Lass es spritzen.«

Um zwei Uhr nachts schnarchten meine Freunde endlich. Joost lag auf dem Sofa und Wouter auf einer Matratze zwischen den leeren Flaschen.

Ich war dagegen hellwach und starrte an die Decke. Meine eigene Beerdigung hatte mir nicht so gut gefallen wie erwartet. Trotzdem hatte ich eine Wahnsinnslust auf mein neues Leben in meinem toskanischen Ferienhäuschen.

136

Ich fuhr in meinem Offroad-Panda ganz gemütlich in zwei Tagesetappen nach Italien. Auf dem Rücksitz lagerten Lakritze, Karamellwaffeln, Käse, Räucherwurst, Schokostreusel, Erbsensuppe, Heringe, Erdnussbutter und eine blaue Hortensie. Die Sonne strahlte.

Als ich ankam, lehnte Antonios Moped am Zaun. Er hatte den Rasen gemäht und den Pool sauber gemacht und erwartete mich mit einer Korbflasche Chianti. Um genau zu sein, war er schon beim ersten Testgläschen. Anderthalb Stunden und eine leere Flasche später kostete es mich einige Anstrengung, meinen neuen italienischen Freund so nett wie möglich aus dem Haus zu komplimentieren.

In den ersten Tagen war ich mit Haus, Herd und Vieh beschäftigt. Sofia, die Frau des Bäckers, vermittelte mir fünf Hühner von einem Bauern im Nachbardorf. Und Antonio zimmerte etwas zusammen, was halbwegs als Hühnerstall durchgehen mochte. Je mehr er trank, umso schiefer und risikofreudiger sägte er. Zum Schluss wagte ich schon gar nicht mehr hinzuschauen und hielt stattdessen den Verbandskasten griffbereit. Das stellte sich dann doch als unnötig heraus.

Sofia ist meine erste italienische Freundin. Sie ist fröhlich, lacht gern und wiegt hundert Kilo, und sie kennt jeden im Dorf und der weiteren Umgebung. Neben den Hühnern hatte ich sie auch gefragt, ob ihr jemand einfalle, der Kätzchen zu verkaufen habe. Sofia wartete nicht lange: Schon am nächsten Tag stand sie mit einem Karton voll junger Kätzchen bei mir auf der Schwelle. Ich suchte mir einen kleinen roten Kater aus und taufte ihn Romeo.

Wenn ich eine Ziege oder einen Esel haben wolle, könne sie auch das für mich organisieren. »Dann schau ich wieder mit einem Karton vorbei«, sagte sie und lachte laut. Das schien mir zu viel des Guten. Doch ich bestellte kurzerhand noch einen Hund bei ihr, am liebsten einen Labrador. Das Wort musste ich erst nachschlagen in meinem alten italienischen Wörterbuch.

Zwei Wochen später kam sie mit einem Welpen an. Ob mir der gefalle? Aus der Ferne erinnerte er vielleicht ein bisschen an einen Labrador. Bei seiner Zeugung waren aber wohl auch ein paar andere Rassen im Spiel gewesen.

»Der ist ja schön, den nehm ich.«

»Es ist eine Sie.«

»Macht nichts.«

Sofia strahlte und fragte gleich, wie ich sie nennen werde.

»Aria soll sie heißen«, verkündete ich feierlich.

Der Name gefiel ihr.

Sie kannte auch jemanden, der gerne bereit war, mir beim Anlegen eines Gemüsegartens zu helfen. Dieser Gärtner ließ sich, genau wie Antonio, größtenteils mit Chianti bezahlen.

In der Zwischenzeit hatte ich zwei meiner Hühner schon wieder eingebüßt. Eine gründliche Untersuchung des Stalls und des Auslaufs förderte diverse Konstruktionsfehler zutage, derentwegen sie hatten ausbrechen können. Antonio machte sich schuldbewusst auf die Suche und kam nach ein paar Stunden mit einer Handvoll Hühnerfedern zurück.

»Die hat sich der Fuchs schmecken lassen«, sagte er mit gesenktem Kopf. Sogar das Glas Chianti, das ich ihm anbot, schlug er aus. Na ja, zumindest beim ersten Mal.

137

Ich wohne jetzt fast schon einen Monat in der Villa Fluchtpunkt. *La dolce vita* langweilt mich noch kein bisschen. Zweimal am Tag fahre ich mit meinem Rennrad den Hügel hinunter. Morgens, um bei Bäcker, Metzger und Gemüsemann meine Einkäufe zu erledigen, und am späten Nachmittag, um einen Aperitif in meiner Stammkneipe zu trinken. Dort habe ich nach drei Wochen bereits ganz schön viele Freunde und Freundinnen, mit denen ich mein Italienisch verbessern kann. Es hilft, dass ich regelmäßig eine Lokalrunde ausgebe. Ich selbst trinke gerade so viel, dass ich auf meinem Fahrrad noch den Hügel raufkomme. Dann widme ich mich mit voller Hingabe der italienischen Küche. Im Interesse meiner Gemütsruhe habe ich mir bisher keine Personenwaage angeschafft. Demnächst werde ich die ersten Dorfbewohner zum Essen einladen.

Ich schwimme täglich ein paar Bahnen, male ab und zu ein Stündchen und hab auch schon zwei Erdbeeren und eine Tomate in meinem Gemüsegarten geerntet. Romeo schnurrt sich tot, und Aria ist eine tolle Gesellschaft.

Der langen Rede kurzer Sinn: Ich bin fast vollkommen glücklich.

Nur mit den Hühnern will es nicht hinhauen. Es ist wieder eins entwischt und dem Fuchs vor die Nase gelaufen, und von den beiden verbliebenen Hühnern weigert sich das eine, Eier zu legen. Ich habe bei Sofia sechs neue Hühner bestellt, denn so ganz will ich die Sache noch nicht aufgeben.

Ich saß gerade auf meinem Hügel im Schatten der Zypressen und ruderte an meiner Rudermaschine, mit weiter Aussicht über die toskanische Landschaft, als ich in der Ferne einen Hund bellen hörte. Es tönt durchaus öfter Gebell von Nachbarshunden über die Hügel, aber irgendetwas weckte meine Aufmerksamkeit, ohne dass ich genau hätte sagen können, was es war. Ich unterbrach das Rudern und lief zum Zaun.

Da stockte mir der Atem. Das war unmöglich. Absolut unmöglich.

Arie stob um die Ecke, direkt auf mich zu, quetschte sich durch den Spalt im Zaun und sprang an mir hoch. Aria schoss an mir vorbei und hüpfte fröhlich mit. Zwei Hunde, die wie wild um mich herumkugelten, und ich stand perplex in der Mitte. Aber das Schlimmste folgte noch. Denn wer kam da todmüde mit einem Koffer in der Hand? Afra.

Langsam näherte sie sich. Ich starrte sie an, als wäre sie von den Toten auferstanden. Verkehrte Welt gewissermaßen, denn genau genommen war ja eher ich von den Toten auferstanden. Sie schien dennoch völlig entspannt, ein gönnerhaftes Lächeln umspielte ihre Lippen.

»Hallo, Arthur.«

»Hallo, Afra.«

Sie blieb stehen und schaute mich wortlos an.

Ich war völlig von den Socken. Gute zwei Minuten standen wir uns schweigend gegenüber, während die Hunde herumsprangen, mit dem Schwanz wedelten und bellten.

»Wie …?«

»Was ›wie‹, Arthur? Wie ich hierhergekommen bin, meinst du?«

»Ja.«

»Im Grunde bin ich die Postbotin aus den Niederlanden.«

»Die Postbotin aus den Niederlanden?« Mir fiel nichts Besseres ein, als ihren Satz zu wiederholen.

»Die Postbotin, die einen als unzustellbar zurückgekommenen Brief abliefern möchte. Das ist doch deiner hier, oder?«

Sie zeigte mir den Brief, den ich an Ester geschickt hatte.

»Der steckte in einem Umschlag von Hertog, deswegen stand die Retourenadresse der Firma drauf, mit dir als Absender. Marieke hat ihn bei mir abgegeben. So ein Glück, dass sie ihn nicht aufgemacht hat. Und so ein Pech, dass ich das dann getan habe. Diese Ester ist umgezogen, seit du sie das letzte Mal gesehen hast, deswegen hat die Nachricht, dass du gar nicht tot bist, sie nie erreicht. Und deine neue Adresse stand ja fein säuberlich in diesem Brief. Ich habe eine Woche gebraucht, um mich von meiner Überraschung zu erholen, dann noch mal eine Woche, um meine Wut sacken zu lassen, und am Ende noch ein paar Tage, um den Entschluss zu fassen, dir den Brief persönlich zu überbringen.« Sie schaute kurz zu den Hunden. »Stormchen, aus, sofort!« Danach schaute sie wieder mich an.

Am Ende fiel mir nichts Besseres ein als: »Es tut mir leid.«

»Ich glaube dir kein Wort. Vielleicht möchtest du mal mit der Lügerei aufhören, Arthur, hm?« Das fragte sie ganz ruhig.

»Ja, das wäre vielleicht das Beste.« Meine Stimme war belegt.

»Sind deine zwei feinen Freunde Joost und Wouter die Einzigen, die Bescheid wissen?«

»Sie und der Bestattungsunternehmer. Und einer, der mir mein neues Aussehen verpasst hat.«

»Der Bart und der Schnäuzer stehen dir nicht. Und die Warze ist einfach nur hässlich. Gott sei Dank bist du nicht mehr mein Mann.« Sie warf einen Blick auf das

Haus. »Mein Auto steht unten. Ich dachte mir, es ist schöner, wenn ich zu Fuß hochkomme. Feines Häuschen hast du hier übrigens. Ich nehme an, dass es ein Gästezimmer gibt? Keine Angst, ich bleibe nur ein paar Tage, dann fahre ich wieder zurück in die Niederlande.«

Ich war mit Stummheit geschlagen.

»Die Hunde verstehen sich jedenfalls prächtig«, fügte sie noch hinzu. »Wie heißt deiner denn?«

»Aria.«

»Was für ein lächerlicher Name.«